박순朴淳의 생각, 한시로 읽다

박순朴淳의 생각, 한시로 읽다

박명희 편역

도서출판 온샘

책을 출간하며

필자는 2017년 11월에 《박상朴祥의 생각, 한시로 읽다》를 출간한 바 있다. 이 책을 출간한 목적은 학술적인 내용을 가미하면서 대중들이 한시를 쉽게 접할 수 있도록 해야겠다는 의도에서였다. 한시는 아무래도 풀이하는 과정에서 전거 등을 무시할 수 없기에 학술적인 내용이 다소 들어갈 수밖에 없다. 그러나 아무리 한자로 쓴 운문이라 하더라도 그 속에 담긴 정서는 현대 사람들과 소통할 수 있기에 충분히 대중적일 수 있다. 곧, 학술적인 것과 대중적인 것의 무게를 동등하게 나누려는 의도가 있었다. 하지만 그 무게를 한쪽에 치우치지 않도록 했는지에 대해 반성해보아야 한다.

이번에는 박순朴淳의 한시를 대상으로 한 《박순朴淳의 생각, 한시로 읽다》를 출간하려고 한다. 박순은 1523년(중종18) 전남 나주에서 출생하여 1589년(선조22)에 생을 마감하였다. 그러니까 16세기를 온전히 살다간 문인이라고 할 수 있다. 박순의 집안이 호남과 인연을 맺었던 것은 할아버지 박지흥朴智興 때부터였다. 박지흥은 세종 때 진사가 되었으나 얼마 뒤에 세조가 일으킨 왕위 찬탈 사건을 보고 충격을 받아 벼슬을 포기하고, 처가가 있는 광주 봉황산 아래에 터를 잡아 살기 시작하였다. 박지흥은 정禎, 상祥, 우祐 세 아들을 두었는데, 박순은 막내 박우의 둘째 아들로 태어난다. 그리고 박순의 작은 아버지 박상은 사화士禍가 만연한 당대에 사림으로서 소신을 올바르게 지키고 절의를 끝까지 간직한 문인으로 잘 알려져 있다. 필자는 특히, 《박상朴祥의 생각, 한시로 읽다》를 출간하는 과정에서 집안의 내력을 잘 알 수 있었다.

박순의 한시는 현재 448제 602수 정도 전해지고 있다. 600여 수 작품의 면면을 살펴보면, 그 내용은 실로 다양하다. 이러한 내용에서 필자는 특별히 '소시少時', '가족', '지인', '관직', '영평'이라는 다섯 가지의 주요 어휘를 추출하여 박순이 한시에서 무슨 생각을 드러내었는가를 구명하고자 노력하였다. 그리고 주요 어휘를 기반으로 박순의 시를 첫째, '소시少時에 지은 시 작품', 둘째, '가족을 바라본 따뜻한 시선', 셋째, '지인들에게 보낸 마음의 시', 넷째, '관직 생활 중에 일어난 시심', 다섯째, '탈속한 자연인의 삶과 여유' 등 다섯 갈래로 나누어 정리하였다. 이러한 정리를 모두 끝낸 뒤 작품 수를 산출해보니, 총 102제 143수였다. 143수는 600여 수에 대비해보았을 때 1/5를 약간 상회하는 정도이다. 이로써 박순의 한시에서 그의 생각을 온전히 드러냈다고 자부할 수는 없으나 부족한 부분은 또 다른 연구를 통해 드러내 보일 것을 약속한다.

　이번에 책을 출간하면서도 충주박씨 문간공문중의 도움과 후원을 절대적으로 받았다. 《박상朴祥의 생각, 한시로 읽다》를 출간할 때도 도움을 많이 주셨는데, 이번에도 아낌없는 후원을 받았다. 한국한문학사에서 중요하게 인식되어온 박상의 한시를 엮은 것도 영광스러운 일이었는데, 그 후속 작업으로 박순의 한시를 정리했으니 그 영광스러움은 곱절이 된 셈이다. 특히, 박종률 문중 회장님은 필자가 모르는 부분까지 말씀해주시거나 손수 찍으신 사진을 선뜻 내주셨다. 지면을 통해 충주박씨 문간공문중 분들께 다시 한 번 고개 숙여 감사 인사를 드린다. 또한 별로 도움을 드리지 못하지만 기꺼이 출판에 응해주신 도서출판 온샘의 신학태 사장님께도 감사 인사를 드린다.

2019년의 새봄을 기다리며
편역자 박명희 적다

일러두기

- ▶ 박순 시를 선별하여 편역하였다.
- ▶ 본문은 총 5장으로 구성하였으며, 각 장은 주제별로 내용을 묶었다.
- ▶ 목차에는 한문 원문 및 소주小誌를 싣지 않았다.
- ▶ 각 작품은 시 제목-평설-번역한 작품-작품 풀이에 대한 보충 내용 등의 순서로 정리하였다.
- ▶ 시 제목은 한글 풀이-원문 순서로 정리하였다.
- ▶ 평설은 작품의 창작 배경과 전체적인 내용 이해를 돕는 수준에 그치고, 가급적 자의적인 재단은 삼갔다.
- ▶ 번역한 작품은 원문과 한자음을 병기하여 적고, 그 다음에 풀이를 적었다.
- ▶ 한자음은 원래의 음을 적어 상황에 따른 음의 변화를 따르지 않았다.
- ▶ 번역문은 원문의 내용을 훼손하지 않으면서 현대 국어 표현에 맞추었다.
- ▶ 작품 풀이에 대한 보충 내용은 독자의 이해를 돕는 수준에서 정리하였다.
- ▶ 작품과 관련하여 별도의 설명이 필요할 경우, '더 알아보기'를 통해 정리하였다.
- ▶ 내용 이해를 돕기 위해 간혹 사진을 첨부하였다.
- ▶ 출처를 밝히지 않은 사진의 경우, 대부분 충주박씨 문간공문중의 박종률 회장님께서 제공해주었음을 밝힌다.

목 차

제4장 관직 생활 중에 일어난 시심 _ 125

박순의 한시, 다섯 갈래로 나누어 읽다

1. 송죽松竹·수월水月에 한 줄기 맑은 얼음이라

박순朴淳(1523~1589)의 자는 화숙和叔이요, 호는 사암思庵이며, 본관은 충주忠州이다. 부친은 박우朴祐이고, 박상朴祥이 중부仲父이다. 전남 나주에서 태어나 18세 때에 개성에 있는 서경덕徐敬德에게 나아가 공부하였다. 31세 때인 1553년(명종8) 8월에 정시庭試에 장원급제하여 성균관 전적을 시작으로 여러 관직을 두루 거쳐 57세 때 영의정에 올랐다.

그렇다면 박순은 사람들에게 어떤 사람으로 각인되어 있을까? 대표적인 사례 두 가지를 들어본다.

① (전략) 조정의 논의가 크게 과격해져 양사兩司에서 번갈아 상소하여 공(박순)이 자기의 당을 비호한다고 탄핵하고 그 10가지 죄를 일일이 세며 책망하였다. 임금이 이르기를, "박순은 소나무와 대나무 같은 절개와 지조가 있고 물과 달 같은 정신이 있다.〔松筠節操 水月精神〕" 하고 윤허하지 않았다. 공은 이어 강가의 집으로 물러가 거처하였다.[1]

② 공이 일찍부터 화담花潭에게 수학하고 중년에 퇴계退溪를 스승으로 섬겼는데, 퇴계가 항상 칭찬하기를, "박모와 마주하고 있으면 한 덩어리 맑은 얼음과 같아서 정신이 갑자기 시원해짐을 느낀다." 하였다.[2]

---

1) 李肯翊 編,《練藜室記述》卷18, 宣祖朝相臣, 朴淳.

위의 두 기록 내용은 여러 문헌에 나와 있는데, 필자는 이긍익李肯翊이 편찬한 《연려실기술》의 것을 인용하였다.[3] ①은 선조宣祖가 언급한 것을, ②는 이황李滉이 언급한 것을 중심으로 엮었다. 언급한 시간의 순서를 따지자면, ①보다 ②가 더 먼저이다.

이황은 박순에 대한 인상을 "한 덩어리 얼음과 같아서 정신이 갑자기 시원해짐을 느낀다."라고 하였다. '얼음'은 차가운 이미지를 가지고 있다. 때문에 자칫 냉찬 사람이라는 의미로 풀이할 수도 있다. 반면, 깨끗하면서 투명하다는 이미지를 가지고 있기도 하다. 아마도 이황이 말한 '얼음'은 후자일 가능성이 높다. "정신이 시원해진다."라고 했으니 전자의 이미지로써가 아닌, 후자의 이미지로 말한 것이 분명하다.

①의 내용은 박순의 나이 61세 때인 1583년(선조16) 7월 이후의 상황과 관련해 나온 것이다. 박순의 생애를 보면, 후반부로 갈수록 높은 직위에 올라 영예를 얻었으나 정치적으로는 동서 붕당기에 접어들어 그 소용돌이를 피할 수 없었다. 57세에 영의정이라는 최고 관직에 오르다보니, 아무리 잘해도 반대파로부터 비난을 받을 수밖에 없었고, 또한 우두머리로 지목될 상황이었다. 그 최고조에 달한 때가 바로 박순의 나이 61세 때이다. 박순은 본인 스스로 높은 관직에 있으면서 나라를 위해 경륜을 펼칠만한 인재가 있으면 선후배를 가리지 않고 추천하였다. 44세 부제학 시절에 한참 선배인 이황을 추천한 바 있고, 후배인 성혼成渾과 이이李珥도 추천하여 능력을 마음껏 펼 수 있도록 주선하였다. 특히, 성혼과 이이와 서로 의기투합하여 국사를 돌보았는데, 반대파 사람들은 이러한 처사를 용납하지 않으려 하였다. 박순의 나이 61세 7월 이후에 반대파로부터 탄압을 당한 사람은 이이였다. 이이가 탄압을 당하자 성혼이 선조

---

2) 李肯翊 編,《練藜室記述》卷18, 宣祖朝相臣, 朴淳.
3) 본문에 인용한 번역 내용은 한국고전번역원에 탑재된 것을 참고했음을 밝힌다.

에게 상소하여 변명을 하였고, 박순은 탄압은 공론이 아니라고 아뢰었
다. 그러니까 다시 양사兩司에서 박순을 공격하며 탄핵하려고 하였다.
이때 선조가 박순을 가리켜 "소나무와 대나무 같은 절개와 지조가 있고
물과 달 같은 정신이 있다."라고 한다. 선조는 박순을 전적으로 믿었던
것이다. 하지만 박순은 탄압까지 당하자 사람들을 피해 강가의 집으로
물러가 지낸다.

박순은 이와 같이 소나무와 대나무, 물과 달, 얼음 등에 비유되어 절
개가 있고, 맑은 정신을 지녔으며, 깨끗하다는 평가를 받았음을 알 수
있다. 이러한 성품을 간직하여 관직에 있으면서 불의에 맞서기도 하고,
원칙대로 일을 처리하여 임금으로부터 신임도 받았다. 그러나 급격히
변한 정세로 인해 벼슬에 머물 뜻을 점점 접기 시작한 것이다. 강가 집
에서 지낸 박순은 조정과 멀리 떨어진 곳에서 살고자 한 뜻을 지녀 그의
나이 64세 가을에 경기도 영평永平(현 포천)으로 가 자연 속에서 지내다
생애를 마쳤다.

박순은 정치인이요 관료자로 맡은 바 소임을 다한 한편, 당대 문단을
이끈 대표적인 문인이기도 하다. 이러한 면모를 기록한 대표 사례를 들
면 다음과 같다.

① 사암 박순은 맑고 지조가 있어 선류善類의 종주가 되었다. (중략) 그
의 문장 역시 그의 인물됨과 같아서 근체시近體詩의 실속 없고 경박
하며 기구하고 괴이한 것을 몹시 싫어하고 나쁜 습관을 애써 변화
시켜 깨끗이 씻어 내려 하였다.[4]

② 박순은 문장에 있어 한·당漢唐의 격법格法을 따라 회복하였고 시에 특
히 능하여 또한 한 시대의 종주였는데, 최경창崔慶昌·백광훈白光勳·이

---

4) 正祖, 《弘齋全書》 卷171, 日得錄11, 人物.

달李達 등이 모두 그의 문인이었다. 이로부터 문체가 크게 변하였다.[5)]

①의 내용은 정조가 언급한 것이고, ②는 선조수정실록에 나와 있는 것이다. 정조는 조선 시대 어떤 임금보다 문예에 관심이 많아 역대 문인들의 시와 문장을 평가하였다. ①의 내용을 간추리자면, 박순은 선류들의 으뜸이고, 경박하고 기괴한 시의 풍조를 싫어하여 변화시켜 깨끗이 씻어내려 노력했다는 것이다. ②의 내용도 ①과 서로 연결시킬 수 있다. 박순은 문장에서 한당의 법식을 회복하였고, 특히 시를 잘 지어 선두 역할을 했는데 최경창·백광훈·이달 등이 따랐다고 하였다.

두 내용에서 공통적인 어휘는 '종주'라는 말인데, 이는 박순이 당대 문단을 이끌었다는 말로 이해할 수 있다. 최경창·백광훈·이달은 조선 중기 문단에 당시풍唐詩風이 유행할 때 그 시풍을 이끈 대표 문인들로 흔히 '삼당파三唐派'라 이른다. 곧, 박순은 이러한 당대 문단의 대표 시인들인 세 사람의 선두에 서서 이전에 만연해 있던 문단의 문체를 크게 변화시켰다. 박순은 그의 나이 46세 때 대제학을 맡았는데, 이때 문형文衡을 쥐고 문단에 만연한 부박浮薄한 문체를 바꾸려 노력한 것과 관련된다 하겠다.

박순이 남긴 문집《사암집》은 총 7권 3책으로 구성되어 있으며, 한시 작품은 권1~3까지 시체별로 수록하였다. 그 작품 수를 종합해 보면, 448 제 602수이다. 602수 시의 내용은 다양한데, 주요 어휘를 적어본다면 '소시少時', '가족', '지인', '관직', '영평'이라고 할 수 있다. 따라서 필자는 이러한 주요 어휘를 기반으로 박순의 시를 다음의 다섯 갈래로 나누었다.

첫 번째 갈래, 소시少時에 지은 시 작품
두 번째 갈래, 가족을 바라본 따뜻한 시선

---

5)《朝鮮王朝實錄》宣祖修正實錄 22년 기축 7월 1일자.

세 번째 갈래, 지인들에게 보낸 마음의 시
네 번째 갈래, 관직 생활 중에 일어난 시심
다섯 번째 갈래, 탈속한 자연인의 삶과 여유

첫 번째 갈래에 4제 4수를, 두 번째 갈래에 5제 7수를, 세 번째 갈래에
26제 41수를, 네 번째 갈래에 30제 38수를, 다섯 번째 갈래에 37제 53수
등 총 102제 143수를 뽑아 정리하였다.

2. 한시 작품, 다섯 갈래로 나누어 읽다

1) 첫 번째 갈래, 소시少時에 지은 시 작품

박순은 어려서부터 시 창작에 대한 열의가 있었다. 《사암집》을 보면,
'소시작小時作'이라 한 총 여덟 작품이 있다. 이 여덟 작품 중에 네 작품
을 실었다. 그 시제를 나열하면 다음과 같다.

① 우연히 읊다[偶吟]
② 강가에서[江上]
③ 왕릉의 어머니[王陵母]
④ 이릉[李陵]

이중 ③과 ④ 작품은 중국 역사를 소재로 하여 지었는데, 이는 아마도
역사 공부를 하던 중에 느낀 소감을 작품으로 남겼을 것으로 추정한다.
특히, 박순은 작품 ④를 통해 아무리 어려운 상황이 닥쳐도 절의를 버리
지 말아야 한다는 것을 강조하였다.

2) 두 번째 갈래, 가족을 바라본 따뜻한 시선

박순은 가족과 관련한 시를 총 다섯 작품 남겼다. 여기에는 중부仲父인 박상朴祥를 떠올리면서 지은 시, 질손姪孫들에게 준 시, 딸, 사위 등과 관련한 것들이 있다. 그 시제를 나열하면 다음과 같다.

① 회정 상인의 책 속에 돌아가신 중부 눌재의 시가 있는 것을 보고 느낌이 일어 삼가 차운하다 2수[回正上人卷中 見先仲父訥齋詩 有感敬次 二首]
② 청안현에서 돌아가신 중부 눌재 선생의 판상 시에 삼가 차운하다 2수[淸安縣 敬次先仲父訥齋先生板上韻 二首]
③ 한산의 관아에서 질손들에게 보도록 부치다[韓山衙 寄示姪孫輩]
④ 딸아이가 꽃을 가지고 노는 것을 보고 장난으로 쓰다[觀女兒弄花 戱題]
⑤ 사위 이영년에게 보이다[示女婿李永年]

①과 ②는 중부인 박상과 관련한 작품이다. ①에서 박상의 시를 가리켜 고운 빛이 나는 구슬을 뜻하는 '명월주'라 했는데, 존경하는 마음을 드러낸 것이다. ③은 박순이 그의 나이 40세 때 한산 군수에 부임하여 지은 것으로 외직에 나가 조카들에게 부친 편지시라고 할 수 있다. ④와 ⑤는 딸과 사위를 위해 지은 작품으로 가족을 사랑하는 마음이 그대로 느껴진다.

3) 세 번째 갈래, 지인들에게 보낸 마음의 시

박순은 지인들에게 시를 통해 마음을 전달하였다. 그 지인 중에는 현대인들에게 잘 알려진 사람도 있지만, 잘 알려지지 않은 사람들도 다수 있다. 특히, 박순은 유불儒佛을 초월하여 마음이 통하는 사람과 소통하였다. 박순이 지은 시 중에는 유가인은 물론이요, 불가인들도 다수 포함되어 있어 이를 가늠할 수 있다. 그 시제를 나열하면 다음과 같다.

① 고향으로 돌아가는 퇴계 선생을 전송하며[送退溪先生還鄕]

② 옛 은거지로 돌아가는 숙헌 이이를 전송하며 2수[送李叔獻珥 還舊隱 二首]

③ 장흥으로 향해 가는 임석천을 전송하며[送林石川赴長興]

④ 안변 부사 양사언에게 부치다 2수[寄楊安邊士彦 二首]

⑤ 남쪽으로 돌아가는 수재 정운룡을 전송하며[送鄭秀才雲龍南還]

⑥ 사재 송순의 면앙정 30운을 쓰다[題宋四宰純 俛仰亭三十韻]

⑦ 진으로 부임해 가는 만호 기효근을 전송하며 3수[送奇萬戶孝謹赴鎭 三首]

⑧ 참봉 허진동의 우반십경에 써서 부치다[寄題許參奉震童愚磻十景]

⑨ 호남 관찰사로 나가는 정계함을 전송하며[送鄭季涵出按湖南]

⑩ 소격서의 복주를 선물한 참판 윤근수에게 사례하며[謝尹參判根壽 惠昭格署福酒]

⑪ 옥봉 백광훈의 만시[白玉峯光勳 挽]

⑫ 연경으로 가는 사과 한호를 전송하며[送韓司果濩赴京]

⑬ 김천일의 서재에 쓰도록 부치다[寄題金千鎰書齋]

⑭ 청풍 현감으로 나가는 시보 남언경을 전송하며 2수[送南時甫彦經宰淸風 二首]

⑮ 연경에 가는 계진 이후백을 전송하며 2수[送李季眞後白 赴京 二首]

⑯ 홍천경의 쌍계정에 쓰다[題洪千璟雙溪亭]

⑰ 계림의 수령으로 나가는 허엽을 전송하며 2수[送許曄出尹鷄林 二首]

⑱ 일재 이항의 만시[李一齋恒 挽]

⑲ 퇴계 선생의 만시[退溪先生 挽]

⑳ 남명 조식의 만시[曹南冥植 挽]

㉑ 고봉 기대승의 만시[奇高峯大升 挽]

㉒ 이율곡의 만시[李栗谷 挽]

㉓ 신여 산인이 금루관을 굳이 사양하고 돌아가 그에게 시를 주다[信
如山人 固辭禁漏官 還歸 贈之以詩]

㉔ 견 상인에게 주다[贈堅上人]

㉕ 여산군에서 행사 상인과 작별하면서[礪山郡別行思上人]

㉖ 균사의 시축에 율곡의 시가 있어 슬픈 감회에 잠긴 나머지 그 시
에 차운하여 주다 2수[均師詩軸 有栗谷詩 感愴之餘 因次其韻以贈之 二首]

①과 ②는 각각 이황, 이이와 관련한 작품이다. 두 사람 모두 벼슬에
있다가 고향으로 돌아가게 되었는데, 이별의 뜻으로 지은 시이다. ③, ④,
⑤, ⑦, ⑨, ⑫, ⑭, ⑮, ⑰, ㉕ 등도 모두 이별에 즈음하여 지은 작품이다.
고향에 내려가거나 관직에 있는 사람이 다른 곳으로 부임해 갈 때 아쉬
운 감정을 담거나 소신을 밝혔다. 그리고 ⑥, ⑧, ⑬ 등은 송순, 허진동,
김천일 등이 소유한 누정 주변의 승경을 소재로 하여 지었다. 특히, ⑥
은 송순의 면앙정 주변의 승경을 담은 작품으로 30수의 연작시라는 의
미를 지닌다. ⑩은 사례시의 일종이고, ⑪, ⑱, ⑲, ⑳, ㉑, ㉒ 등은 만시로
서 세상을 뜬 사람들을 위해 슬픈 감정을 시로 승화시켰다. ㉓은 신여
상인이라는 불가인이 금루관이라는 벼슬을 고사하고 다시 산으로 들어
갔다라는 내용을 담았다. 마지막으로 ㉖은 균이라는 불가인의 시집 속
에 이이의 작품이 있어 느낌이 일어 지었다.

4) 네 번째 갈래, 관직 생활 중에 일어난 시심

박순은 그의 나이 31세 8월에 정시에 장원급제한 이래 성균관 전적을
시작으로 여러 벼슬을 거쳐 영의정에까지 올랐다. 이러한 관직 생활을

하던 중에도 시심詩心이 일어 틈이 나는 대로 시 작품을 지었다. 필자는 역임한 관직 순서대로 작품을 배열하였다.

① 눈이 온 뒤에 호당에서 눈썰매를 타고 한강 얼음 위로 내려가다[雪後 自湖堂乘雪馬 下漢江氷上]

② 호당에서 입으로 읊조리다[湖堂口號]

③ 용만에서 임당 정유길과 입으로 연구를 읊다[龍灣 與鄭林塘惟吉 口號聯句]

④ 청안현에서 묵으며 3수[宿淸安縣 三首]

⑤ 단양을 가던 중에 2수[丹陽途中 二首]

⑥ 청풍의 한벽루에서 2수[淸風寒碧樓 二首]

⑦ 낙화암[落花巖]

⑧ 백마강[白馬江]

⑨ 비인의 망해루에서 판액 시에 차운하다[庇仁望海樓 次板上韻]

⑩ 은대에서 숙직하며 동료의 시에 차운하다 2수[直銀臺 次同僚韻 二首]

⑪ 을축년 10월에 경연이 중지되었다는 소식을 듣고 느낌이 일어[乙丑十月 聞經筵罷 有感]

⑫ 구 천사의 〈배기자묘〉 시에 차운하다[次歐天使拜箕子廟韻]

⑬ 구 천사가 고맙게도 좋은 시를 보여주어 삼가 그 시 운을 따라 지어 외람되이 보도록 내놓으며[歐天使寵示佳篇 謹步其韻 敬塵淸眄]

⑭ 천사 성헌의 〈김 효녀〉 시에 차운하다[次成天使憲金孝女韻]

⑮ 쾌재정에서 왕 천사의 시에 차운하다[快哉亭 次王天使韻]

⑯ 성 천사의 〈유별〉 시에 차운하다 2수[次成天使留別韻 二首]

⑰ 명종대왕실록 사신들의 세초연계축 시[明宗大王實錄詞臣洗草宴契軸韻]

⑱ 양조묘에 쓰다[題楊照廟]

⑲ 옥하관에서 소리 내어 읊다[玉河館口號]

⑳ 길을 가던 중에 변경으로 가는 수자리 군졸을 만나다[途中見赴邊戍卒]

㉑ 동파로 가는 도중에 시에 차운하다[東坡途中 次韻]

㉒ 효릉을 개수하고 느낌이 일어[修改孝陵有感]

㉓ 느낌이 일어 2수[有感 二首]

㉔ 느낌이 일어[有感]

㉕ 느낌이 일어[有感]

㉖ 화분의 국화[盆菊]

㉗ 혜 중산의 〈절교론〉을 읽고 느낌이 일어 2수[讀嵇中散絕交論 有感 二首]

㉘ 작은 거문고에 쓰다[題短琴]

㉙ 한림주서계축에 쓰다[題翰林注書契軸]

㉚ 포은 선생의 판액 시에 차운하여 백암의 쌍계루에 써서 부치다[寄題白巖雙溪樓 次圃隱先生板上韻]

박순은 그의 나이 36세 말부터 37세초까지 사가독서를 하였는데, ①, ②는 그와 관련된다. ③은 38세 때의 작품으로 중국에서 조사詔使가 온다 하여 원접사 정유길의 종사관이 된 적이 있었는데, 당시 평안북도 의주에서 지었다. ④~⑨는 38세 때 재상 어사가 되어 충청 지역을 살피고 다니면서 지었고, ⑩은 41세 때 한산 군수를 마치고 다시 조정에 들어갔을 때 창작한 것이다. ⑪의 작품은 1565년(명종20), 박순의 나이 43세 때 지었다. 이 해에 명종은 병을 자주 앓았는데, 때문에 경연이 중지되었다는 소식을 듣고 그 느낌을 시로 읊었다. ⑫~⑯까지의 작품은 중국 사신들의 시에 차운한 것이다. 박순은 그의 나이 46세 때 두 차례에 걸쳐 중국 사신들을 맞이하여 접반사, 원접사, 반송사 등의 임무를 수행한다. 당시 사신으로 온 사람은 총 4명이었는데, 이들이 먼저 시를 짓고 그 뒤를 이어 박순이 차운하였다. 중국 사신들과 시로써 대적하려면 특별한 순발력이 필요했는데, 박순은 사신들을 맞이하고 보내는 일을 무사히 완수

했으며 이때 지은 작품 수가 상당하다. ⑰은《명종실록》세초연과 관련한 작품이다.《명종실록》세초연은 박순의 나이 49세 때인 1571년(선조4) 5월에 열렸다. 박순은 당시 예조 판서에 재직 중이었는데, 이 세초연에 참여하였다. 박순은 그의 나이 50세 때 등극사로 중국을 다녀왔는데, ⑱~㉑까지의 작품을 이때 지었다. ㉒는 박순의 나이 55세 때 효릉(인종의 능)을 개수할 때 지었고, ㉓~㉕까지의 작품은 61세 때 함경북도 경원에서 오랑캐가 난을 일으켰을 때 느낌을 적은 것이다. ㉖~㉚번까지의 작품은 관직에 있을 때 지은 것으로 추정하는데, 어느 때 지었는지 알 수 없다.

5) 다섯 번째 갈래, 탈속한 자연인의 삶과 여유

박순은 그의 나이 64세 때 영평으로 간 이래 생을 마감한 67세 7월까지 그곳에서 지낸다. 3년이 채 안 되는 시간 동안 영평에서 살았으나 박순에게 있어 이 기간은 의미가 깊다. 영의정 벼슬까지 올랐으나 모든 관직 생활을 마친 뒤에 자연인으로서 살아가며 그동안 체험하지 않았던 일들을 겪었기 때문이다. 처음 영평 생활은 불편했으나 점차 마음의 안정을 찾아가는 모습을 시를 통해 보여주었다. 또한 영평에서 생활하며, 주변의 자연물, 누정 등에 이름을 부여한 것은 특이한 점으로 인식할 수 있다. 현재 전하고 있는 작품 중에 영평에서 지은 것은 다른 시기에 비해 절대적으로 많다. 이는 박순이 영평에 있을 때 다수 창작한 측면도 있겠으나 보존을 잘해서 그런 것이라고 생각한다. 그 시제를 나열하면 다음과 같다.

① 느낌이 일어 2수[有感 二首]
② 숙배한 뒤에 입으로 읊조리다[肅拜後口號]
③ 강가 집으로 나가 지내다 3수[出寓江舍 三首]

④ 용산의 강가 집에서 되는 대로 짓다 2수[龍山江舍漫成 二首]

⑤ 숙배한 뒤에 느낌이 일어[肅謝後有感]

⑥ 숙배한 뒤에 영평으로 돌아가며[肅拜後 歸永平]

⑦ 장차 영평으로 돌아가려고 하는데, 마렵의 승경에 대해 들어 시로
   감회를 부치다[將歸永平 聞馬鬣之勝 詩以寓懷]

⑧ 용산에서 영평으로 돌아가느라 이웃에 사는 이 수재와 이별하며
   [自龍山歸永平 別隣居李秀才]/

⑨ 연사의 시에 차운하여 보내다 2수[次寄然師韻 二首]

⑩ 우두정에 기숙하며[寓宿牛頭亭]

⑪ 거처를 정하며 4수[卜居 四首]

⑫ 영평 잡영 3수[永平雜詠 三首]

⑬ 천연이 풍수지리를 알아 내가 살려고 잡은 터를 보고 말하기를
   "수세가 탐욕스러운 늑대이니, 법칙상 마땅히 가난하지 않다."라
   고 하였다. 장난삼아 짓다[天然解地理 相吾卜居日 水勢貪狼 法當不貧 戲題]

⑭ 감흥[感興]

⑮ 석룡퇴에서 이 상사의 시에 차운하다[石龍堆上 次李上舍韻]

⑯ 정자, 누대, 시내, 바위에 모두 이름이 있어 그 위 돌에 새기고, 이
   로 인해 느껴 시를 짓다[亭臺溪巖 皆有名號 刻石其上 因感而賦之]

⑰ 창옥병[蒼玉屛]

⑱ 배견와[拜鵑窩]

⑲ 와준 바위에 쓰다[題石窪尊]

⑳ 화적연에서 백운산에 도착하니 진달래꽃은 이미 시들고 산유화는
   아직 피지 않았다. 집으로 돌아가려고 했는데, 철쭉이 바야흐로
   한창이어서 장난삼아 쓰다[自禾積淵到白雲山 杜鵑花已衰 山榴未發 及歸弊廬
   躑躅方盛 戲題]

㉑ 낙귀정의 진달래꽃이 산을 뒤덮을 정도로 한창 피어 천연 상인이

나에게 와보라고 알려서[樂歸亭 杜鵑花籠山盛開 天然上人 報我來看]

㉒ 풍악산에 들어가며 4수[入楓岳 四首]

㉓ 영평의 시내 바위에 쓰다[題永平溪石上]

㉔ 이양정의 벽에 쓰다[題二養亭壁]

㉕ 명종이 일찍이 9월에 취로정에 납시어 서당관을 불러다 책을 강론하며 시를 짓도록 하여 상급을 내리고, 친히 푸른 종지를 잡고 가득 따라 마시도록 했다. 모두 정신 못 차리도록 취하고 해가 저물어서야 끝내고 나갔는데, 각자 흰 밀랍으로 만든 큰 촛대를 하사하여 집으로 돌아갔다. 구경하는 사람들은 영광스러운 일로 여겼다. 깜짝할 사이에 이미 30여 년이 지나 눈물 흘리며 입으로 읊조리다[明廟嘗於九月 出御翠露亭 引書堂官 講書製詩 賞給有加 親執靑鍾 滿酌以飮之 皆迷醉 日暮罷出 各賜白蠟大燭還家 觀者榮之 倏忽已踰三紀 泫然口號]

㉖ 느낌이 일어[有感]

㉗ 입으로 읊다[口號 二首]

㉘ 김생에게 주다[贈金生]

㉙ 황지천이 잔 게를 보내준 데에 사례하며[謝黃芝川送蝂蟹]

㉚ 학상이 풍악으로 돌아가는데 전송하며[送學祥還楓岳]

㉛ 조운백을 찾아가다 2수[訪曹雲伯 二首]

㉜ 귀리 빚을 내고 장난으로 쓰다[請積麥債戲題]

㉝ 토란을 구워 먹으며[食燒芋]

㉞ 인삼을 캐며[採人蔘]

㉟ 치아가 부러져 장난으로 쓰다[齒碎戲題]

㊱ 조밥[粟飯]

㊲ 우물을 파며[鑿井]

【박순의 영정】
박순의 영정 원본은 현재 원
광대박물관에 보관되어 있다.

　박순은 그의 나이 61세 때 이이가 탄핵을 당하자 옹호하는데, 이것이
빌미가 되어 도리어 양사兩司의 탄핵을 받는다. ①은 그때의 심정을 읊은
작품이다. 박순이 탄핵을 당했을 때 선조는 박순에 대한 믿음을 저버리
지 않는데, 따라서 벼슬에서 바로 물러나지 않고 강가 집에서 머무르며
맡은 소임을 다한다.

　그 뒤에 박순은 64세 가을에 영평에 목욕하러 간다고 임금께 아뢰고,
한양을 벗어난다. 사실 목욕하러 간다는 말은 핑계일 뿐이고, 영평에 가
서 살 생각을 했던 것이다. 강가 집에서 머물러 있다가 영평에 가기 전
까지 박순은 깊은 고민을 하였는데, 이는 시 작품을 통해 알 수 있다.
②~⑧까지의 작품은 강가 집에서 머물러 있을 때 지은 것으로 심적 고충
이 심했음을 알 수 있다. ⑨~⑬까지의 작품은 영평에 도착하여 얼마 지
나지 않아 지은 것이다. 박순은 영평에 도착하여 살 집터부터 잡는데,

작품을 통해 이러한 내용을 전달하였다. 그리고 영평에 도착한 이후 시간이 흐르면서 마음의 안정을 점차 찾아가기 시작한다. ⑭~㉗까지의 작품은 이때 지은 것으로 추정하는데, 대체로 시에서 마음의 평안을 드러내었기 때문이다. 박순은 처음 영평에 도착했을 때 그곳에 사는 사람들의 삶의 양태도 잘 몰랐으나 시간이 흐르면서 점차 주변 환경에 적응하는 모습을 시 작품을 통해 나타내었다. 그러면서 주변을 유람하기 시작하는데, 이와 관련한 작품으로는 ⑮~㉔ 등이다. 한편, 옛날 관직에 있었던 일을 회상한다든가 나라를 근심하는 시를 남겼는데, ㉕, ㉖ 등이 여기에 해당한다. 또한 현지인들과 교유하기도 하고, 소박한 삶에서 만족해하는데, ㉙~㉗ 등의 작품이 이와 관련된다.

3. 후기에 붙여

앞에서 이미 말한 대로 박순이 남긴 한시는 현재 600여 수가 전한다. 박순은 시적 감수성이 뛰어난 사람으로 어떤 상황에 이르렀을 때 느낌을 시로 옮기기를 즐겨했다. 따라서 생애 동안 600여 수의 시만 창작했다고 생각하지 않는다. 더 많은 작품을 창작했을 것이나 보존되지 못하여 중간에 망실되었을 것으로 추측한다. 박순의 시 작품을 살피면서 이 점을 가장 안타깝게 생각하였다.

박순은 당시 문단의 상황도 꿰뚫고 있었다. 따라서 대제학에 오르자 당시 문단이 부박한 데로 흘러가는 것을 막으려 노력하였다. 당시 박순을 뒤따른 문인들도 많았다. 그 대표적인 사람으로 최경창, 백광훈, 이달 등 삼당파 문인들을 손꼽을 수 있다. 한국한시사의 흐름을 살펴보면, 여러 차례 시풍詩風의 변화가 있었다. 시풍이란 한 마디로 당대 문단에서 유행하는 시 흐름이라고 할 수 있다. 우리의 한시는 중국에서 유입한 것이기에 그 영향에서 벗어날 수가 없다. 그래서 당나라 때의 시와 비슷하면 당시풍唐詩風이라 하고, 송나라 때의 시와 비슷하면 송시풍宋詩風이라 하였다. 조선 시대에 접어든 초기에는 이전 고려의 시풍을 이어서 송시풍이 유행하였다. 그리고 이러한 흐름은 계속 이어질 수도 있었다. 박순도 당시에 송시풍이 유행하고 있다는 것을 감지하고 있었던 듯한데, 그리 썩 마음에 들지 않았다. 그리하여 어느 날 이달에게 시를 짓고 싶다면 '당시唐詩'와 비슷한 류의 작품을 지을 것을 권유한다.[6] 이 말을 들은 이달은 곧바로 당시를 공부하여 몇 년 뒤에 당시를 잘 짓는 대가가 되었다. 이 말은 곧, 박순이 문단의 시풍의 흐름을 변화시키는데 선두 역할을 했다는 뜻이다. 그럼에도 불구하고 필자는 본 편역서에서 이러한 점을 부각시키지 못하였다. 이 또한 안타깝게 생각한다.

　박순은 말년을 영평에서 보냈고, 생을 그곳에서 마감하였다. 박순이 영평에서 살았던 시간은 그리 오래지 않았다. 그러나 현재까지 남긴 자취를 보면, 그 의미가 심대하기 때문에 문화적 가치를 반드시 따져 보존해야 한다고 생각한다. 경기도 포천 백운산 일대에 형성된 문화적 자산을 살필 때 박순이 남긴 문헌적 자료는 내용을 보충하는 충실한 자료가 될 것으로 전망한다.

---

6) 박순이 이달에게 당시를 지을 것을 권유한 내용은 허균의 문집《성소부부고》 권8, 〈손곡산인전〉에 나와 있다.

【송호영당】

송호영당은 현재 광주광역시 광산구 소촌동에 소재해 있으며, 박상과
박순을 모시고 있다.

【참고문헌】

《朝鮮王朝實錄》
李肯翊 編,《練藜室記述》
正　祖,《弘齋全書》
許　筠,《惺所覆瓿藁》

제1장
소시少時에 지은 시 작품

박순은 어려서부터 시 창작에 대한 열의가 있었다. 《사암집》을 보면, '소시작少時作'이라 한 총 여덟 작품이 있다. 이 여덟 작품 중에 네 작품을 실었다. 이중에는 중국 역사를 소재로 한 것도 있는데, 아마도 역사 공부를 하던 중에 느낀 소감을 작품으로 남겼을 것으로 추정한다.

1. 우연히 읊다 偶吟

> ◆ 이 작품은 소시少時에 지은 것으로 내용은 다소 비관적이며 비탄적
> 이다. 노나라와 기린, 주나라와 봉황새가 기·승구에 나오는데, 각각
> "가려하고", "오지 않는다"라 하여 세상을 비관적으로 바라보았다. 그
> 리고 전구의 내용은 비탄적인데, 그러기 때문에 시적 화자는 목적 없
> 이 거닐 뿐인 것이다.

魯野麟將去　　노나라 들판에선 기린이 가려하고
노 야 린 장 거

周山鳳不來　　주나라 산에선 봉황새 오지 않는다
주 산 봉 불 래

文章嗟已矣　　슬프다, 문장은 다 끝나버렸으니
문 장 차 이 의

天地獨徘徊　　하늘땅 사이에서 홀로 배회하노라
천 지 독 배 회

《사암집》 권1

▶ 노야린장거魯野麟將去 : "노나라 들판에선 기린이 가려하고"로 풀이함.
　노魯나라 애공哀公 때 공자가 세상에 출현했다는 상징으로 기린이 나
　타났으나 사냥꾼에 잡혀서 죽었다 함.《춘추좌씨전春秋左氏傳 애공哀公
　14년》 기린은 성인聖人을 상징하는데, "기린이 가려 한다"는 것은 성인
　이 있다가 사라지려 한다는 뜻.

▶ 주산봉불래周山鳳不來 : "주나라 산에선 봉황새 오지 않는다"로 풀이함.
　성군聖君인 주周나라 문왕文王 때 봉황새가 기산岐山 아래에 날아와 울

었다 함.《국어國語 주어상周語上》봉황새는 성군을 뜻하는데, 장차 성
군이 나오지 않으리라는 뜻.

▶ 문장차이의文章嗟已矣 : "슬프다, 문장은 다 끝나버렸으니"로 풀이함. 문
장을 짓는 일이 무의미하다는 뜻.

2. 강가에서 江上

> ◆ 이 작품은 강가에 있는 평대平臺를 중심에 두고 지었다. 강가에 평대
> 가 있는데, 거기에 있어보니 바람이 마치 좋은 달에서 분 듯하다. 먼지
> 가 덮여도 굳이 쓸고 물을 뿌릴 필요가 없으니 그 이유는 푸른 이끼가
> 끼면 그런 대로 또 다른 운치가 있기 때문이다.

江上平臺廻   강가에 평대가 둘러있어
강 상 평 대 회

風吹好月來   바람은 밝은 달에서 분다
풍 취 호 월 래

不勞供灑掃   청소를 할 필요가 없으니
불 로 공 쇄 소

隨意步蒼苔   마음대로 푸른 이낄 걸으리
수 의 보 창 태

《사암집》 권1

▶ 평대平臺 : 원래 한漢나라 양효왕梁孝王이 천하의 재사才士들을 모아 주연
   酒宴을 베풀며 노닐었던 누대樓臺 이름. 여기서는 보통 볼 수 있는 누대
   를 말함.
▶ 수의隨意 : 뜻이 가는 대로. 내키는 대로.
▶ 창태蒼苔 : 푸른 이끼.

【사암나루】

전남 나주시의 다시면 죽산리 화동 마을 장춘정에서 공산면 백사리 사동[실이굴]으로 건너는 나루였다. 박순이 공부할 때 이 나루를 통해 다녔다는 데서 유래되었다.

3. 왕릉의 어머니 王陵母

◆ 이 작품은 중국 역사 속 내용을 소재로 하였다. 진秦나라 말기 유방劉邦을 도왔던 왕릉王陵이라는 사람이 있었는데, 그의 어머니와 관련한 내용을 소재로 하였다. 왕릉의 어머니가 자신의 목숨을 버리면서까지 유방을 도왔던 것을 주 내용으로 하면서 한생韓生과 관련한 것도 담았다. 아마도 이 작품은 박순이 어려서 중국 역사를 공부하던 중에 지었을 것으로 생각한다.

一劍捐生爲大劉
일 검 연 생 위 대 류

却教英俊向西遊
각 교 영 준 향 서 유

可憐白髮居巢客
가 련 백 발 거 소 객

空擲餘生事沐猴
공 척 여 생 사 목 후

칼 한번 휘둘러 대유 위해 목숨 버려

문득 출중한 사람 서쪽 향해 가도록 했다

가련하다, 백발로 집안에 있던 나그네는

부질없이 여생 내던져 원숭이를 섬겼다

《사암집》 권2

▶ 왕릉모王陵母 : 왕릉의 어머니. 진秦나라 말기에 왕릉이 같은 고향 출신인 한왕漢王 유방劉邦을 따라 항우項羽를 공격하였음. 항우가 왕릉의 모친을 인질로 잡고 그를 유인해 부르려고 하자 그 모친이 몰래 사자를 보내면서 "한왕은 장자長者이니 나 때문에 두 마음을 지니지 말라고 전해 달라."고 하고는 칼로 자결함.

▶ 연생捐生 : 목숨을 버림.

▶ 대류大劉 : 한나라 고조 유방劉邦을 가리킴.

▶ 영준英俊 : 출중한 사람. 여기서는 유방을 말함.

▶ 가련백발거소객可憐白髮居巢客 공척여생사목후空擲餘生事沐猴 : "가련하다,
백발로 집안에 있던 나그네는, 부질없이 여생 내던져 원숭이를 섬겼
다"로 풀이함. '백발거소객'은 한생韓生이라는 사람. '목후沐猴'는 목후
이관沐猴而冠을 말하는데, 초나라 항우項羽와 관련됨. 항우가 함양咸陽의
백성을 죽이고 진나라 궁궐을 불사르자, 한생이라는 자가 관중關中은
사방이 막혀 요새가 되고 땅이 비옥하여 도읍할 만하다고 항우에게
간언하였는데, 항우는 "부귀해지고 나서 고향으로 돌아가지 않는 것
은 비단옷 입고 밤길을 가는 것과 같다.[富貴不歸故鄕 如衣繡夜行耳]"라고
하며 듣지 않았음. 한생이 물러나 "초나라 사람은 원숭이가 갓을 쓴
격이라 하더니 과연 그렇구나.[楚人沐猴而冠耳 果然]"라고 하자, 항우가 그
말을 듣고 한생을 삶아 죽였음. 《史記 卷7 項羽本記》《史略 卷2 西漢》 즉, "원
숭이를 섬겼다"라는 말은 한생이 괜히 원숭이를 들어 항우에게 간언
을 했다는 뜻.

4. 이릉 李陵

◆ 이 작품도 중국 역사를 소재로 지었다. 이릉李陵은 한나라 무제武帝 때의 무인으로 흉노족을 무찌르러 갔다가 투항하고 그곳에서 20여 년 동안 우대를 받으며 살았다. 박순의 눈에 비친 이릉은 참 부끄러운 사람인 것이다. 자신이 무제에게 흉노를 치겠다고 호언장담하고서 오히려 투항한 뒤 흉노에게 우대를 받았기 때문이다. 이 작품을 통해 박순이 역사 속 인물을 어떻게 평가했는지를 알 수 있다.

戰士吟瘡鼓亦衰　　전사들은 부상으로 신음하고 북소리도 약한데
전 사 음 창 고 역 쇠

天山盡是犬戎旗　　천산은 모두 오랑캐의 깃발이 꽂아졌다
천 산 진 시 견 융 기

低顏折膝氈庭畔　　얼굴 숙여 무릎 꿇고 오랑캐의 문정 가에 있으니
저 안 절 슬 전 정 반

羞殺爐煙自試時　　향로 연기 속 자신을 시험하라 한 때가 부끄럽겠지
수 살 로 연 자 시 시

《사암집》권2

▶ 이릉李陵 : 한漢나라 장군 이광李廣의 손자로 자는 소경少卿. 무제武帝 때 기도위騎都尉의 신분으로 흉노匈奴를 정벌하기 위해 5천 명의 병력을 이끌고 출전했다가, 8만 기병騎兵에게 포위된 상태에서 8일 동안이나 밤낮으로 계속 싸워 승리했으나, 고립무원의 상태에서 화살과 식량도 다 떨어진 끝에 흉노의 선우單于에게 투항한 뒤, 그곳에서 20여 년 동안이나 우대를 받으며 장가들어 살다가 병사病死하였음. 《漢書 卷54 李廣蘇建傳》

▸ 천산진시견융기天山盡是犬戎旗 : "천산은 모두 오랑캐의 깃발이 꽂아졌다"
  로 풀이함. '천산'은 기련산祁連山으로, 감숙성甘肅省 청해靑海에 있음. 후
  대에는 흔히 오랑캐 지역에 있는 높은 산을 가리키는 말로 쓰임. '견
  융'은 중국의 서북부 지방에 거주하던 오랑캐 종족인데, 보통 오랑캐
  를 뜻함.

▸ 저안절슬전정반低顏折膝氈庭畔 수살로연자시시羞殺爐煙自試時 : "얼굴 숙여
  무릎 꿇고 오랑캐의 문정 가에 있으니, 향로 연기 속 자신을 시험하라
  한 때가 부끄럽겠지"로 풀이함. '진정'은 오랑캐의 문정門庭을 말함. 이
  릉은 흉노 선우에게 투항한 뒤 그곳에서 20여 년 동안 우대를 받으며
  살았음. "얼굴 숙여 무릎 꿇고 오랑캐의 문정 가에 있다"는 말은 바로
  이를 두고 한 것. 또한 이릉은 흉노족과 싸우러 가기 전에 무제에게
  흉노를 치겠노라고 호언장담하였음. "향로 연기 속 자신을 시험하라"
  한 말은 바로 이를 두고 한 것임.

제2장
가족을 바라본 따뜻한 시선

박순은 가족과 관련한 시를 총 다섯 작품 남겼다. 여기에는 중부仲父인 박상朴祥를 떠올리면서 지은 시, 질손姪孫들에게 준 시, 딸, 사위 등과 관련한 것들이 있다.

1. 회정 상인의 책 속에 돌아가신 중부 눌재의 시가 있는 것을 보고 느낌이 일어 삼가 차운하다 2수

回正上人卷中 見先仲父訥齋詩 有感敬次 二首

◆ 이 작품은 회정 스님의 책 속에 박상朴祥의 시가 있는 것을 보고 느낌을 적은 것이다. 회정 스님은 어느 분을 가리키는지 알 길이 없다. 박상은 박순의 중부仲父이다. 박상은 1530년에 세상을 떴는데, 그 당시 박순의 나이는 여덟 살이었다. 따라서 박순이 박상을 어려서 뵙기는 했겠으나 많은 추억을 가지진 못했을 것이다. 그러나 자라면서 박상의 명성은 익히 들었을 것이고, 특히 시 작품은 남은 문집을 통해 읽었을 것이다. 그러던 중에 회정 스님의 시집 속에서 중부의 시를 접했으니, 그 반가운 마음은 컸으리라.

본 작품은 총 두 수로 이루어져 있는데, 특히 첫 번째 내용에서 박상의 시에 대한 느낌을 담았다. 박순은 박상의 시에 대해 "먹 자취는 아직 새로워 티끌에 물들지 않았고", "필력은 세 발 솥 들을 만하다."라고 했으며, "명월주"라고 하였다.

墨迹猶新不染埃　　먹 자취는 아직 새로워 티끌에 물들지 않았고
묵 적 유 신 불 염 애

筆堪扛鼎熟能排　　필력은 세 발 솥 들을 만하니 그 뉘 밀어낼까
필 감 강 정 숙 능 배

亂峯斜日玄江上　　어지러운 산봉우리에 해 비껴 강은 조용한데
란 봉 사 일 현 강 상

一幅明珠掩淚開　　한 폭의 명월주 같은 시로 눈물 머금었다 편다
일 폭 명 주 엄 루 개

明沙如雪不生埃
명 사 여 설 불 생 애

눈과 같은 밝은 모레는 먼지가 일지 않고

霜洗群峯劍戟排
상 세 군 봉 검 극 배

서리 씻긴 뭇 봉우리들은 창검처럼 늘어섰다

更遣詩僧相對話
갱 견 시 승 상 대 화

다시금 또 시승과 마주 앉아 이야기를 나누어

旅懷今日十分開
려 회 금 일 십 분 개

나그네의 마음을 오늘에야 맘껏 풀었다

《사암집》 권1

▶ 눌재訥齋 : 박상朴祥(1474~1530)의 호. 박순에게 박상은 중부仲父임. 박상의
  자는 창세昌世요, 본관은 충주忠州이며, 시호는 문간文簡. 광주光州 출신.
  1496년(연산군2) 진사가 되고, 1501년 식년 문과에 급제하여 벼슬을 시
  작함. 1506년 전라도 도사로 역임할 당시 나주에서 행패를 일삼던 연
  산군의 애첩의 아버지 우부리牛夫里를 장살杖殺한 일이 있었음. 이 사건
  으로 하마터면 위기에 몰릴 뻔했으나 중종반정이 일어나 모면하였음.
  또한 담양 부사 시절에 중종반정으로 폐위된 단경왕후端敬王后 신씨愼
  氏의 복위를 상소하여 나주 오림역烏林驛에 유배되기도 하였음. 청백리
  에 녹선 되고, 문장으로 이름을 알렸음. 문집에 《눌재집》이 있음.

▶ 묵적墨迹 : 먹으로 쓴 흔적.

▶ 강정扛鼎 : 큰 정鼎을 들 만한 힘을 가졌다는 뜻으로, 힘이 대단히 센 것
  을 말함. 《사기》 권7 〈항우본기項羽本紀〉에 "항우는 힘이 세어서 세 발
  달린 솥을 두 손으로 불끈 들 만하였다."라는 기록이 있음.

▶ 명주明珠 : 원래는 고운 빛이 나는 구슬을 뜻하나 여기서는 박상의 시
  를 말함. 즉, 박상의 시를 고운 구슬에 비유하였음.

▶ 려회旅懷 : 나그네의 마음.

2. 청안현에서 돌아가신 중부 눌재 선생의 판상 시에 삼가 차운하다 2수
清安縣 敬次先仲父訥齋先生板上韻 二首

◆ 이 작품은 박순이 38세(1560, 명종15) 가을에 재상어사災傷御史가 되어 호서 지역을 순시하던 중에 지었다. 시제에 나온 '청안현'은 충청북도 괴산의 옛 지명이다. 박상은 일찍이 충주 목사를 지낸 적이 있기 때문에 인근 지역을 답사하며 시를 남겼을 것이고, 그 시 작품은 어느 곳에 걸렸을 것으로 추정한다. 박순은 순시하다 판상에 걸린 중부仲父의 시를 보고, 반가운 마음이 들었을 것인데, 이 작품은 이러한 배경에서 지어졌다. 두 수 중에서 특히, 첫 번째 작품을 통해 박순의 마음이 어떻다라는 것을 읽을 수 있다. 박순은 공식적인 기록관을 통해 업적을 기록한 것이 아니더라도 오히려 강하와 같은 자연물과 함께 오래 간다고 하였다. 또한 용과 호랑이와 같은 선비들이 풀 속에 숨어 드러나지 않는데, 사람들은 재상의 자리에 오른 사람들만 이야기한다고 하여 인간 세태의 씁쓸한 면을 말하였다.

塵壁高懸一首詩 진 벽 고 현 일 수 시	먼지 낀 벽에 높이 걸린 한 편의 시
意關飛動讀來遲 의 관 비 동 독 래 지	마음의 문 날아 움직여 읽어 감이 더디다
江河自共遺文久 강 하 자 공 유 문 구	강하는 절로 남은 글과 함께 오래 가리니
勳業何須太史垂 훈 업 하 수 태 사 수	훈업은 어찌 반드시 태사를 통해 전해지리오
草裏幾閒龍虎士 초 리 기 한 용 호 사	풀 속에 용호의 선비들 얼마나 쉬고 있는데

人間空說鳳凰池
인 간 공 설 봉 황 지
인간들은 재상의 자리를 공연히 이야기한다

寒天落木斜陽地
한 천 락 목 사 양 지
찬 하늘에 낙엽이 져 비낀 해 비추는 곳에서

磊嵬心胸付酒巵
뢰 외 심 흉 부 주 치
편하지 않은 마음을 술잔으로 달래본다

到此頻看入詠詩
도 차 빈 간 입 영 시
이곳에 와 자주 읊조릴 만한 시를 보아서

沈吟欲和思應遲
침 음 욕 화 사 응 지
읊조려 화작하려니 생각은 으레 늦어진다

曉雲未散山全暝
효 운 미 산 산 전 명
새벽 구름 흩어지지 않아 산은 전부 어두운데

春日將中柳半垂
춘 일 장 중 류 반 수
봄날 해 중천에 있고 버들은 반쯤 드리워졌다

氣槪老來渾落莫
기 개 로 래 혼 락 막
기상과 절개는 늘그막에 온통 쓸쓸해졌고

風流愁處忽差池
풍 류 수 처 홀 차 지
풍류는 시름겨운 곳에서 홀연히 어그러진다

主人好客回靑眼
주 인 호 객 회 청 안
주인은 손님을 좋아하여 푸른 눈을 돌리고

朝酒慇懃侑十巵
조 주 은 근 유 십 치
아침술을 정중하게 열 잔이나 권유한다

《사암집》 권3

▶ 청안현淸安縣 : 충청북도 괴산의 옛 지명.
▶ 훈업하수태사수勳業何須太史垂 : "훈업은 어찌 반드시 태사를 통해 전해
　지리오"로 풀이함. 훌륭한 업적은 반드시 기록관을 통해서만 전해지
　는 것은 아니라는 의미. '태사'는 기록을 맡아보던 관리를 말함.
▶ 용호사龍虎士 : 용과 호랑이와 같은 선비.
▶ 봉황지鳳凰池 : 궁궐의 연못으로, 중서성中書省 혹은 재상의 직위를 가리킴.

▸ 뢰외심흉磊巍心胸 : '뢰磊'는 돌무더기를 뜻하고, '외巍'는 산이 꼬불꼬불 굽어 있는 모습을 뜻함. 따라서 '뢰외심흉'이란 마음이 편하지 않다는 뜻임.

▸ 낙막落莫 : 쓸쓸함.

▸ 치지差池 : 이치나 행동 따위에 어긋남.

▸ 청안靑眼 : 다정한 눈길이라는 뜻. 삼국 시대 위魏나라 완적阮籍이 속된 사람을 만나면 백안白眼 즉, 흰 눈자위를 드러내어 경멸하는 뜻을 보이고, 의기투합하는 사람을 만나면 청안 즉, 검은 눈동자로 대하여 반가운 뜻을 드러낸 고사가 전함.《세설신어 간오》

3. 한산의 관아에서 질손들에게 보도록 부치다
韓山衙 寄示姪孫輩

◆ 이 작품은 박순이 그의 나이 40세에 한산 군수를 나갔을 때 지었다. 시제에서 말한 '질손'은 누구를 말하는지 자세히 알 수 없다. 시의 내용을 보자면, 박순이 부임한 한산 관아에는 푸른 소나무가 드리워진 작은 정자가 있다. 그곳에서 박순은 독서를 했는데, 바람이 미약하여 그 책 읽는 소리를 질손들에게 보내지 못한 것이 아쉽다라고 하였다.

靑松陰裏小亭淸　　　푸른 소나무 그늘 속의 작은 정자 깨끗하여
청 송 음 리 소 정 청

好把微言講熟明　　　심오한 말을 강론하여 익히고 밝히기에 좋다
호 파 미 언 강 숙 명

只恨輕風太無力　　　가벼운 바람 너무 힘이 없음이 한스러울 뿐
지 한 경 풍 태 무 력

未曾吹送讀書聲　　　일찍이 책 읽는 소리를 불어 보내지 못한다
미 증 취 송 독 서 성

《사암집》 권1

▶ 질손姪孫 : 형제나 자매의 자식.

▶ 미언微言 : 심오한 말.

【박순을 기린 선정비】

박순은 그의 나이 40세 때 한산 군수에 부임하였다. 박순의 행장에 따르면, 임지에 가서 행정이 청간淸簡하였고, 관아가 파하면 곧 송정松亭에 나아가 독서를 일삼으니 그 소문을 듣고 많은 사람들이 뒤따라 비석을 세워 덕을 칭송했다라고 하였다. 박순을 기린 선정비는 현재 충남 서천군 한산면사무소 앞으로 옮겨져 보존하고 있다. 비석은 맨 위에 '군수박순선정비郡守朴淳善政碑'라는 일곱 글자만 새겨 있을 뿐 백비 형태이다.

4. 딸아이가 꽃을 가지고 노는 것을 보고 장난으로 쓰다
觀女兒弄花 戲題

◆ 이 작품은 박순이 어린 딸아이가 장난치며 노는 모습을 보고 지은 것이다. 박순은 제주고씨 판관 고몽삼高夢參의 딸을 부인으로 맞아 딸을 한 명 두었다. 작품에서는 이제 겨우 어미의 젖에서 떨어진 딸아이의 천진난만한 모습을 주로 그렸다. 내용을 통해 박순이 얼마나 딸을 사랑스러워했는지 느낄 수 있다.

女兒聰慧纔離乳 여 아 총 혜 재 리 유	겨우 젖이 떨어진 똘똘한 딸아이가
愛着朱裳只戲嬉 애 착 주 상 지 희 희	빨간 치마 입기 좋아하며 아양 떤다
笑摘海棠花一點 소 적 해 당 화 일 점	웃으며 해당화 하나를 손으로 따서
自塗嬌額比臙脂 자 도 교 액 비 연 지	제 예쁜 이마에 칠하며 연지에 비긴다

《사암집》 권1

▶ 총혜聰慧 : 총명하고 슬기로움.

5. 사위 이영년에게 보이다 示女婿李永年

◆ 이 작품은 사위 이영년을 위해 지은 것이다. 작품 말미에 나온 소주小註에 따르면, 사위 이영년이 먼저 백발 시를 지었는데, 그 내용은 알수 없다. 하지만 아마도 '백발'이라는 시제만 보고 추측해본다면, 노년의 모습을 그린 것은 분명하다. 박순의 눈에 비친 사위의 모습은 더벅머리로 사랑스럽기 그지없다. 그리고 3,4구를 통해 사위의 미래를 기대하는 모습을 보였다. 추측컨대, 사위 이영년은 외갓집에서 살았던듯한데, 4구에서 '위서'를 언급하여 서로 대비했기 때문이다.

憐渠頭角尙髫年
련 거 두 각 상 초 년

그 머리 여전히 더벅머리여서 귀여운데

乃舅還驚白髮篇
내 구 환 경 백 발 편

그의 장인은 도리어 백발 시에 놀란다

聞道邇來稱宅相
문 도 이 래 칭 택 상

들건대, 근래에 택상을 칭한다고 하니

未應多讓魏舒賢
미 응 다 양 위 서 현

응당 위서의 어진 것에 뒤지지 않으리

《사암집》 권1

▸ 이영년李永年 : 박순의 사위 이희간李希幹을 가리킴. '영년'은 자인 듯함.
▸ 백발편白髮篇 : 백발 시를 말함. 시의 끝에 "영년이 일찍이 백발 시를 지었기 때문에 두 번째 구에서 언급했다.〔永年嘗作白髮詩 故二句及之〕"라는 말이 있음. 곧, 여기서의 백발 시는 이영년이 지은 것을 말함.
▸ 문도이래칭택상聞道邇來稱宅相 미응다양위서현未應多讓魏舒賢 : "들건대, 근

래에 택상을 칭한다고 하니, 응당 위서의 어진 것에 뒤지지 않으리"로
풀이함. 외가에서 귀한 사람이 나온다라는 소문이 있는데, 사위 이영
년이 바로 그런 인재가 될 것이라는 뜻. '택상'은 외손外孫을 뜻함. '위
서'는 자가 양원陽元인데, 어려서 고아가 되어 외가인 영씨甯氏 집에서
양육되었음. 영씨가 집을 짓게 되어 풍수風水를 보니, 풍수가가 "귀한
외생外甥이 나올 것이다."라고 하자, 외조모가 내심 위서를 생각했는
데, 위서가 "응당 외가를 위하여 택상을 이루겠다."라고 하였음. 그 뒤
에 위서는 과연 마흔 남짓한 나이에 상서랑尙書郞이 되었음.《晉書 卷41
魏舒列傳》이영년이 외가에서 살았던 것으로 추측할 수 있는 대목.

제3장
지인들에게 보낸 마음의 시

박순은 지인들에게 시를 통해 마음을 전달하였다. 그 지인 중에는 현대인들에게 잘 알려진 사람도 있지만, 잘 알려지지 않은 사람들도 다수 있다. 특히, 박순은 유불을 초월하여 마음이 통하는 사람과 소통하였다. 박순이 지은 시 중에는 유가인은 물론이요, 불가인들도 다수 포함되어 있어 이를 가늠할 수 있다.

1. 고향으로 돌아가는 퇴계 선생을 전송하며 送退溪先生還鄕

◆ 이 작품은 한양에 머물던 이황李滉이 고향 안동安東으로 돌아갈 때 전송하면서 지었다. 당시 이황은 조야朝野에서 존경을 받았다. 특히, 선조는 1568년 왕이 된 뒤에 이황을 부왕의 행장 수찬청 당상경行狀修撰廳 堂上卿 및 예조 판서에 임명하였다. 그러나 병 때문에 귀향하였다. 이후로도 이황은 선조의 부름을 받았으나 나아가지 않았다. 하지만 선조의 소명召命을 물리치기 어려워 마침내 68세에 대제학·지경연知經筵의 직책을 맡았다. 그리고 이황은 선조에게 정이程頤의 〈사잠四箴〉 등을 진강하였고, 《성학십도聖學十圖》를 저술하여 왕에게 바쳤다. 1569년(선조2)에 이조 판서에 임명되었으나 사양하고, 간청하여 고향으로 돌아갔다.

이 작품은 이황이 1569년 고향으로 돌아가려고 이별을 고할 때 지었다. 기·승구에서는 이황이 고향이 그리워 한 필의 말을 타고 한양을 떠나는 모습을 그렸다. 전·결구에서는 계절은 아직 완전한 봄이 되지 않아 추위 때문에 막 피어나려던 매화가 꽃 봉우리를 피우지 못하는 모습을 그리면서 이황을 기다리고 있을 것이라 하였다. 이황은 평소 매화를 좋아하여 매화를 시제 삼아 총 75제 106수의 작품을 남겼다. 머문 매화가 이황을 기다린다는 생각을 한 이유도 박순이 이러한 상황을 잘 알고 있었기 때문이다.

한편, 박순은 이황이 세상을 뜬 뒤에 〈퇴계 선생의 만시[退溪先生挽]〉(권2)와 〈퇴계 선생의 만시[退溪先生挽]〉(권3) 등의 만시挽詩를 남겨 추념하였다.

鄕心未斷若連環
향 심 미 단 약 련 환

一騎今朝出漢關
일 기 금 조 출 한 관

寒勒嶺梅春未放
한 륵 령 매 춘 미 방

留花應待老仙還
유 화 응 대 로 선 환

구슬을 꿴 듯 고향 마음 끊이지 않아

한 필 말 타고 오늘 아침 한양 떠나신다

추위로 봄 풀리지 않아 고개 매화 멈췄는데

머문 꽃은 늙은 신선 돌아오길 기다리리라

《사암집》 권1

▶ 퇴계退溪 : 이황李滉(1501~1570)의 호. 자는 경호景浩이고, 본관은 진성眞城
이며, 시호는 문순文純임. 조선 중기 주자성리학을 심화, 발전시킨 조
선의 유학자임. 1548년(명종3) 단양 군수, 풍기 군수를 지내다가 이듬해
병을 얻어 퇴계의 서쪽에 한서암을 짓고 공부함. 이후 성균관 대사성
으로 임명되고 여러 차례 벼슬을 제수 받았으나 대부분 사퇴함. 1560
년(명종15) 도산서당을 짓고 독서, 수양에 전념하면서 많은 제자를 길
렀음. 선조에게 〈무진육조소〉를 올리고 〈사잠〉, 《논어집주》, 《주역》
등을 진강했으며 《성학십도》를 저술해 바쳤음. 이듬해 낙향했다가 병
이 깊어져 70세의 나이로 죽었음.

▶ 한관漢關 : 원래 한나라의 변방 관문을 뜻하나 여기서는 수도 한양을
가리킴.

▶ 영매嶺梅 : 원래 대유령大庾嶺의 매화를 가리키는데, 여기서는 고개 매화
의 뜻으로 새겼음.

▶ 노선老仙 : 늙은 신선. 이황을 가리킴.

더 알아보기1)

① 이황과 이별의 순간에 시를 주고받다

이황이 1569년 고향으로 돌아가려고 이별을 고할 때 박순이 먼저 시를 지어주자 이황은 박순 시의 압운을 이어 화답시를 지었다. 이와 관련한 내용은 《퇴계집》 권5 속내집續內集에 있는데, 시제 〈동호의 배 위에서 기명언이 먼저 한 절구를 지었고, 박화숙이 그 뒤를 이었으며, 그 자리의 여러 공들이 다함께 이별의 말을 주었다. 이황은 떠나려 할 적에 모두 답하지 못하고 삼가 앞 두 절구의 압운을 써서 모든 사람들이 전송해주는 두터운 뜻에 감사드렸다.〔東湖舟上 奇明彦先有一絶 朴和叔繼之 席上諸公 咸各贈言 況臨行 不能盡酬 謹用前二絶韻 奉謝僉辱相送之厚意云〕〉를 통해 당시 상황이 어떠했는지를 알 수 있다. 시제에 나온 '기명언'은 기대승奇大升을, 박화숙은 박순을 각각 가리킨다. 곧, 시제의 내용에 따르면 당시 상황은 이러했다. 이황이 고향으로 돌아가기에 앞서 동호의 배 위에서 많은 사람들에게 이별을 고하였다. 이황은 많은 사람들에게 존경을 받고 있었기에 고향으로 돌아간다고 하니까 그것을 아쉬워하는 사람들이 많았다. 따라서 배웅도 한두 사람만 한 것이 아니라 여러 사람들이 하였다. 그때 즉석에서 박순과 기대승이 시를 지어 아쉬운 마음을 달랬다. 먼저 시를 지은 사람은 기대승이었고, 그 뒤를 박순이 이었다. 박순이 지어준 시가 바로 위 본문에 든 "鄕心未斷若連環……留花應待老仙還"이다. 이황은 이에 대해 다음과 같은 화답시를 주었다.

許退寧同賜玦環
허 퇴 녕 동 사 결 환
물러감 허락함이 어찌 결환 내림과 같을까

諸賢護送出京關
제 현 호 송 출 경 관
여러 어진이 환송 받으며 한양 출발한다

自慙四聖垂恩眷　　스스로 은전 베풀었던 사성에 부끄러워
자 참 사 성 수 은 권

空作區區七往還　　공연히 구차스럽게 일곱 차례 왕복했었지
공 작 구 구 칠 왕 환

이황은 네 임금의 은혜를 받아 일곱 차례나 궁에 드나들었던 것을 말하였다. 이황의 겸손한 자세를 볼 수 있는 대목이다.

② 사암능양思庵能讓

사암능양이란 "사암이 겸양에 능하다."로 풀이할 수 있는데, 곧 박순이 겸양에 능하다는 뜻이다. 이와 관련한 내용은《성호사설星湖僿說》권12에 있다.

조선 후기 문인인 성호星湖 이익李瀷은 다음과 같이 언급하였다.

"생각하건대, 우리 선조 조정에 퇴계 선생이 예문관 제학에 임명되었다. 이때 대제학 박순이 아뢰기를 '신이 주문主文이 되었는데 이 아무개는 제학이 되었습니다. 나이 높은 큰 선비는 도리어 낮은 지위에 있는데, 후진인 초학의 인사는 이에 무거운 자리를 차지했으니, 사람을 등용하는 것이 바뀌어졌습니다. 청컨대, 그 임무를 교체해 주시옵소서.'라고 하였다. 임금께서 대신들에게 의논할 것을 명령하자, 모두 박순의 말이 당연하다 하므로 이에 박순과 서로 바꿀 것을 명령하였다. 아름답다, 박순의 어진 마음이 충분히 세속의 모범이 될 만하다. 어이 이제 이욕이 횡행한데, 이를 보고도 본받을 사람이 없으니 어찌하겠는가. 슬프다.〔惟我宣祖朝 退溪先生拜藝文館提學 時大提學朴淳啓曰 臣爲主文 而李某爲提學 高年碩儒反居小任 而後進初學之士 乃處重地 用人顚倒 請遞其任以授之 上命議于大臣 皆以淳言爲然 於是 命與淳相換 美哉

思庵之賢 足以範俗 奈今之利欲肆行 無人觀效何 噫]"

* 위《성호사설》의 번역은 한국고전번역원의 번역 내용을 근간으로
필자가 약간 수정했음을 밝힌다.

2. 옛 은거지로 돌아가는 숙헌 이이를 전송하며 2수
送李叔獻珥 還舊隱 二首

◆ 이 작품은 이이李珥가 옛 은거지로 돌아감에 아쉬운 마음을 달래기 위해 지었는데, 지은 시기는 불분명하다. 1수에서는 주로 이이가 떠나감에 아쉬워하는 마음을 담았다. 특히, 기구에서 '이 한[此恨]'이라는 말까지 사용한 것으로 보아 이별의 아쉬움이 작지 않다는 것을 알 수 있다. 2수에서는 박순 자신이 나이가 들도록 관직 생활에 미련을 버리지 못한 모습을 그리면서 고향을 그리워하는 마음도 담았다.

박순은 이이보다 13년이 더 위이다. 따라서 박순의 입장에서는 이이는 후배인 셈이다. 그렇지만 둘의 관계는 각별하여 어떤 사안에 대해 의기투합하여 처리한 경우도 여러 번 있었다. 박순의 나이 54세(1576, 선조9) 봄에 이이가 사직을 고하고 경기도 파주 율곡栗谷으로 돌아가자 다시 서용할 것을 주청하였다. 이로써 박순이 후배 이이의 능력을 높이 평가했음을 알 수 있다. 그런데 이이는 박순의 나이 62세(1584, 선조17) 봄에 세상을 뜬다. 이에 박순은 증전贈典을 내리고, 포충襃忠할 것을 주청하여 이이의 죽음을 기리려 하였다. 그리고 개인적으로 〈이율곡의 만시[李栗谷挽]〉(《사암집》 권3)를 지었는데, 함련의 2구에서 이이를 가리켜 '견고한 성[金城]'이라 하여 나라의 중요 인물이라는 점을 부각시켰다.

悠悠此恨杳無垠
유 유 차 한 묘 무 은

하염없는 이 한은 까마득하여 끝없나니

夙志知非在隱淪
숙 지 지 비 재 은 륜

옛날 뜻 은둔에 있었던 것 아님을 안다

寂寞首陽山外路
적 막 수 양 산 외 로

적막한 수양산 밖의 길에는

杏花芳草數家春
행 화 방 초 수 가 춘

봄이라 두어 집에 살구꽃과 방초 있겠지

因循不去鬢成絲
인 순 불 거 빈 성 사

우물쭈물 떠나지 않아 귀밑머리 세졌으니

淺薄將何補聖時
천 박 장 하 보 성 시

천박함은 성군 때에 장차 무슨 도움 될까

遙想錦川多釣伴
요 상 금 천 다 조 반

멀리 금천에 낚시 동무 많은 것 생각나니

桃花春水倍相思
도 화 춘 수 배 상 사

복숭아꽃이 있는 봄물이 갑절이나 그립다

《사암집》 권1

▶ 이숙헌李叔獻 : 숙헌은 이이李珥(1536~1584)의 자. 호는 율곡栗谷이고, 본관
   은 덕수德水임. 조선 중기의 유학자이자 정치가. 현실·원리의 조화와
   실공實功·실효實效를 강조하는 철학사상을 제시했으며, 《동호문답》·
   〈만언봉사〉·〈시무육조〉 등을 통해 조선 사회의 제도 개혁을 주장함.
   우리나라 18대 명현名賢 중 한 명으로 문묘에 배향됨.

▶ 은륜隱淪 : 숨음. 은거함.

▶ 인순불거因循不去 : 그대로 머물러 떠나지 않는다는 뜻.

▶ 빈성사鬢成絲 : 귀밑머리가 실이 되었다는 의미로 머리카락이 희어진
   것을 말함.

▶ 금천錦川 : 영산강을 말함. 영산강의 옛 이름은 통일 신라 때 나주羅州의
   옛 이름이 금성錦城이었기 때문에 금천錦川·금강錦江이라 했고, 나루터
   는 금강진錦江津이라 했음.

3. 장흥으로 향해 가는 임석천을 전송하며 送林石川赴長興

◆ 이 작품은 장흥長興에 가는 임억령林億齡을 배웅하면서 지었다. 총 2
수로 이루어져 있다. 임억령이 장흥에 간 이유는 알 수 없다. 다만, 아
마도 임억령은 박순에게 장흥에 가는 도중에 박상의 옛집을 들르겠노
라 말한 듯하다. 이는 시의 전체적인 맥락을 살펴 알 수 있다. 즉, 시
의 내용은 아직 벌어지지 않은 일을 미리 짐작하고 상상하여 적었다.
1수에서는 임억령이 박상이 묻힌 묘소를 찾아가는 과정을 적었다. 특
히, 봉황산이라는 구체적인 산 이름까지 거론하였는데, 현재 이곳에
박상의 묘가 있다. 2수에서는 임억령이 박상의 옛집을 찾아가는 모습
을 상상하여 표현했는데, 도교적인 용어를 사용한 점이 특이하다. 박
순은 박상을 '진인眞人'이라 하여 이미 세상을 뜬 분에 대한 예우를 극
진히 하였다. 임억령이 박상의 옛집을 찾아가더라도 박상은 이미 세상
을 떴기 때문에 만나지 못하리니 그것이 안타깝다라고 하였다.
임억령은 박순보다 27년 위로 상당한 나이 차이가 난다. 그러나 동향同
鄕이고, 임억령이 중부仲父 박상의 제자이기 때문에 평소 잘 알고 지냈
으리라고 생각한다. 이 작품에 대한 내용 이해도 이러한 정황 파악을
했을 때 가능하다.

訥齋家住鳳山雲   눌재의 집엔 봉황산 구름 머물렀는데
눌 재 가 주 봉 산 운

皁蓋今經洛水濆   수레는 이제 낙수의 물가를 지나간다
조 개 금 경 락 수 분

定識英靈猶凛凛   정녕 영령은 여전히 늠름함을 알리니
정 식 영 령 유 늠 름

爲披秋草弔孤墳 위 피 추 초 조 고 분	가을 풀 헤쳐 외로운 묘소 찾으시겠지

鳳凰山下洛江流 봉 황 산 하 락 강 류	봉황산 아래로 낙강이 흘러가는데
仙鶴朝眞古屋秋 선 학 조 진 고 옥 추	가을날 선학 타고 옛집의 진인 뵈러 갔다
公去未逢曾面目 공 거 미 봉 증 면 목	공이 가더라도 일찍이 얼굴 뵙지 못하리니
蒼藤喬木夕陽愁 창 등 교 목 석 양 수	푸른 등나무 높은 나무에 석양이 시름겹다

《사암집》 권1

▶ 임석천林石川 : 석천은 임억령林億齡(1496~1568)의 호. 자는 대수大樹요, 본관은 선산善山. 박상의 문인이요, 성수침成守琛 등과 교유했음.

▶ 봉산鳳山 : 현 광주광역시 서구 용두동에 있는 봉황산鳳凰山을 가리킴. 이 산에 박상의 묘가 있음.

▶ 조개皂蓋 : 흑색의 수레 덮개를 말하는데, 주로 지방관을 가리킴.

▶ 정식영령유늠름定識英靈猶凜凜 : "정녕 영령은 여전히 늠름함을 알리니"로 풀이함. 곧, 박상은 이미 이 세상을 뜬 사람이지만 임억령은 여전히 그의 늠름함을 알고 있을 것이라는 의미.

▶ 선학조진고옥추仙鶴朝眞古屋秋 : "가을날 선학 타고 옛집의 진인 뵈러 갔다"로 풀이함. 임억령이 가을에 이미 세상을 뜬 박상을 만나러 갔다는 의미. '조진'은 도교 용어로 진인眞人을 알현하는 것을 뜻함. 임억령이 박상의 옛집을 찾아간 것을 도교적인 색채를 가미해 표현하였음.

▶ 공거미봉증면목公去未逢曾面目 : "공이 가더라도 일찍이 얼굴 뵙지 못하리니"로 풀이함. 임억령이 박상을 찾아가더라도 박상을 만나지 못할 것이라는 뜻. '면목'은 박상의 얼굴을 말함.

4. 안변 부사 양사언에게 부치다 2수 寄楊安邊士彦 二首

◆ 이 작품은 안변 부사로 있는 양사언楊士彦에게 부친 시이다. 총 2수로 이루어져 있다. 양사언이 안변 부사가 된 때는 그의 나이 61세 1577년(선조10)이다. 양사언은 이때 선정을 베풀어 통정대부通政大夫에 올랐다. 따라서 박순이 이 작품을 지은 시기는 바로 이 무렵이라고 할 수 있다.

이 작품은 각 수마다 마지막 부분에 소주小註를 덧붙여 내용 이해를 하는데 도움을 주고 있다. 가령, 1수에서는 "사언이 선정을 베풀어 당상에 올랐다.〔士彦以善政陞堂上〕"라고 하였고, 2수에서는 "위는 자신의 이야기를 서술하였다.〔右自敍〕"라고 하였다. 따라서 1수는 양사언에 관한 내용을 적은 것이고, 2수는 박순 스스로의 이야기를 적은 것임을 알 수 있다.

1수의 2구에서 양사언이 6년 동안 벼슬살이를 하여 머리가 하얗게 되었다라고 하였다. 양사언이 안변 부사의 명을 받은 나이는 61세 때이므로 노년이 되었음을 말한 것이다. '6년 동안 벼슬살이'를 했다는 말은 안변 부사가 된 지 6년이 되었다는 의미이다. 그렇다면 박순은 이 작품을 1580년이 넘은 시점에 지었다는 계산이 나온다. 양사언은 자연을 사랑하여 회양 군수로 있을 때 금강산을 자주 드나들었는데, 전·결구의 내용은 바로 이것을 말한 것이다. 2수는 박순 스스로의 이야기를 적었다. 이는 양사언의 삶과 자신의 삶은 다르다는 것을 말하기 위함이라고 생각한다. 양사언은 자연을 사랑하여 벼슬을 하는 중에도 자유롭게 금강산을 드나드는데, 박순 자신은 봉록이 있어도 산 구매에 힘쓰지도 않으며 나이 들어서까지 억지로 벼슬살이를 하고 있다 하였다.

때문에 황매우가 내리는 좋은 계절을 맞이해서도 자연으로 돌아가지 못한다 하였다. 2수 결구에서 언급한 '객'은 어쩌면 박순 스스로를 말한다고 할 수도 있다.

一片閒雲偶出山
일 편 한 운 우 출 산
한 조각 한가한 구름은 우연히 산에서 나와

六期官況鬢毛斑
육 기 관 황 빈 모 반
6년 동안 벼슬살이에 귀밑머리 희끗희끗해

他年更入蓬萊路
타 년 갱 입 봉 래 로
다른 해에 다시 봉래산 들어가는 길에

猿鶴應驚被錦還
원 학 응 경 피 금 환
비단 옷 입고 돌아감에 원숭이 학이 놀라리라

有俸眞堪辦買山
유 봉 진 감 판 매 산
봉록이 있어 진정 산 구매 힘쓸 만한데

白頭猶强趁朝班
백 두 유 강 진 조 반
흰 머리로 억지로 조정에 나가고 있다

江村正足黃梅雨
강 촌 정 족 황 매 우
강 마을에선 마침 황매우가 흡족히 내려

佳節雖來客未還
가 절 수 래 객 미 환
좋은 계절 되어도 객은 돌아오지 않았다

《사암집》권1

▶ 양안변사언楊安邊士彦 : 안변 부사 양사언(1517~1584)이라는 뜻. 양사언의 자는 응빙應聘이요, 호는 봉래蓬萊이며, 본관은 청주淸州. 1546년(명종1) 문과에 급제하여 대동승大同丞을 거쳐 삼등·함흥·평창·강릉·회양·안변·철원 등 8고을의 수령을 지냄. 자연을 즐겨 회양 군수로 있을 때는 금강산에 자주 가서 경치를 완상하였으며, 만폭동萬瀑洞의 바위에 '봉래풍악 원화동천蓬萊楓岳元化洞天'이라 새겨진 그의 글씨가 지금도 남아

있음. 문집으로 《봉래집蓬萊集》이 있음.

▶ 육기관황六期官況 : "6년 동안의 벼슬살이"로 풀이함, '육기'는 지방 수령 守令의 임기를 만 6년으로 하는 법을 말함. 조선 세종世宗 때 수령이 너무 자주 바뀌는 번거로움이 있었으므로 이에 따른 영송迎送의 폐단을 줄이고, 한 사람의 수령에게 그 지방의 행정을 오래 맡겨서 그 사정에 익숙하게 하기 위하여 종래의 삼기법三期法을 고쳐 만들었음. '관황'은 지방의 수입 중에서 지급하는 지방 관원의 봉급을 말함. 읍황邑況이라고도 함. 참고로 중앙 관서의 관원에게 국고에서 지급하는 것은 관록官祿이라고 함.

▶ 봉래蓬萊 : 봉래산을 말하며, 금강산의 여름 이름임. 금강산의 여름에는 계곡과 봉우리에 짙은 녹음이 깔려 신록의 경치를 볼 수 있다 해서 붙여진 것임.

▶ 원학응경피금환猿鶴應驚被錦還 : "비단 옷 입고 돌아감에 원숭이 학이 놀라리라"로 풀이함. 양사언이 안변 부사로서 선정을 베풀어 통정대부通政大夫에 올랐기 때문에 만일 그 직책으로 금강산으로 돌아간다면, 금강산에 살고 있는 원숭이와 학 등의 짐승들이 놀랄 것이라는 의미임. '비단 옷'은 높은 관직을 상징적으로 나타낸 말임.

▶ 황매우黃梅雨 : 매실이 노랗게 익을 무렵 내리는 비로 보통 6월 중순부터 7월 초순에 걸쳐 내리는 장맛비를 말함.

5. 남쪽으로 돌아가는 수재 정운룡을 전송하며
送鄭秀才雲龍南還

◆ 이 작품은 남쪽으로 돌아가는 정운룡鄭雲龍을 전송하면서 지었다. 즉, 송별의 시인 셈이다. 박순은 정운룡보다 19년 위이다. '수재'라는 말을 사용한 것으로 보아 정운룡의 재능이 각별하다 여겼던 듯하다. 시의 내용은 정운룡도 다른 사람들과 마찬가지로 풍진 세상에서 마음을 수고롭게 하고 물을 쫓았다라고 하며, 이제 남쪽에 있는 고향 오두막집을 찾아간다고 하였다.

風塵多少好男兒
풍 진 다 소 호 남 아

풍진 세상에 호쾌한 남아들이 많으니

誰免勞心逐物移
수 면 로 심 축 물 이

누가 마음 수고롭고 물 쫓는 일 면할까

杳杳獨尋山路去
묘 묘 독 심 산 로 거

아득히 홀로 산길을 찾아 가니

萬株松下一茅茨
만 주 송 하 일 모 자

만 그루 소나무 아래에 우두막집이라

《사암집》 권1

▶ 정수재운룡鄭秀才雲龍 : 정운룡(1542~1593)의 자는 경우慶遇요, 호는 하곡霞谷이며, 본관은 하동河東. 현재 전남 장성군 북일면 성덕리에서 출생했으며, 기대승의 문인. 장성 현감 이계李契의 초빙을 받아 선비들을 가르쳤고, 개천정사介川精舍를 지어 후학을 양성하였음. 박순, 고경명高敬

命, 정철鄭澈 등과 교유하였음. 정여립鄭汝立과도 친분이 있었으나 절교
서를 보내 교분을 끊었음. 이 절교서로 인해 선조의 신임을 받아 왕자
사부王子師傅에 제수되었고, 고창 현감을 역임하였음.

▶ 묘묘杳杳 : 멀어서 아득하다는 의미.

▶ 만주송하일모자萬株松下一茅茨 : "만 그루 소나무 아래에 우두막집이라"
로 풀이함. 정운룡의 남쪽 고향집이 있는 곳의 모습을 상상해서 적은
것으로 보임.

6. 사재 송순의 면앙정 30운을 쓰다 題宋四宰純 俛仰亭三十韻

◆ 이 작품은 송순宋純의 누정 면앙정俛仰亭을 읊은 것이다. 총 30영으로 되어 있는데, 여기서는 1~5영을 들었다. 30영의 제목은 추월취벽秋月翠壁, 용구만운龍龜晚雲, 몽선창송 夢仙蒼松, 불대낙조佛臺落照, 어등모우魚登暮雨, 용진기봉湧珍奇峯, 금성묘애錦城杳靄, 서석청람瑞石晴嵐, 금성고적金城古迹, 옹암고표甕巖孤標, 대추초가大秋樵歌, 목산어적木山漁笛, 석불소종石佛疏鍾, 칠수귀안漆水歸雁, 혈포효무穴浦曉霧, 신통수죽神通脩竹, 산성조각山城早角, 이천추월二川秋月, 칠곡춘화七曲春花, 송림세경松林細逕, 죽곡청풍竹谷淸風, 평교무설平郊霧雪, 원수취연遠樹炊煙, 극포평사極浦平沙, 광야황도曠野黃稻, 전계소교前溪小橋, 후림유조後林幽鳥, 청파도어淸波跳魚, 간곡홍료澗曲紅蓼, 사두면앵沙頭眠鸎 등이다. 이러한 시제들을 보면, 면앙정을 중심으로 원근에 있는 산 이름 또는 지명 등이 다수 등장한다. 즉, 면앙정30영은 면앙정을 중심으로 원근의 풍광을 읊었음을 알 수 있다. 이러한 면앙정30영은 석천石川 임억령林億齡이 가장 먼저 지었고, 그 뒤를 이어 하서河西 김인후金麟厚, 제봉霽峰 고경명高敬命, 사암思庵 박순朴淳, 청계淸溪 양대박梁大樸, 급고자汲古子 이홍남李洪男, 석재碩齋 윤행임尹行恁 등 7명이 지었다.

1영의 제목은 '추월산의 푸른 벼랑(秋月翠壁)'이다. 추월산은 면앙정이 있는 담양의 대표적인 산 이름인데, 여기에 푸른 벼랑이라는 말을 더하여 풍광을 읊었다. 따라서 내용을 보면, 추월산의 푸른 벼랑의 모습을 그린 것은 기본이요, 자연물을 대한 자신의 의지를 드러내었다. 2영의 제목은 '용구산의 늦은 구름(龍龜晚雲)'이다. 용구산도 담양에 있는 산 이름이다. 1영과 마찬가지로 산 이름에다가 흔히 볼 수 있는 자연의 현상을 더하여 시제를 정하였다. 해가 질 무렵에 구름이 모였다가 사라지는 모

습을 주로 형용하였다. 3영의 제목은 '몽선산의 푸른 소나무[夢山蒼松]'이
다. 몽선산도 담양에 있는 산 이름이다. 이 작품도 1영, 2영과 마찬가
지로 산 이름에다가 보통 볼 수 있는 자연 경물을 더하였다. 특히, 이
작품은 마지막 결구에서 소나무가 바람을 맞아 시원한 소리를 내는 것
을 부각시켜 청각적인 이미지를 드러내었다. 4영의 제목은 '불대산의
낙조[佛臺落照]'이다. 불대산은 담양과 장성에 걸쳐 있는 산 이름이다. 이
작품도 1~3영과 마찬가지로 산 이름이다 자연 현상을 더하여 시제로
정하였다. 해가 질 무렵의 모습을 주로 그렸다. 5영의 제목은 '어등산의
저녁 비[魚登暮雨]'이다. 어등산은 현 광주광역시에 있는 산 이름이다.
1~4영과 마찬가지의 구조로 이루어진 시제이다. 어등산에 저녁 비가
내리는 모습을 그렸다. 1영부터 5영까지의 시제의 공통점은 모두 산 이
름을 우선 내걸고 자연 물상 또는 자연 현상을 덧붙였다는 것이다.

鐵作蒼崖立半天   쇠로 만든 듯한 푸른 벼랑 중천에 있고
철 작 창 애 립 반 천

層城雲日望依然   드높은 성의 구름 낀 해 보니 의연하다
층 성 운 일 망 의 연

他年倘得從公後   만일 훗날에 공의 뒤를 따를 수 있다면
타 년 당 득 종 공 후

萬丈丹梯尙可緣   만 길의 붉은 사다리 여전히 오르리라
만 장 단 제 상 가 연

위는 추월산의 푸른 벼랑[右秋月翠壁]

數點螺鬟忽有無   두 점의 소라 쪽 홀연히 있다가 없어져
수 점 라 환 홀 유 무

弄晴披拂態偏殊   개인 날 즐기며 펼친 태 자못 특별하다
롱 청 피 불 태 편 수

高銜落日濃還淡   지는 해 높이 물어 짙어졌다 되레 엷어져
고 함 낙 일 농 환 담

寫作西山晚色圖
사 작 서 산 만 색 도

서산의 저녁 경치의 그림을 그리는구나

　　위는 용구산의 늦은 구름〔右龍龜晚雲〕

縹緲層巒綺戶前
표 묘 층 만 기 호 전

어렴풋한 높은 산의 비단은 문 앞에 있고

萬株蒼鬣拂雲煙
만 주 창 렵 불 운 연

만 그루의 푸른 갈기는 구름과 노을 문댄다

人間濯熱知何處
인 간 탁 열 지 하 처

인간 세상에 더위 씻는 곳 어디인지 아는가

臥聽濤聲落半天
와 청 도 성 락 반 천

중천에서 떨어지는 파도 소리 누워서 듣는다

　　위는 몽선산의 푸른 소나무〔右夢仙蒼松〕

瀲瀲紅輪欲半沈
렴 렴 홍 륜 욕 반 침

너울너울 붉은 바퀴 절반 가라앉으려는데

明霞如綺抹層岑
명 하 여 기 말 층 잠

비단 같은 밝은 노을은 높은 산마루 칠한다

遙知古寺行人斷
요 지 고 사 행 인 단

옛 절에 행인 끊어졌음을 멀리서도 알겠으니

獨閉松門萬壑陰
독 폐 송 문 만 학 음

만 골짝 어두워지니 홀로 소나무 문 닫는다

　　위는 불대산의 낙조〔右佛臺落照〕

雨遮山色已成吞
우 차 산 색 이 성 탄

산 빛을 가리었던 비는 이미 삼켜버려

活畫遙看水墨渾
활 화 요 간 수 묵 혼

멀리 살아있는 그림 보니 수묵 가득하다

欲賦晚涼吟未盡
욕 부 만 량 음 미 진

늦은 서늘함 읊으려다가 다 읊기도 전에

忽催雲物作黃昏
홀 최 운 물 작 황 혼

홀연히 운물을 재촉하여 황혼을 만들었다

　　위는 어등산의 저녁 비〔右魚登暮雨〕

《사암집》 권1

▶ 송사재宋四宰 : 사재는 우참찬右參贊의 별칭. 송순宋純(1493~1583)이 우참찬 까지 지냈기 때문에 송사재라 함. 송순의 자는 수초遂初요, 호는 면앙 정俛仰亭, 본관은 신평新平. 1519년(중종14) 별시 문과에 급제, 1547년(명종2) 주문사奏聞使로 명나라에 다녀와서 개성부 유수開城府留守를 지냈음. 1550년 이조 참판 때 죄인의 자제를 기용했다는 이기李芑 일파의 탄핵 을 받아 유배되었음. 구파의 사림으로 이황 등 사림과 대립한 적도 있 었음. 1569년(선조2) 대사헌 등을 거쳐 우참찬에 이르러 기로소耆老所에 들어갔다가 벼슬에서 물러났음. 문집에 《면앙집》이 있음.

▶ 면앙정俛仰亭 : 송순의 호이면서 누정 이름이기도 함. 전남 담양군 봉산 면 제월리에 있음. 송순은 그의 나이 41세 되던 1533년(중종23) 잠시 벼 슬을 그만 두고 고향 담양에 내려와 면앙정을 지은 것으로 알려짐. 훗 날 임진왜란 때 파괴되었고, 지금의 누정은 후손들이 1654년(효종5)에 중건하였음. 현재 전라남도 기념물 제6호로 지정됨.

▶ 철작창애鐵作蒼崖 : "쇠로 만든 듯한 푸른 벼랑"으로 풀이함. 추월산의 모습을 형용한 것.

▶ 층성層城 : 드높은 성. 추월산의 모습을 마치 성처럼 표현하였음.

▶ 추월秋月 : 추월산秋月山을 말함. 전남 담양군 용면과 전북 순창군 복흥 면에 걸쳐져 있음.

▶ 수점라환홀유무數點螺鬟忽有無 : "두 점의 소라 쪽 홀연히 있다가 없어져" 로 풀이함. 구름이 모였다가 흩어지는 모습을 형용한 것. 구름이 모인 모습을 '소라 쪽'이라 한 표현이 흥미로움.

▶ 용구龍龜 : 용구산龍龜山을 말함. 전라남도 담양군 수북면과 월산면에 걸 쳐 있는 산. 산세가 병풍을 두른 듯하여 병풍산이라고도 부름.

▶ 창렵蒼鬣 : 푸른 갈기. 소나무 줄기의 모습을 표현한 것.

▶ 와청도성락반천臥聽濤聲落半天 : "중천에서 떨어지는 파도 소리 누워서 듣는다"로 풀이함. 소나무에서 부는 바람 소리를 파도 소리라고 표현

하였음.

▶ 몽선夢仙 : 몽선산夢仙山. 전남 담양군 대전면 행성리와 수북면 오정리에
   걸쳐 있는 산 이름. 산의 형세가 '人' 자를 세 번 겹쳐 놓은 듯하다
   하여 삼인산三人山이라고도 함.

▶ 렴렴瀲瀲 : 원래는 물이 넘실대는 모습을 말하나 여기서는 해가 떨어지
   는 모습을 형용한 것임.

▶ 홍륜紅輪 : 붉은 바퀴. 해를 형용한 말.

▶ 불대佛臺 : 불대산佛臺山. 전남 장성군과 담양군에 걸쳐있는 산으로 불태
   산佛台山이라고도 함.

▶ 운물雲物 : 태양 곁에 있는 구름 빛깔로, 옛날에는 이것으로 길흉, 수재,
   한재 등을 예측하였음.

▶ 어등魚登 : 어등산魚登山. 현 광주광역시의 광산구 어룡동 관할 박호동과
   운수동 경계에 있는 산 이름.

【면앙정 전경】

면앙정은 전라남도 담양군 봉산면 제월리에 있는 누정이다. 조선 중기
의 문신이며 시신侍臣이었던 송순宋純이 만년에 벼슬을 떠나 후학들을
가르치며 한가롭게 여생을 지냈던 곳이다. 박순은 이 면앙정과 관련하
여 30영의 작품을 남겼다.

7. 진으로 부임해 가는 만호 기효근을 전송하며 3수
送奇萬戶孝謹赴鎭 三首

◆ 이 작품은 북쪽 진鎭으로 부임해가는 기효근奇孝謹을 전송하면서 지은 시이다. 지은 시기는 정확히 알 수 없다. 다만, 기효근이 1579년(선조12) 무과에 급제하고 선전관宣傳官이 되어서 왕의 명을 받들어 주와 군의 군비를 두루 점검한 적이 있는데, 그 무렵에 지은 것으로 추정한다. 박순은 기효근보다 19년 더 위이다. 따라서 이 시는 박순이 선배의 입장이 되어 후배를 진으로 보내면서 지었다.

총3수로 이루어져 있다. 1수에서는 기효근의 무인으로서의 모습과 함께 진까지의 거리가 상당히 멀다는 것을 말하였다. 또한 전·결구에서 기효근을 비장飛將이라 하여 극찬을 아끼지 않았고, 무인으로서 큰 공을 세울 것이라 하였다. 2수에서는 주로 북변의 상황이 좋지 않다는 것을 나타내었다. 특히, 늘 북쪽 오랑캐의 침략에 대비하고 있음을 말하면서 염려스러운 마음을 담았다. 3수에서는 어버이를 생각하고 나라에 충성하려고 하는 기효근의 마음을 대변하였다. 그리고 반드시 오랑캐를 평정하고 금의환향하기를 바란다 하였다.

白羽雕弓身九尺
백 우 조 궁 신 구 척
백우전과 조궁 가진 몸은 구척이요

朔雲邊雪路三千
삭 운 변 설 로 삼 천
삭방 구름 변경의 눈길은 삼천리라

行間豈久留飛將
행 간 기 구 류 비 장
행간에 어찌 비장을 오래 만류할까

虎穴收功在此年
호 혈 수 공 재 차 년
금년엔 호랑이 구멍에서 공 거두리라

胡霜晝結黃沙磧
호 상 주 결 황 사 적

오랑캐 서리는 낮에 황사 더미에 맺히고

漢月宵臨靑海關
한 월 소 림 청 해 관

한나라의 달은 밤에 청해 관문에 이른다

逆氣數年吹北塞
역 기 수 년 취 북 새

반역의 기운은 수년 간 북변에 불었으니

誰能生縛鬼章還
수 능 생 박 귀 장 환

그 누가 귀장을 생박해 돌아올 수 있을까

思親淚下關山笛
사 친 루 하 관 산 적

어버이의 눈물은 변방의 젓대에 떨어지고

報主身輕矢石場
보 주 신 경 시 석 장

임금께 보답하는 몸은 싸움터에서 가볍다

忠孝兩全知有處
충 효 량 전 지 유 처

충효를 둘 다 보전할 곳 있음을 알았으니

平胡衣錦好還鄕
평 호 의 금 호 환 향

오랑캐를 평정하고 금의환향하기 좋아라

《사암집》 권1

▶ 기만호효근奇萬戶孝謹 : 기효근(1542~1597)의 자는 숙흠叔欽이요, 본관은 행
주幸州. 아버지는 사과司果 기대유奇大有. 어려서 예문藝文을 배우고 서법
에 능했으나 성격이 호방하여 무인이 되었음. 1579년(선조12) 무과에
급제하고 선전관宣傳官이 되었음. 선전관으로 있을 때 왕의 명을 받들
어 주와 군의 군비를 두루 점검하였음. 1590년(선조23) 남해 현령南海縣
令으로 부임하여 전함戰艦과 병기를 수리하였고, 임진왜란이 일어나자
경상우도수군절도사 원균元均의 휘하에서 여러 차례 해전에 참가하였
음. 그때마다 선봉이 되어 큰 공을 세웠으므로 통정대부가 되었음.
1597년 정유재란 때 병으로 현령을 사직하고 고향으로 돌아가는 길에
적병을 만나 어머니와 함께 바다에 몸을 던져 자결하였음.

▶ 백우조궁신구척白羽雕弓身九尺 : "백우전과 조궁 가진 몸은 구척이요"로 풀이함. 기효근의 무인으로서의 모습을 형용하였음. 백우는 백우전白羽箭으로 흰 깃을 단 화살을 말함. 조궁은 무늬를 아로새긴 좋은 활로 무장武將을 상징함.

▶ 비장飛將 : 원래 전한前漢의 명장 이광李廣의 별칭이나 여기서는 기효근을 가리킴. 이광이 우북평右北平에 주둔하고 있을 때, 흉노가 그를 '비장군飛將軍'이라고 부르면서 겁을 낸 나머지 몇 년 동안 감히 침입하지 못했다는 고사가 있음. 《史記 卷109 李將軍列傳》

▶ 귀장鬼章 : 오랑캐의 두목을 지칭함. 송宋나라의 소식蘇軾이 지은 사마온공신도비문司馬溫公神道碑文에 의하면 "적의 큰 두목 귀장 청의를 사로잡아 와서 대궐 아래에 결박시켰다.[生致大首領鬼章靑宜結闕下]"라고 말한 대목이 있음.

▶ 평호의금平胡衣錦 : 오랑캐를 평정하고 금의환향錦衣還鄉함.

8. 참봉 허진동의 우반십경에 써서 부치다
寄題許參奉震童愚磻十景

◆ 이 작품은 허진동許震童이 살고 있는 우반동愚磻洞 원근의 풍광을 읊은 시이다. 총 10수로 이루어진 연작시인데, 여기서는 3수만 들었다. 허진동은 그의 나이 50~52세 사이에 예빈시 참봉禮賓寺參奉, 평구 찰방平丘察訪, 삼례 찰방參禮察訪, 수운 판관水運判官 등을 역임하였다. 시제에 참봉이라 지칭한 것으로 보아 허진동의 나이 50~52세 사이에 지었음을 가늠할 수 있다. 또한 허진동에게 있어 박순은 스승이면서 외숙이기 때문에 둘은 각별하다 할 수 있다. 따라서 이 작품은 이러한 관계 속에서 탄생했다고 하겠다.

우반십경에 등장한 시제는 다음과 같다. 사진가박沙津賈舶, 죽서어등竹嶼漁燈, 검모모각黔毛暮角, 수락신종水落晨鍾, 선계청폭仙溪晴瀑, 이현장송梨峴長松, 황암방고黃巖訪古, 창굴심승蒼窟尋僧, 심원관록深源觀鹿, 신전타어神箭打魚 등이다. 여기서는 앞의 1~3수까지의 작품을 들었다.

1수에서는 사진포구에 장삿배가 드나들면서 사람들이 이익을 쫓는 모습을, 2수에서는 죽도에서 밤을 새워 고기 잡는 모습을, 3수에서는 해가 저문 검모포에 뿔피리소리가 들리는 모습을 각각 그렸다. 특히, 2수에서는 시각적인 이미지를, 3수에서는 청각적인 이미지를 느낄 수 있다.

片帆來帶海門潮　　한 조각의 돛은 해문의 밀물 가지고 와
편 범 래 대 해 문 조

身試鯨鯢逐利遙　　몸소 고래 놀음 하면서 멀리 이곳 쫓는다
신 시 경 예 축 리 요

平地尙敎人溺盡
평 지 상 교 인 닉 진

평지도 여전히 사람을 다 빠지도록 하는데

請君休更費相招
청 군 휴 갱 비 상 초

청컨대 그대는 다시 부르는 수고 하지 말라

　　　위는 사진포의 장삿배[右沙津賈舶]

江暝還疑孤嶼處
강 명 환 의 고 서 처

강은 어두워 되레 외론 섬인가 의심하는데

只看遙火夜猶漁
지 간 요 화 야 유 어

불만 보이는 먼 곳에선 밤에 고기를 잡는다

明河漸沒寒潮落
명 하 점 몰 한 조 락

밝은 은하수 점차 사라지고 찬 밀물은 빠져

籃裏携歸幾箇魚
람 리 휴 귀 기 개 어

대롱 속에 몇 마리의 물고기를 가지고 간다

　　　위는 죽도의 고기잡이 등불[右竹嶼漁燈]

斜陽影斂遙岑外
사 양 영 렴 요 잠 외

기운 해는 먼 묏부리 밖 그림자 거두는데

畫角聲飄古戍間
화 각 성 표 고 수 간

화각 소리는 옛 수자리 사이에서 나부낀다

散入江天催暝色
산 입 강 천 최 명 색

소리 흩어져 강천에 들어 어둔 빛 재촉하고

宿雲歸盡鎖蓬山
숙 운 귀 진 쇄 봉 산

머물던 구름 다 돌아가 봉산에 가득 끼었다

　　　위는 검모포 저물녘의 뿔피리소리[右黔毛暮角]

《사암집》 권1

▶ 허참봉진동許參奉震童 : 참봉 허진동(1525~1610)을 말함. 자는 백기伯起요,
　호는 동상東湘이며, 본관은 태인泰仁. 아버지는 병절교위秉節校尉 허강許
　剛이고, 어머니는 박우朴祐의 딸임. 박순의 문인이고, 노진盧禛, 백광훈

白光勳 등과 교유함. 1572년(선조5) 문과의 초시 삼장初試三場에 합격하였으나, 당시에 외숙이자 스승인 박순이 등극하사登極賀使로서 명나라에 들어가자, 허진동은 복시覆試에 응시하지 않고 중국의 문물을 관람하기 위하여 수행하여 《조천록朝天錄》을 남겼음. 1574년(선조7) 대신들의 특천特薦으로 사산 감역四山監役에 임명되고, 그 뒤로 예빈시 참봉禮賓寺參奉·삼례 찰방參禮察訪·수운 판관水運判官 등을 역임하였음. 만년에는 벼슬에서 물러나 부안扶安의 변산邊山 우반동愚磻洞에 서재 풍뢰당風雷堂를 지어 은거하였음. 문집에 《동상집東湘集》 2책이 있음.

▶ 우반십경愚磻十景 : 우반은 현 부안의 우동牛東마을을 말함. 우동마을은 원래 우반이라 불리었는데, 일제 때부터 우동이라 불림. 우반동은 반계磻溪 유형원柳馨遠의 9대조 유관柳寬의 사폐지지賜幣之地가 된 이래 유씨柳氏들이 대를 이어 살았음. 그 뒤에 유형원의 조부인 유성민柳成民이 부안김씨 김홍원金弘遠에게 땅의 일부를 팔고 떠났는데, 병자호란이 일어나자 유형원이 다시 조상의 터전을 찾아 우반동에 은거하였음. 이러한 연유로 유형원은 호를 반계라 하였음. 우반십경은 이러한 우반동의 아름다운 경치 열 곳을 지칭함.

▶ 경예鯨鯢 : 거대한 고래의 수컷과 암컷.

▶ 죽서竹嶼 : 죽도竹島.

▶ 명하明河 : 밝은 은하수.

▶ 화각畫角 : 악기의 이름으로 흔히, 그림이 그려진 뿔피리를 말함.

▶ 봉산蓬山 : 부안에 있는 산 이름.

▶ 검모黔毛 : 검모포黔毛浦. 부안에 있는 포구 이름.

9. 호남 관찰사로 나가는 정계함을 전송하며
送鄭季涵出按湖南

◆ 이 작품은 호남 관찰사로 부임해 가는 정철鄭澈을 전송하면서 지은 것이다. 정철은 그의 나이 46세 때인 1581년(선조14) 12월에 특명으로 전라도 관찰사의 명을 받았다. 이 작품은 이때 지었고, 박순의 나이는 59세로 영의정 벼슬에 있었다. 박순은 정철보다 13년 위이다. 따라서 이 작품은 선배가 후배를 보내면서 지었다 할 수 있다. 박순은 수련의 1연에서 정철을 가리켜 '맑은 모습[淸標]'이라 하였다. 그리고 2연에서 이번에 헤어지면 언제 다시 만나 좋은 모임을 가질 것인가 하고 아쉬운 마음을 드러내었다. 함련에서는 덧없는 인생살이에서 옛 동무들 사라져가고 있음을 적었다. 경련에서는 상상하여 '들꽃[野花]'와 '강달[江月]' 등의 자연물이 정철이 가는 길에 함께 할 것이라 하였다. 미련도 상상해서 한 말로 정철도 한동안 나를 그리워할 것이라 하였다.

한편, 박순은 정철과 관련하여 이 작품 외에 〈계함 정철과 여수 이산해가 호당에 있을 때 매화를 꺾어 보내 시로 사의를 표하다[鄭季涵澈 李汝受山海 在湖堂 折寄梅花 詩以謝之]〉(권1), 〈남쪽으로 돌아가는 정계함을 전송하며[送鄭季涵南歸]〉(권1), 〈호남 관찰사로 나가는 정계함을 전송하며 2수[送鄭季涵出按湖南 二首]〉(권1), 〈연서역에서 정계함의 시에 차운하다[延曙驛次鄭季涵韻]〉(권2), 〈연경으로 가는 판윤 정철을 전송하며[送鄭判尹 澈 赴京]〉(권3), 〈북관을 살피러 가는 정계함을 전송하며[送鄭季涵出按關北]〉(권3) 등의 작품을 남겼다.

淸標杳將隔
청 표 묘 장 격

맑은 모습 아득히 떨어지려는데

良會幾時同
량 회 기 시 동

좋은 모임 어느 때 함께 할까

浮世餘歡盡
부 세 여 환 진

덧없는 세상엔 남은 기쁨 다하고

周行舊侶空
주 행 구 려 공

큰 길에는 옛 동무들 사라졌다

野花迎問俗
야 화 영 문 속

들꽃은 풍속 묻는 길에 맞아주고

江月照臨戎
강 월 조 림 융

강달은 군영에 임함에 비춰주겠지

別後三春思
별 후 삼 춘 사

이별 후에 석 달 봄 그리워하여

相愁一望中
상 수 일 망 중

한번 바라본 중에 시름겨워하겠지

《사암집》 권2

▶ 정계함鄭季涵 : 계함은 정철鄭澈(1536~1593)의 자. 호는 송강松江이요, 본관
은 연일延日. 김윤제金允悌·기대승奇大升·김인후金麟厚·양응정梁應鼎의 문
하생이요, 이이李珥·성혼成渾·박순과 교유함. 둘째 누이의 남편인 계림
군桂林君 유瑠가 1545년에 일어난 을사사화에 연루되어 부친이 유배가
자 배소配所에 따라감. 16세 때인 1551년(명종6) 부친이 유배에서 풀리
자 온 가족이 조부의 산소가 있는 전라도 담양 당지산唐旨山 아래로 이
주하였음. 1561년(명종16) 진사시에, 이듬해에는 별시 문과에 장원으로
합격하여 성균관 전적을 시작으로 여러 관직을 두루 거침. 1589년(선조22)
우의정으로 발탁되어 정여립鄭汝立의 모반사건을 다스는 중에 동인東人
들과 대립각을 세움. 1592년 임진왜란이 일어나자 선조의 부름을 받고
선조를 의주義州까지 호종하였으며, 다음 해 사은사謝恩使로 명나라에

다녀왔음. 얼마 후 동인들의 모함으로 사직하고 강화江華의 송정촌松亭村에 우거하면서 만년을 보냈음. 국문의 가사와 시조 작품도 여러 편 남겼는데, 특히 《관동별곡關東別曲》·《사미인곡思美人曲》·《속미인곡續美人曲》 등의 가사 작품은 높이 평가받고 있음. 문집에 《송강집松江集》이 있음.

▸ 청표淸標 : 깨끗하고 기품이 있는 모습.

▸ 주행구려공周行舊侶空 : "큰 길에는 옛 동무들 사라졌다"로 풀이함. 공명 정대하게 살아가려는 동반자들이 다 사라졌다는 의미. '주행'은 큰 길 이라는 뜻. 《시경》에 "남이 나를 좋아하여, 나에게 주행을 보여주네. 〔人之好我示我周行〕"라는 말이 있음.

▸ 강월조림융江月照臨戎 : "강달은 군영에 임함에 비춰주겠지"로 풀이함. 정철이 임지의 병마절도사로서 군사를 살피러 가는 모습을 상상하여 표현한 말. 조선 시대 관찰사는 병마절도사까지 겸하였음.

10. 소격서의 복주를 선물한 참판 윤근수에게 사례하며
謝尹參判根壽 惠昭格署福酒

◆ 이 작품은 윤근수尹根壽가 소격서의 귀한 술을 보내와 사례의 뜻으로 지은 것이다. 지은 시기는 정확히 알 수 없으나 전구의 내용을 통해 겨울과 봄 사이의 계절에 지었음을 알 수 있다. 박순은 기·승구에서 윤근수를 가리켜 '삼청경의 신선'이라 하였고, 윤근수가 보내온 술을 '옥 같은 단술'이라 하였다. 선물을 받고 난 뒤 고마운 마음을 담았음을 알 수 있다.

三淸仙子寄郫筒
삼 청 선 자 기 비 통

삼청경의 신선이 비통주를 보내왔으니

玉醴分張滿眼濃
옥 례 분 장 만 안 농

옥 같은 단술은 눈 가득 진하게 퍼졌다

雷雨蕭蕭春尙早
뢰 우 소 소 춘 상 조

천둥 비가 쓸쓸하니 봄은 여전히 일러

先料一飮對寒松
선 료 일 음 대 한 송

우선 마시고 찬 솔 대하기를 생각한다

《사암집》 권2

▶ 윤참판근수尹參判根壽 : 윤근수(1537~1616)의 자는 자고子固요, 호는 월정月 汀이며, 본관은 해평海平. 윤두수尹斗壽의 아우이고, 이이·성혼 등과 교유함. 1558년(명종13) 별시 문과 병과로 급제하여 주서注書를 시작으로 벼슬을 시작함. 1562년 부수찬으로 재직할 때 조광조趙光祖의 신원을 상소했다가 과천 현감으로 좌천됨. 1589년(선조22) 공조 참판으로 성절사가 되어 명나라에 다녀옴. 1592년 임진왜란이 일어나자 왕을 호종하

였고, 명나라와의 외교를 여러 차례 담당하였음. 문장과 글씨에 뛰어
났음. 문집에 《월정집月汀集》이 전함.

▶ 소격서昭格署 : 조선 시대에 하늘, 땅, 별에 지내는 도교道敎의 초제醮祭
　를 맡아보던 관청.

▶ 복주福酒 : 제사를 끝내고 제관祭官들이 나누어 마시는 제사에 쓴 술.

▶ 삼청선자기비통三淸仙子寄郫筒 : "삼청경의 신선이 비통주를 보내왔으니"
　로 풀이함. '삼청'은 도교의 이른바 삼동교주三洞敎主가 거하는 최고의
　선경仙境, 즉 삼청경三淸境의 준말로 옥청玉淸, 상청上淸, 태청太淸을 말함.
　'비통'은 대나무로 만든 술통의 이름. 비현郫縣에 큰 대나무가 많아서
　그것을 잘라 술통을 만들었는데, 이를 비통 또는 비통주郫筒酒라고 함.
　여기서 '삼천경의 신선'은 윤근수를 말함.

▶ 옥례玉醴 : 옥처럼 귀한 단술.

11. 옥봉 백광훈의 만시 白玉峯光勳 挽

◆ 이 작품은 백광훈白光勳이 세상을 뜨자 그를 위해 지은 만시이다. 박순은 백광훈보다 14년이 더 위이면서 스승의 역할을 하였다. 즉, 잘 알던 인생 선배이기 때문에 백광훈의 죽음을 그 누구보다 안타깝게 생각했을 것이다. 기구에서 '헤진 책과 깨진 벼루'는 백광훈이 살아생전 사용했을 물건들로 세세한 부분까지 언급하였다. 전구에서는 결국 백광훈이 재주가 있어서 세상을 빨리 떴다라고 하며, 위로하는 모습을 보였다.

殘書破硯隨孤櫬
잔 서 파 연 수 고 츤

헤진 책과 깨진 벼루는 외론 널 따르고

迢遞羈魂渡漢津
초 체 기 혼 도 한 진

아득한 나그네 혼 은하수 나루터 건넌다

從古有才多命薄
종 고 유 재 다 명 박

예부터 재주 있으면 운명이 많이 박하여

漫敎奇寶委窮塵
만 교 기 보 위 궁 진

기보를 부질없이 황천에 버려지도록 했다

《사암집》 권2

▶ 백옥봉광훈白玉峯光勳 : 옥봉은 백광훈(1537~1582)의 호. 자는 창경彰卿이요, 본관은 해미海美. 박순의 문인으로 13세에 상경하여 양응정梁應鼎·노수신盧守愼 등에게서 배웠음. 1564년(명종19) 진사가 되었으나 관직에 뜻이 없었고, 1572년(선조5) 명나라 사신에게 시와 글을 지어주어 감탄케 하여 '백광 선생白光先生'의 칭호를 얻었음. 당시唐詩의 풍조를 쓰려고

노력하여 최경창崔慶昌·이달李達과 함께 삼당파三唐派 시인으로 불렸음.
글씨도 잘 썼음. 문집에 《옥봉집玉峯集》이 있음.

▶ 초체기혼迢遞羇魂 : "아득한 나그네 혼"으로 풀이함. 백광훈의 혼을 말
   함.

▶ 기보奇寶 : 기이한 보배라는 뜻으로 백광훈을 가리킴.

▶ 궁진窮塵 : 황천黃泉과 같은 뜻으로, 땅속에 묻혔음을 뜻함.

12. 연경으로 가는 사과 한호를 전송하며
送韓司果濩赴京

◆ 이 작품은 연경으로 떠나는 한호韓濩를 전송하면서 지은 것이다. 한호는 붓글씨의 대가로서 한석봉韓石峯으로 더 많이 알려져 있다. 한호는 명필가로 알려져 명나라에 가는 사신을 수행하기도 하였다. 이 작품도 이러한 상황에서 지었다. 수련에서 한호가 글씨를 잘 쓰는 것을 아는데, 몇 년 동안 배웠는가라고 물었다. 함련에서는 한호가 붓글씨 쓰는 모습을 '혼탈무'와 '백운선'에 견주었고, 경련에서 글씨로써 국위를 선양하고 있음을 말하였다. 그리고 마지막 미련에서 연경에서 돌아오면 공을 치하 받아 집에 있을 부인을 놀라게 할 것이라 하였다. 한호의 붓글씨 솜씨를 찬양한 시임을 알 수 있다.

한편, 한호와의 인연은 박순이 만년에 영평 생활을 할 때까지 이어졌는데, 〈별좌 한호가 찾아온 뜻에 답하다答韓別坐濩來意〉〈권2〉의 시를 통해 알 수 있다. 이 작품은 한호가 영평에 찾아왔을 때 지었기 때문이다.

見子工於藝
견 자 공 어 예
그대가 서예 잘함을 아니

臨池學幾年
림 지 학 기 년
벼루에서 몇 해를 배웠던가

心輕渾脫舞
심 경 혼 탈 무
마음은 혼탈무 가벼이 여기고

氣壓白雲仙
기 압 백 운 선
기세는 백운선을 눌러버렸다

一字堪華國
일 자 감 화 국
한 글자로 나라 빛낼 만하여

高歌遠向燕 고 가 원 향 연	소리 높여 먼 연으로 향한다
歸來荷殊獎 귀 래 하 수 장	돌아오면 전례 없는 상을 받아
驚罷孟光眠 경 파 맹 광 면	맹광을 놀래켜 잠에서 깨리라

《사암집》 권2

▶ 한사과호韓司果濩 : 한호(1543~1605)의 자는 경홍景洪이요, 호는 석봉石峯이며, 본관은 삼화三和. 개성 출생. 왕희지王羲之·안진경顔眞卿의 필법을 익혀 해楷·행行·초草 등 각서체에 모두 뛰어났음. 1567년(명종22) 진사시에 합격한 이래, 사어司禦, 가평 군수, 숭도감 서사관崇都監書寫官을 지냈음. 명나라에 가는 사신을 수행하거나 외국사신을 맞을 때 연석宴席에 나가 정묘한 필치로 명성을 떨쳤음.

▶ 림지臨池 : 진晉나라 때 위항衛恒이 못가에서 글씨 연습을 하여 못물이 다 검어졌다.[臨池學書 池水盡黑]는 고사에서 온 말로, 전하여 서법書法을 배워 익히는 것을 말함.

▶ 심경혼탈무心輕渾脫舞 : "마음은 혼탈무 가벼이 여기고"로 풀이함. '혼탈무'는 당나라 때 유행했던 검무劍舞의 일종. 공손 대랑은 당나라 때 교방敎坊의 기녀妓女로서 검무劍舞를 매우 잘 추었는데, 그가 혼탈무를 출 때에 승僧 회소懷素는 그 춤을 보고서 초서草書의 묘妙를 터득했고, 서가인 장욱張旭 역시 그 춤을 보고서 초서에 커다란 진보를 가져왔다고 함. 공손랑의 검무에 대해 읊은 두보杜甫의 〈관공손대랑제자무검기행觀公孫大娘弟子舞劍器行〉이란 시가 있음.

▶ 기압백운선氣壓白雲仙 : "기세는 백운선을 눌러버렸다"로 풀이함. '백운선'은 선향仙鄕인 백운향白雲鄕에 있는 선인仙人을 말함.

▶ 경파맹광면驚罷孟光眠 : "맹광을 놀래켜 잠에서 깨리라"로 풀이함. '맹광'

은 한나라 때 은사인 양홍梁鴻의 아내. 남편에게 벼슬하지 말고 은거
할 것을 권유하였고, 자신은 나무로 만든 비녀에 베치마만 입을 정도
로 검소하였으며, 남편을 극진히 공경해 받들어 밥상을 눈썹까지 들
어 올렸다는 일화로 유명함.《後漢書 卷83 逸民列傳 梁鴻》여기서는 한호의
부인을 맹광에 비유했음.

13. 김천일의 서재에 쓰도록 부치다 寄題金千鎰書齋

◆ 이 작품은 김천일金千鎰의 서재에 쓰도록 부친 시이다. 김천일은 임
진왜란 때 의병 활동을 하다 결국은 세상을 떠났다. 이 작품은 임진왜
란이 일어나기 이전에 지은 것이기 때문에 의병장의 모습은 전혀 엿보
이지 않는다. 수·함련에서 김천일이 사는 집 주변의 형세와 주변 환경
에 대해 말하였다. 경련에서 김천일이 어떻게 살고 있는가를 적었다.
내용에 따르면, 김천일은 은자隱者의 삶을 살면서 독서로 시간을 보내
고 있다고 하였다. 미련에서는 김천일이 도를 아는 굳건한 사람이라
하여 칭찬하였다. 박순은 김천일보다 14년 더 위이다. 따라서 이 시는
선배의 입장에서 후배를 독려했다는 데에 의미가 있다.

雲水橫分地 운 수 횡 분 지	구름과 물은 땅을 갈라놓아
茅茨靜者堂 모 자 정 자 당	초가는 조용한 사람의 집이다
渚花春暎日 저 화 춘 영 일	물가의 꽃은 봄 해에 비추고
松雨夜鳴岡 송 우 야 명 강	소나무 비 밤 산에서 울린다
荷葉裁衣淨 하 엽 재 의 정	연잎으로 옷을 깨끗이 마름질하고
韋編度歲長 위 편 도 세 장	가죽 끈 책으로 한 해 길이 보낸다
從來知道少 종 래 지 도 소	이제까지 도 아는 사람 적었는데
憐子志彌强 련 자 지 미 강	뜻 더욱 굳건한 그대가 기특하다

《사암집》 권2

▶ 김천일金千鎰 : 1537~1593. 자는 사중士重이요, 호는 건재健齋이며, 본관은 언양彦陽. 나주羅州에서 출생함. 이항李恒의 문인. 1592년(선조25) 6월 임진왜란 때 부사府使를 그만두고 나주에 있다가 의병을 일으켜 수원 행산고성枾山古城에 들어감. 8월에는 다시 강화江華로 진을 옮긴 후 연안 각처에 주둔한 적을 소탕하고 배를 몰아 양화도楊花渡에서 대승하였고 이듬해 5월에 진주晉州 싸움에 참전하여 성이 함락될 무렵 아들 상건象乾과 촉석루 아래서 남강에 몸을 던져 자살하였음.

▶ 모자茅茨 : 띠로 이어 만든 지붕 또는 그 지붕을 덮어 만든 집.

▶ 하엽재의정荷葉裁衣淨 : "연잎으로 옷을 깨끗이 마름질하고"로 풀이함. 연잎으로 옷을 마름질한다는 뜻은 은자隱者로 살고 있다는 것.

▶ 위편도세장韋編度歲長 : "가죽 끈 책으로 한 해 길이 보낸다"로 풀이함. '위편'은 무두질한 가죽끈으로 묶은 책이라는 뜻으로, 《역易》의 별칭. 공자孔子가 만년에 《주역》을 즐겨 읽어 가죽끈이 세 번이나 끊어졌다는 위편삼절韋編三絶의 고사에서 유래함. 《史記 卷47 孔子世家》

14. 청풍 현감으로 나가는 시보 남언경을 전송하며 2수
送南時甫彦經宰淸風 二首

◆ 이 작품은 청풍 현감으로 부임해 가는 남언경南彦經을 보내며 지었다. 지은 시기는 명확히 알 수 없다. 박순은 남언경보다 5년이 더 위이면서 같은 스승을 모신 사문師門이다. 따라서 지방 현감으로 부임해가는 후배를 달래기도 하고 용기를 북돋아주는 의미에서 지었다. 작품 수는 총 2수로 되어 있는데, 모두 남언경의 입장이 되어 심리 상태 등을 나타내었다.

1수에서는 청풍 현감이 있는 관아의 위치와 시기, 주변의 모습 등을 말하면서 마지막으로 적막한 곳에서 그 누가 마음을 달래줄 것인가 하고 반문하면서 끝맺음 하였다. 함련의 내용을 통해 보자면, 계절은 늦가을 또는 초겨울이라 할 수 있다. 2수에서는 남언경이 현감으로 가는 길목에 대한 상상과 함께 관직에 있으면서 어떻게 할 것이라는 내용을 담았다. 특히, 경련에서 남언경이 선정을 베풀면서 또 한편으로는 손님들을 극진히 대접할 것이라고 하였다. 선정을 베풀기를 바라는 마음을 담았다.

官居丹洞裏 관 거 단 동 리	관아는 붉은 동네 안에 있어
路入白雲端 로 입 백 운 단	길은 흰 구름 끝으로 들어간다
樹影初凋葉 수 영 초 조 엽	낙엽이 갓 져서 그림자 생기고
江聲已減湍 강 성 이 감 단	강 여울물 소리는 이미 줄었다

千峯孤月出
천 봉 고 월 출

천 산봉우리에 외론 달 나오고

遙夜一樓寒
요 야 일 루 한

기나긴 밤에 한 누각이 차다

寂寞憑欄處
적 막 빙 란 처

적막하게 난간에 기댄 곳에서

幽懷與孰寬
유 회 여 숙 관

그윽한 마음 그 누구와 달랠까

出宰蒼山遠
출 재 창 산 원

푸른 산 멀리 수령 자리 나가니

雲蘿客路偏
운 라 객 로 편

무성한 넝쿨은 나그네 길에 기울었다

離愁孤鴈外
리 수 고 안 외

외로운 기러기 밖의 이별은 쓸쓸하고

秋思亂峯巓
추 사 란 봉 전

어지러운 산봉우리 마루를 그리워한다

吏俸輸紅粟
리 봉 수 홍 속

관원의 봉록으로 붉은 곡식 보내고

賓盤薦玉涎
빈 반 천 옥 연

손님의 쟁반에는 맛난 음식 드린다

江樓發新詠
강 루 발 신 영

강가 누각에서 새 시를 읊는다면

應共政聲傳
응 공 정 성 전

선정의 명성과 함께 전할 것이다

《사암집》 권2

▶ 남시보언경南時甫彦經 : 시보는 남언경(1528~1594)의 자. 호는 동강東岡이요,
본관은 의령宜寧. 화담 서경덕徐敬德의 문인. 1566년(명종21) 학행學行으
로 천거되어 지평 현감砥平縣監에 기용되었음. 1573년(선조6)에 양주 목
사楊州牧使를 지나 지평持平·장령掌令을 거쳐 전주 부윤 등을 역임하였

음. 1589년 정여립鄭汝立의 모반사건에 관련이 있다하여 탄핵받아 파직
되었다가 1592년에 재기용되었음. 이후 이요李瑤와 함께 조선 최초의
양명학자로서 이황李滉을 비판했다는 주자학파의 탄핵으로 삭탈관직
되기도 하였음.

▶ 운라雲蘿 : 무성하게 엉킨 넝쿨.

▶ 홍속紅粟 : 큰 창고에 듬뿍 쌓여서 빨갛게 썩어 가는 곡물을 말함.

▶ 옥연玉涎 : 옥과 같이 흐르는 물이라는 뜻인데, 여기서는 문맥상 맛있는
음식으로 풀었음.

15. 연경에 가는 계진 이후백을 전송하며 2수
送李季眞後白 赴京 二首

◆ 이 작품은 이후백李後白이 연경에 갈 때 전송의 의미로 지었다. 이후백은 그의 나이 54세 때인 1573년(선조6) 2월에 종계변무 주청사宗系辨誣奏請使로 중국에 다녀온 적이 있다. 이때 지었다고 생각한다. 여기서 잠시 박순의 행력行歷을 살펴보면, 그의 나이 50세 때인 1572년(선조5) 8월에 등극사登極使로 중국에 갔다가 이듬해 2월에 조정에 다시 돌아왔다. 이후백이 연경에 간 때는 1573년 2월로 박순이 조정에 돌아온 시점과 맞물린다. 이로써 이후백은 박순이 중국에서 돌아온 뒤에 곧바로 연경에 갔다고 할 수 있다. 박순은 이미 중국을 다녀온 사람이기 때문에 어느 누구보다 가는 길의 형세를 잘 알고 있었을 것이다. 때문에 작품에서 구체적인 지명을 언급할 수 있었다.

총 2수로 이루어져 있다. 1수의 수련에서 임금의 명을 받아 자리를 잠시 비운다고 하였고, 함련에서 연경에 가는 길의 지리적 여건을 말하였다. 경련에서 나그네 신세가 되어 힘들며 고향 소식이 궁금할 것이라 하였고, 미련에서 2월이기 때문에 중국은 눈서리가 내릴 것이니 몸 조심하라고 하였다. 2수의 수련에서 중국 천자가 강한에 있을 것이라 하였고, 함련에서 연경에 가는 길목의 지리적 상황을 말하였다. 경련에서 지금 중국은 전쟁이 없어서 평화롭다고 하였고, 미련에서 산해관의 달빛은 사신의 옷에 비출 것이라 하였다. 미련의 내용은 일을 잘 성사시킬 것이라는 희망을 말한 것이다. 실제로 이후백은 이 연경 행차를 성공적으로 수행하여 사후死後에 광국공신光國功臣 2등으로 연원군延原君에 추봉되었다.

玉案新承命
옥 안 신 승 명

옥안에서 새로 명령을 받아

銀臺暫輟班
은 대 잠 철 반

은대에서 잠시 자리 비운다

遼雲迎度塞
요 운 영 도 새

요동 구름은 국경 넘음 맞이하고

燕日引歸關
연 일 인 귀 관

연경 해는 산해관 돌아감 인도한다

旅夢隨魂斷
려 몽 수 혼 단

나그네 꿈은 넋이 끊어짐을 따르고

鄕書待鴈還
향 서 대 안 환

고향 편지 기러기 돌아오길 기다린다

幽陵霜雪苦
유 릉 상 설 고

유주에는 눈서리가 괴롭게 내리니

休遣損靑顔
휴 견 손 청 안

젊은 얼굴을 망가뜨리지 마시오

江漢移仙仗
강 한 이 선 장

강한에 천자 의장 옮겼으니

燕雲啓紫微
연 운 계 자 미

연경 구름은 자미궁을 연다

鴈山當魏闕
안 산 당 위 궐

안산은 위궐을 막았고

狐塞入王畿
호 새 입 왕 기

호새에서 왕기로 들어간다

戈偃三邊靜
과 언 삼 변 정

무기 내려 삼변이 조용하고

恩垂四海歸
은 수 사 해 귀

은혜 내려 사해가 귀의한다

楡關一痕月
유 관 일 흔 월

유관의 달빛 자국은

長照使臣衣
장 조 사 신 의

길이 사신의 옷을 비추리라

《사암집》 권2

▶ 이계진후백李季眞後白 : 계진은 이후백(1520~1578)의 자. 호는 청련靑蓮, 본
   관은 연안延安. 표인表寅의 문인이요, 옥봉玉峯 백광훈白光勳, 고죽孤竹 최
   경창崔慶昌, 동은峒隱 이의건李義健 등과 교유함. 1546년(명종1) 사마시에
   합격하고, 1555년 식년 문과에 병과로 급제해 승문원 주서를 거쳐 승
   문원 박사, 시강원 설서 등 여러 관직을 두루 거쳤음. 1573년(선조6) 2
   월에 종계변무 주청사宗系辨誣奏請使로 중국에 다녀옴. '종계변무'란 명
   나라의《태조실록》과《대명회전》에 이성계李成桂가 고려의 권신 이인
   임李仁任의 후손으로 잘못 기재된 일을 바로잡은 것인데, 이를 성공적
   으로 수행하여 세상을 뜬 뒤인 1590년 광국공신光國功臣 2등으로 연원
   군延原君에 추봉되었음. 명나라에 다녀온 뒤 형조 판서, 함경도 관찰사
   등을 역임함. 문장이 뛰어나고 덕망이 높아 많은 사람들로부터 추앙
   을 받았음. 문집에《청련집靑蓮集》이 있음.

▶ 옥안玉案 : 임금의 책상.

▶ 은대銀臺 : 승정원承政院의 별칭.

▶ 려몽수혼단旅夢隨魂斷 : "나그네 꿈은 넋이 끊어짐을 따르고"로 풀이함.
   몹시 힘들다는 의미.

▶ 향서대안환鄕書待鴈還 : "고향 편지 기러기 돌아오길 기다린다"로 풀이
   함. '기러기'는 편지를 상징함. 한나라 때 소무蘇武가 흉노匈奴에 사신으
   로 갔다가 억류되어 있으면서 기러기의 발에 편지를 매어 한나라로
   부친 데서 유래함.《漢書 卷54 蘇武傳》

▶ 유릉幽陵 : 유주幽州를 말하며, 오늘날 하북성河北省 일대.

▶ 강한이선장江漢移仙仗 : "강한에 천자 의장 옮겼으니"로 풀이함. '강한'은
   지금의 호북성湖北省 한구漢口. 장강長江과 한수漢水가 합류하는 곳이어
   서 강한이라 함. '선장'은 천자의 의장儀仗을 말함. 당시 중국의 천자가
   강한에 있었다는 말.

▶ 자미紫微 : 북두성 북쪽의 자미원紫微垣을 가리키는데, 흔히 제왕의 거소

를 뜻하는 말로 쓰임.

▸ 안산鴈山 : 연경에 가는 도중에 있는 지명.

▸ 위궐魏闕 : 궁궐.

▸ 호새狐塞 : 연경에 가는 도중에 있는 지명.

▸ 왕기王畿 : 왕이 있는 서울 부근의 땅.

▸ 과언삼변정戈偃三邊靜 : "무기 내려 삼변이 조용하고"로 풀이함. 전쟁이
  끝나고 평화롭다는 뜻.

▸ 유관楡關 : 산해관山海關의 별칭으로서 투관渝關이라고도 함.《史記 楚世家》

16. 홍천경의 쌍계정에 쓰다 題洪千璟雙溪亭

◆ 이 작품은 홍천경洪千璟의 강학소인 雙溪亭에 쓴 시이다. 쌍계정은 고려 때 정가신鄭可臣이 세운 누정으로 조선 시대에 접어들어 유명한 문인들이 강학한 장소이기도 하다. 홍천경도 쌍계정에서 강학한 문인 중 한 사람이다. 박순은 홍천경보다 30년이 더 위인 선배이다. 따라서 선배의 입장에서 후배가 있는 강학소 주변의 모습과 환경 등을 읊었다. 수련에서 쌍계정이 있는 주변 모습에 대해 말하였고, 함련에서 쌍계정 주변에 사는 사람들의 삶의 양태를 언급하였다. 경련에서도 쌍계정이 있는 마을 사람들이 장수하고 글을 숭상한다는 것을 강조하였고, 미련에서 박순이 홍천경과 결사를 맺고 싶다는 뜻을 전달하였다. 현재 박순이 지은 이 작품은 쌍계정에 걸려 있다.

臨溪亭敞對山門
림 계 정 창 대 산 문
누정은 시냇가에서 펼쳐져 산문과 마주하니

好會尋常自一村
호 회 심 상 자 일 촌
좋은 모임은 보통 온 마을에서 시작한다

纔足稻粱供野酌
재 족 도 량 공 야 작
곡식은 겨우 자라 들 술 제공하기 족하고

只收蔬筍備盤餐
지 수 소 순 비 반 찬
다만 채소와 죽순 가져다 안주 마련한다

丹砂有井人多壽
단 사 유 정 인 다 수
단사의 우물 있어 사람들이 많이 장수하고

黃甲標名俗尙文
황 갑 표 명 속 상 문
황갑으로 이름 내붙여 속세에서 글 숭상한다

我欲從君同結社
아 욕 종 군 동 결 사
나는 그대를 따라 함께 결사 맺고자 하니

幸分花竹與連園　　다행히 꽃과 대나무 나누어 정원에 잇는다
행 분 화 죽 여 련 원

《사암집》권3

▶ 홍천경洪千璟 : 1553~1632. 자는 군옥群玉, 호는 반항당盤恒堂, 본관은 풍산
豊山. 부친은 응복應福. 기대승奇大升·이이李珥·고경명高敬命의 문하에서 수
학함. 유학에 조예가 깊고, 충의의 정신이 강하였음. 1592년 임진왜란
이 발발하여 각처에서 의병이 일어나자 김천일金千鎰의 진중으로 나가
군량의 수집, 수송 등의 일을 맡음. 1597년 정유재란 때에는 도원수 권
율權慄의 휘하에서 문서를 관장하고, 의병모집의 격문을 작성하였음.
1609년(광해군1) 증광 문과 갑과로 급제하여 전적 등의 벼슬을 지냈음.

▶ 쌍계정雙溪亭 : 전남 나주시 노안면에 있는 누정. 고려 충렬왕 때에 설
재雪齋 정가신鄭可臣이 세움. 쌍계정이라 한 이유는 정자 좌우로 계곡이
흐르기 때문임. 정가신은 이곳에서 김주정金周鼎, 윤보尹珤와 더불어 학
문과 인격을 갈고 닦았는데, 이런 이유로 '삼현당三賢堂'이라 불리기도
함. 그 뒤 조선 세조 때 정서鄭鋤, 신숙주申叔舟, 김건金鍵, 홍천경 등이
학문을 연마하던 곳으로 알려졌음.

▶ 단사丹砂 : 진晉나라 갈홍葛洪의 《포박자抱朴子》〈금단金丹〉에 "모든 초목
은 태우면 재가 되지만 단사는 태우면 수은이 된다. 태우는 과정을 여
러 번 거치면 도로 단사가 되는데, 이를 먹으면 장수할 수 있다." 한
데서 인용한 것으로, 선약仙藥을 뜻함.

▶ 황갑黃甲 : 과거시험의 갑과甲科에 급제함을 뜻함. 즉 갑과에 급제한 사
람의 성명을 황지黃紙에 기록한 데서 유래함.《宋史 選擧志》

【쌍계정 전경】

쌍계정은 전라남도 나주시 노안면 금안리에 있는 고려 후기의 누정이다. 조선 시대 정서鄭鋤, 신숙주申叔舟, 김건金鍵, 홍천경이 등이 학문을 연마하던 곳이다. 박순은 홍천경을 위해 쌍계정 관련 시를 남겼다.

【월정서원月井書院】

월정서원은 현재 나주시 노안면 금안리에 소재해 있다. 박순·김계휘·정철·심의겸·홍천경 등을 제향하고 있다. 본 사진은 월정서원 판액 글씨이다.

17. 계림의 수령으로 나가는 허엽을 전송하며 2수
送許曄出尹鷄林 二首

◆ 이 작품은 경주慶州 수령으로 부임해 가는 허엽許曄 전송하면서 지었
다. 박순과 허엽은 서경덕에게 함께 수학했으니, 같은 사문師門이다. 이
작품은 이러한 관계 속에서 지었다 볼 수 있다. 또한 박순은 허엽보다
6년 더 어리다. 때문에 후배인 박순이 선배인 허엽에게 드린 전송시라
고 할 수 있다.

작품은 총 2수로 이루어져 있다. 1수의 수련에서 허엽이 학문적인 수
준이 상당히 높으나 임금 곁에 있지 못하고 세 번째 지방관으로 나아
가게 된 것이 안타깝다 하였고, 함련에서 허엽이 한양을 떠나 지방으
로 나아가는 모습을 그렸다. 여기에서 허엽이 부임해 가는 경주를 '독
기 어린 황무지'라 표현한 것이 인상적이다. 경련에서 허엽이 어떤 사
람인지를 비유적으로 말하였다. 허엽은 영욕과 대결하기를 마치 날아
다니는 기왓장 같이 했다 하였다. '표와飄瓦'는 외물의 이해에 얽매이지
않은 채 담박하고 초연하게 살아간다는 의미를 띠고 있는데, 허엽을
이에 비유하였다. 또한 '단련한 강철'과 같다 하였다. 그 정도로 강한
마음을 지닌 사람임을 뜻한다. 미련에서 허엽이 경주로 떠나던 때는
국화가 피는 가을로 중양절을 어디에서 보낼 것인지를 물었다. 이 말
속에는 중양절을 함께 보냈으면 좋겠다는 의미가 담겨 있다. 2수의 수
련에서 박순은 말년까지 허엽과 어떤 관계를 유지했는지를 말하였고,
함련에서 허엽이 경주로 부임해 가는 모습을 현재 박순 스스로의 모습
과 대비하여 말하였다. 경련에서 이별의 순간에 전송연을 베풀었던 내
용을 말하였고, 미련에서 기약 없는 이별을 다시 한 번 말하면서 편지

나 서로 자주 주고받자고 언급하였다.

한편, 허엽의 생애를 보면, 경주 수령으로 나간 적은 없고 그의 나이 63세 때인 1579년(선조12) 경상도 관찰사로 부임한 적은 있다. 따라서 혹시 박순이 말하는 경주 수령이란 경상도 관찰사를 두고 한 말이 아닌가 생각한다. 당시 동서 붕당이 막 시작되려던 순간이었는데, 박순은 서인으로서 허엽은 동인으로서 정치적인 갈등이 빚어지기도 하였다.

未將儒術佐君王
미 장 유 술 좌 군 왕
유술 가지고도 아직 임금을 돕지 못하고

三佩銅魚鬢半蒼
삼 패 동 어 빈 반 창
세 번 동어를 차 귀밑머리 절반 희어졌다

去國身隨秋鴈遠
거 국 신 수 추 안 원
한양 떠나 몸은 멀리 가을 기러기 따라가고

分憂地拱瘴煙荒
분 우 지 공 장 연 황
근심을 나눌 땅은 독기 어린 황무지로 둘렀다

久抃寵辱齊飄瓦
구 변 총 욕 제 표 와
오래 영욕과 대결하길 나는 기왓장과 함께 했고

惟把襟懷托鍊鋼
유 파 금 회 탁 련 강
오직 가슴 속을 단련한 강철에 비길 뿐이다

野館黃花開已遍
야 관 황 화 개 이 편
들판 관사의 황국은 이미 두루 피었을 텐데

問公何處度重陽
문 공 하 처 도 중 양
묻노니, 공은 어디에서 중양절 지낼 것이오

平生交義最情親
평 생 교 의 최 정 친
평생 동안 교의가 최고 두터웠는데

末路相看意更眞
말 로 상 간 의 갱 진
말로에 서로 보니 생각 더욱 진실하다

叱馭嶺雲君信命
질 어 령 운 군 신 명
조령 구름에서 말 모니 그댄 명 믿었고

閉門秋草我忘貧 _{폐 문 추 초 아 망 빈}	가을 풀에 문을 닫아 나는 가난 잊었다
年華晼晩驚衰鬢 _{년 화 원 만 경 쇠 빈}	한 해가 저물어 귀밑머리 쇠해짐에 놀라고
樽酒携分惜此辰 _{준 주 휴 분 석 차 진}	동이 술을 들어 나누어 이 시간을 아낀다
瓊樹相思何日見 _{경 수 상 사 하 일 견}	경옥 나무 같은 그댈 어느 때나 볼 것인가
銀鉤數字莫辭頻 _{은 구 수 자 막 사 빈}	달필의 몇 글자 적는 일 자주 사양치 마시오

《사암집》 권3

▶ 허엽許曄 : 1517~1580. 자는 태휘太輝요, 호는 초당草堂이며, 본관은 양천陽川. 허봉許筬·허초희許楚姬·허균許筠의 부친. 어려서 나식羅湜에게 《소학》·《근사록》 등을 배웠고, 서경덕徐敬德의 문인으로 학문을 익혔으며, 노수성盧守成과 교유함. 1546년(명종1) 식년 문과 갑과로 급제하여 1551년 부교리를 거쳐 1553년 사가독서賜暇讀書를 함. 그 뒤 벼슬에 있으면서 벼슬을 탐하거나 언론이 과격하여 파직 당하였음. 1568년(선조1) 진하사進賀使로 명나라에 다녀와서 향약의 설치·시행을 건의하였음. 1579년(선조12) 경상도 관찰사에 임명되어 구습舊習을 타파하여 한 달도 안 되어 크게 다스려졌으나 병으로 사임하였음. 문집에 《초당집草堂集》이 있음.

▶ 미장유술좌군왕未將儒術佐君王 : "유술 가지고도 아직 임금을 돕지 못하고"로 풀이함. '유술'은 유가儒家의 학술이라는 뜻. 허엽이 임금 곁에 있을 만한 재목인데도 불구하고 내직에 있지 못했다는 의미.

▶ 삼패동어빈반창三佩銅魚鬢半蒼 : "세 번 동어를 차 귀밑머리 절반 희어졌다"로 풀이함. '동어'는 옛날에 지방관이 소지하던, 구리로 만든 어형魚形의 부신符信을 말함. 세 번 지방관을 역임하면서 나이가 들어갔다는 의미.

▶ 분우分憂 : 임금의 근심을 나눠 갖는다는 뜻으로, 목민관의 직책을 가리
  킴.

▶ 표와瓢瓦 : 외물의 이해에 얽매이지 않은 채 담박하고 초연하게 살았다
  는 의미. 《장자莊子》〈달생達生〉에 "비록 남을 해치려는 마음을 가진 자
  라도 바람에 날려 떨어진 기왓장을 원망하지는 않는다.[雖有忮心者 不怨
  瓢瓦]"라는 말에서 유래하였음.

▶ 중양重陽 : 중양절.

▶ 질어叱馭 : 마부를 다그쳐 말을 빨리 몰게 한다는 뜻. 한나라 왕존王尊이
  사천성四川省 공래산邛郲山의 구절판九折阪을 넘을 때, 마부를 꾸짖으면
  서 말하기를, "왕양王陽은 효자라서 자기 몸을 아꼈지만, 나는 충신이
  니 말을 빨리 몰아라."고 하였던 고사가 있음. 《漢書 王尊傳》

▶ 년화年華 : 세월.

▶ 경수瓊樹 : 옥과 같이 아름다운 나무라는 뜻으로, 고상하고 결백한 인품
  을 비유한 말.

▶ 은구銀鉤 : 아름다운 필체의 글씨를 뜻함. 진晉나라 색정索靖이 서법書法
  을 논하면서 "멋지게 휘돈 것이 흡사 은 갈고리와 같다.[婉若銀鉤]"라고
  초서草書를 평한 말에서 유래하였음. 《晉書 卷60 索靖列傳》

18. 일재 이항의 만시 李一齋恒 挽

◆ 이 작품은 이항李恒이 세상을 뜬 뒤 그를 기리기 위해 지었다. 이항이 죽은 해는 1576년(선조9)이다. 박순은 이때 나이 54세로 이 무렵에 지었다 할 수 있다. 이항은 당대 저명한 성리학자로 알려져 있다. 따라서 시의 내용도 주로 성리학자로서의 면모를 드러내는데 주력하였다. 수련에서 '위대한 용사'와 '마음을 수습하는 것'에 대해 말하였다. 특히, '수심收心'이란 구방심求放心을 말하는 것으로 놓친 마음을 찾는다는 뜻이다. 마음을 수습하면 성현이 그 속에 있다는 의미로 말하였다. 또한 함련에서 호연지기浩然之氣를 말하였고, 이어서 이항이 '이기일원론理氣一元論'을 정리한 것을 말하였다. 이렇게 위대한 학문적 업적을 쌓았던 이항도 결국 세상을 떠 많은 사람들이 슬퍼하고 있음을 말하며 내용을 끝맺었다.

大勇無賁育
대 용 무 분 육
위대한 용사는 분육 무시하고

收心有聖賢
수 심 유 성 현
마음 수습하면 성현이 생긴다

蒼茫培浩氣
창 망 배 호 기
푸른 하늘에서 호기를 길러서

要妙得眞傳
요 묘 득 진 전
묘한 요결 참된 전수 터득했다

天上風雲斷
천 상 풍 운 단
하늘 위엔 바람 구름 끊어지고

山中歲月遷
산 중 세 월 천
산 속에서는 세월이 바뀌었다

師資遽淪沒
사 자 거 륜 몰
스승 가르침 갑자기 없어져서

志士更潸然   지사들은 더욱 눈물을 흘린다
지 사 갱 산 연

《사암집》 권2

▶ 이일재항李一齋恒 : 일재는 이항(1499~1576)의 호. 자는 항지恒之요, 본관은
성주星州. 박영朴英의 문하에서 수학하였고, 김인후金麟厚·기대승奇大升·
노수신盧守愼 등과 학문적인 교유를 함. 28세 때인 1526년(중종21)에 백
부伯父 이자견李自堅의 권유로 과거시험 공부를 그만두고 비로소 학문
에 뜻을 둠. 40세 때 을사사화乙巳士禍를 예견하고 모친을 모시고 전라
도 태인현泰仁縣 분동粉洞에 은거하였고, 이듬해 칠보산七寶山 기슭에 정
사精舍를 짓고 '일一'이라 편액함. 이 때문에 '일재 선생一齋先生'으로 불
리움. 61세 때인 1559년(명종14) 기대승·김인후 등과 '태극설太極說' 등에
관하여 편지를 주고받았고, 63세 때에는 노수신盧守愼과 함께 명나라
유학자 나흠순羅欽順의 '인심도심설人心道心說'에 대하여 논변함. 68세 때
에 '경명행수지사經明行修之士'로 조정에 천거되어 임천 군수林川郡守에
올랐으나 그 뒤 모든 벼슬은 나아가지 않았음. 문집에 《일재집一齋集》
이 있음.

▶ 대용무분육大勇無賁育 : "위대한 용사는 분육 무시하고"로 풀이함. '분육'
은 전국 시대 제齊나라의 용사인 맹분孟賁과 주周나라의 역사力士인 하
육夏育의 합칭. 맹분은 맨손으로 쇠뿔을 뽑았고, 하육은 천균千鈞의 무
게를 들어 올렸다고 함. 한漢나라의 충신 급암汲黯의 절의節義를 칭송하
면서 "분육이라 하더라도 그의 뜻을 뺏을 수 없을 것이다.〔雖賁育 不能奪
之矣〕"라고 했던 고사가 전함. 《漢書 卷50 汲黯傳》

▶ 호기浩氣 : 호연지기浩然之氣를 말함. "그 기의 속성으로 말하면 지극히
크고 지극히 강하다. 따라서 이를 곧게 잘 기르면서 해침을 당하는 일
이 없게끔 하면, 그 기운이 하늘과 땅 사이에 가득 차게 될 것이다.〔其

爲氣也 至大至剛 以直養而無害 則塞于天地之間]"라는 말이 《맹자》〈공손추 상公孫丑上〉에 나옴.

▶ 요묘要妙 : 묘한 요결. 이항이 '이기일원론理氣—元論'을 정리한 것을 말함.

▶ 천상풍운단天上風雲斷 산중세월천山中歲月遷 : "하늘 위엔 바람 구름 끊어지고, 산 속에서는 세월이 바뀌었다"로 풀이함. 이항의 죽음을 비유적을 말한 것.

▶ 윤몰淪沒 : 원래 쇠하여 망한다는 뜻이나 여기서는 죽음을 말함.

19. 퇴계 선생의 만시 退溪先生挽

◆ 이 작품은 이황李滉이 세상을 뜬 지 1년이 지나 지은 만시이다. 총 24운 48행의 장편 고체시의 형식을 갖추었다. 박순은 이황이 죽자 두 편의 만시를 지었는데, 이 작품은 그중 한 편이다. 전체적인 내용을 보면, 이황이 과거시험에 급제하여 벼슬에 있다가 고향으로 다시 돌아갔다가 얼마 지나지 않아 생을 마감했다는 것을 말하였다. 박순은 이황이 어떤 사람인가를 드러내기 위해 '안연顏淵', '주희朱熹', '염락濂洛', '희황羲皇' 등 학자와 황제 등을 들었다. 이들은 소박하고, 학문의 수준이 높으며, 많은 사람들에게 존경받았던 대표적인 사람들이다. 이황을 이들에 비견한 것을 통해 이황을 어느 정도로 존경했는지를 알 수가 있다.

先覺生南紀
선 각 생 남 기

선각자 남쪽에서 태어나

斯文有棟樑
사 문 유 동 량

사문에 동량이 생겼다

士林瞻出處
사 림 첨 출 처

사림들 그의 출처 보았으나

天意本蒼茫
천 의 본 창 망

하늘의 뜻은 본디 창망하였다

擢桂初騰踏
탁 계 초 등 답

대과 급제해 초년에 벼슬 오르고

棲霞晚晦藏
서 하 만 회 장

은둔하여 만년에 덕 감추었다

寂寥顏氏巷
적 요 안 씨 항

쓸쓸한 안씨의 골목이요

蕭灑武夷庄
소 쇄 무 이 장

시원한 무이의 별장이라

講誦身忘老
강 송 신 망 로
강송에 몸 늙는 것 잊고

鑽研德愈光
찬 연 덕 유 광
연찬에 덕은 더욱 빛나

眞傳慕濂洛
진 전 모 렴 락
염락의 진전 사모하였고

高韻挹羲皇
고 운 읍 희 황
희황의 고상한 운치 취했다

六籍師將絶
육 적 사 장 절
육경의 스승 끊어지려는데

三才道更昌
삼 재 도 갱 창
삼재의 도가 더욱 창성하였다

紫泥頻被名
자 니 빈 피 명
조서로 자주 부름을 받았고

丹悃每傾陽
단 곤 매 경 양
성심은 늘 국왕에게 돌렸다

異眷追先后
이 권 추 선 후
이례적 권고는 선왕 추모해서요

洪私報後王
홍 사 보 후 왕
큰 은혜 내림은 후왕께 보답함이라

卽程寧俟駕
즉 정 녕 사 가
부름 받은 길에 어찌 수레 기다릴까

抱疾尙連章
포 질 상 련 장
병 지니고도 여전히 상소문 올렸다

猿鶴餘幽思
원 학 여 유 사
원숭이와 학의 그윽한 생각 남았더니

貂蟬反舊行
초 선 반 구 행
초선관에서 구행으로 돌아왔다

十圖辭極懇
십 도 사 극 간
성학십도의 말은 지극히 간절하였고

獨立志難張
독 립 지 난 장
독립한 뜻은 펼치기 어려웠다

忠信眞堪仗
충 신 진 감 장
충신은 진정 의지할 만하였지만

紛囂肯過防
분 효 긍 과 방

분효를 즐겨 지나치게 막으려했겠나

講筵方密勿
강 연 방 밀 물

강연에서 바야흐로 애쓰던 차에

歸轡又蒼黃
귀 비 우 창 황

돌아가는 말고삐도 허둥지둥하였다

江漢孤舟遠
강 한 고 주 원

강한의 외로운 배는 멀어져

雲霄一夢忙
운 소 일 몽 망

구름 뜬 하늘의 한 꿈은 바빠졌다

野扉披碧草
야 비 피 벽 초

들 사립문엔 푸른 풀 덮히었고

村碓掃黃粱
촌 대 소 황 량

마을 절구에선 좁쌀을 쓸었다

去國餘生幾
거 국 여 생 기

한양 떠난 뒤 남은 생 그 얼마던가

知天此樂長
지 천 차 악 장

천명을 알아 이 즐거움은 길다

世期司馬相
세 기 사 마 상

세상에선 사마광 재상 기대했고

人慟伯淳亡
인 통 백 순 망

사람들은 백순의 죽음 통곡했다

留舃遺塵境
유 석 유 진 경

신발 남겨 티끌 세상에 버리고

騎箕到帝鄉
기 기 도 제 향

가마 타고 상제의 고향에 갔다

緒言垂百代
서 언 수 백 대

남긴 말씀 백세토록 전해져

餘馥化群狂
여 복 화 군 광

여향은 뭇 미치광이 교화했다

久忝承函丈
구 첨 승 함 장

오래 외람되이 선생으로 받들었으나

無因拜若堂
무 인 배 약 당

그 당호를 뵐 일은 없었다

別離移歲律 별 리 이 세 율	이별한 지 한 해가 지났는데
存沒隔殊方 존 몰 격 수 방	생사로 다른 지방에 떨어졌다
受誨慙終負 수 회 참 종 부	받은 가르침 결국 저버림 부끄럽고
含情只斷腸 함 정 지 단 장	정리를 생각하니 애끓을 뿐이라
九原誰叫起 구 원 수 규 기	저승에서 그 뉘가 불러일으킬까
空有淚淋浪 공 유 루 림 랑	공연히 눈물을 펑펑 쏟는다

《사암집》 권3

▶ 남기南紀 : 남쪽 지방.

▶ 사문斯文 : 유교에서 유교의 도의나 문화를 일컫는 말.

▶ 동량棟樑 : 기둥이 될 만한 인물.

▶ 탁계擢桂 : 과거시험에 합격하는 것. '계'는 과거 급제자의 명부인 계적
桂籍을 뜻함.

▶ 서하棲霞 : 산 이름으로, 옛날 은사隱士가 수도修道하던 곳.

▶ 안씨항顏氏巷 : 안자顏子의 누항陋巷. '안자'는 공자의 제자 안연顏淵을 가
리킴. 안연은 누항陋巷에서 안빈낙도安貧樂道의 생활을 즐긴 이로 유명
함.《논어》〈옹야雍也〉에 "우리 안회는 어질기도 하도다. 일단사一簞食
일표음一瓢飮으로 누항에 사는 어려운 생활을 사람들은 견뎌 내지를
못하는데, 우리 안회는 그 즐거움을 바꾸지 않으니, 참으로 어질도다,
우리 안회여."라고 칭찬한 공자의 말이 실려 있음.

▶ 무이장武夷庄 : 무이는 남송 때의 학자 주희朱熹가 문인들과 강학하던
민중閩中, 즉 복건福建 무이산武夷山의 무이정사武夷精舍를 가리킴.

▶ 찬연鑽研 : 학문 등을 깊이 연구함.

▶ 진전모렴락眞傳慕濂洛 : "염락의 진전 사모하였고"로 풀이함. '염락'은 주염계周濂溪, 정호程顥와 정이程頤, 장횡거張橫渠, 주희朱熹를 뜻하는 염락관민濂洛關閩의 약어略語로, 신유가新儒家를 대표하는 송유宋儒들을 말함.

▶ 고운읍희황高韻挹羲皇 : "희황의 고상한 운치 취했다"로 풀이함. '희황'은 중국 고대의 황제인 복희씨伏羲氏를 가리킴.

▶ 육적六籍 : 육경六經을 말함.

▶ 자니紫泥 : 황제의 조서詔書를 뜻함. 고대에 진흙으로 서신書信을 봉하고 인장을 찍었는데, 황제의 조칙은 자색 진흙으로 봉했던 데서 유래함.

▶ 단곤매경양丹悃每傾陽 : "성심은 늘 국왕에게 돌렸다"로 풀이함. '단곤'은 붉은 충정을 말함. 이황이 임금을 생각하는 마음이 지극했음을 말함.

▶ 원학여유사猿鶴餘幽思 : "원숭이와 학의 그윽한 생각 남았더니"로 풀이함. '원학'은 은둔할 때 함께했던 원숭이와 학을 말함. 공치규孔稚圭의 〈북산이문北山移文〉에 "혜장蕙帳이 텅 비어 밤 학이 원망하고, 산인山人이 떠나가서 새벽 원숭이가 놀란다." 하였음.

▶ 초선반구행貂蟬反舊行 : "초선관에서 구행으로 돌아왔다"로 풀이함. '초선관貂蟬冠'은 한대漢代의 시중侍中 상시常侍들이 쓰던 관인데 전하여 높은 벼슬아치들을 가리킴. '구행'은 지난 자취. 이황이 높은 벼슬에 있다가 다시 고향으로 돌아온 것을 말함.

▶ 십도十圖 : 《성학십도聖學十圖》를 말함. 이황이 1568년(선조1) 경연經筵에서 선조에게 유학의 대강을 풀이하여 밝히고 심법心法의 요점을 명시하기 위해 여러 유학자들의 학설과 도설圖說을 근거로 자신의 견해를 부연하여 만든 책. 그 조목은 첫째 염계 주돈이周敦頤의 〈태극도설太極圖說〉에 근거한 〈태극도太極圖〉, 둘째 횡거 장재張載의 〈서명西銘〉에 근거한 〈서명도西銘圖〉, 셋째 주희의 《소학》에 근거한 〈소학도小學圖〉, 넷째 《대학》에 근거한 〈대학도大學圖〉, 다섯째 주희의 백록동서원白鹿洞書院의

규약에 근거한 〈백록동규도白鹿洞規圖〉, 여섯째 정복심程復心의 〈심통성
정도心統性情圖〉를 수정 보완한 〈심통성정도〉, 일곱째 공자孔子의 인仁에
근거한 〈인설도仁說圖〉, 여덟째 정복심의 〈심학도心學圖〉에 근거한 〈심
학도〉, 아홉째 주희의 〈경재잠敬齋箴〉에 근거한 〈경재잠도〉, 열째 남당
南塘 진백陳柏의 〈숙흥야매잠夙興夜寐箴〉에 근거한 〈숙흥야매잠도夙興夜寐
箴圖〉임.

▸ 분효紛囂 : 소란스러운 일.

▸ 귀비우창황歸轡又蒼黃 : "돌아가는 말고삐도 허둥지둥하였다"로 풀이함.
고향으로 급히 돌아가는 모습을 말함. 선조는 이황을 여러 차례 불렀
으나 그럴 때마다 이황은 고사하였음. 그러나 이황은 선조의 소명召命
을 물리치기 어려워 마침내 68세에 대제학·지경연知經筵의 직책을 맡
았음. 그리고 선조에게 정이程頤의 〈사잠四箴〉 등을 진강하였고, 《성학
십도》를 저술하여 왕에게 바쳤음. 1569년(선조2)에 이조 판서에 임명되
었으나 사양하고, 간청하여 고향으로 돌아갔음.

▸ 강한江漢 : 한강을 말함.

▸ 지천知天 : 천명을 아는 것.

▸ 사마司馬 : 사마광司馬光을 말함. 그는 송나라 철종哲宗 연간에 뛰어난 학
행과 덕망으로 정승에 올라 원우元祐의 재상으로 불렸음. 중국의 대표
적인 사서史書 중의 하나인 《자치통감資治通鑑》 294권을 편찬하였음. 온
국공溫國公에 봉해져서 사마 온공司馬溫公이라고도 하였음.

▸ 백순伯淳 : 송나라 때의 대학자인 정호程顥의 자.

▸ 유석유진경留舃遺塵境 기기도제향騎箕到帝鄉 : "신발 남겨 티끌 세상에 버
리고, 가마 타고 상제의 고향에 갔다"로 풀이함. 이황이 세상을 뜬 것
을 비유적으로 한 말.

▸ 서언緖言 : 옛사람들이 남긴 말.

▸ 함장函丈 : 스승.

▶ 별리이세율別離移歲律 : "이별한 지 한 해가 지났으나"로 풀이함. 이황은 1570년(선조3)에 세상을 떴으니까 "이별한 지 한 해가 지났다"는 말은 1571년이 되었다는 뜻.

▶ 존몰격수방存沒隔殊方 : "생사로 다른 지방에 떨어졌다"로 풀이함. 이황이 이 세상을 떠서 서로 이승과 저승 사람이 되었다는 의미임.

▶ 구원九原 : 저승.

20. 남명 조식의 만시 曹南冥植 挽

◆ 이 작품은 조식曹植이 세상을 뜨고 나서 지은 만시이다. 조식은 박
순보다 22년 더 빨리 세상에 태어났다. 박순과 조식이 만났다는 기록
은 없다. 그러나 당시 조식의 학문적 명성이 널리 알려졌기에 박순은
그에 대해 잘 알고 있었을 것이다. 이 작품은 이러한 배경 하에 지어
졌다. 박순은 시에서 조식은 높은 절개를 지녔고, 담백한 마음을 가졌
으며, 기상과 성품이 남달랐다고 하였다. 또한 재능이 뛰어났으나 제
대로 쓰이지 못하였고, 은거의 삶을 살았으며, 많은 사람들이 애도했
다고 하였다. 조식의 죽음에 대해 안타까워했음을 알 수 있다.

峻節元追古
준 절 원 추 고
높은 절개는 원래 고인을 추모했고

沖襟自寡倫
충 금 자 과 륜
담백한 마음은 본래 짝할 사람 적었다

千尋看直聳
천 심 간 직 용
천 길이나 곧추 서 있음 보거니와

百鍊蘊剛眞
백 련 온 강 진
백번 단련한 강한 참됨 간직하였다

柱石才雖大
주 석 재 수 대
주석 같은 재능은 컸다 하나

風塵事更屯
풍 진 사 갱 둔
풍진에 일은 더욱 어려워졌다

獨隨玄豹隱
독 수 현 표 은
홀로 검은 표범을 따라 숨고

幾換綠蘿春
기 환 록 라 춘
푸른 등라의 봄은 몇 번 바뀌었나

守道心長逸
수 도 심 장 일
　　　　　도 지켜 마음은 길이 편안했으나

匡時術未陳
광 시 술 미 진
　　　　　시대 바로 잡을 도술 펴지 못했다

乾坤收正氣
건 곤 수 정 기
　　　　　하늘땅에선 정기 거두었고

泉壤閉高人
천 양 폐 고 인
　　　　　황천에선 고고한 인물 막았다

破屋留丹洞
파 옥 류 단 동
　　　　　무너진 집은 단동에 남았고

哀辭下紫宸
애 사 하 자 신
　　　　　애도의 글은 궁궐에서 내려졌다

蒼生空有望
창 생 공 유 망
　　　　　백성들 공연히 희망을 품었고

志士竟沾巾
지 사 경 첨 건
　　　　　지사는 마침내 수건 적셨다

舊迹山花晚
구 적 산 화 만
　　　　　옛 자리엔 늦은 산꽃 피었고

遺魂壠草新
유 혼 롱 초 신
　　　　　남은 혼엔 무덤 풀이 새롭다

凄凉白雲逕
처 량 백 운 경
　　　　　처량한 흰 구름의 길에

誰復繼淸塵
수 부 계 청 진
　　　　　그 뒤 또 맑은 기운 이을는지

《사암집》 권3

▶ 조남명식曺南冥植 : 남명은 조식(1501~1572)의 호. 자는 건중健中이요, 본관
은 창녕昌寧. 경상도 삼가현(지금의 경상남도 합천군 삼가면)의 토골에서
태어나 4~7세 사이에 부친을 따라 서울에 가서 삶. 이준경李浚慶, 성수
침成守琛, 성운成運, 이희안李希顏, 신계성申季誠 등과 교유하였고, 노진盧
禛·강익姜翼·김희삼金希參·정인홍鄭仁弘등 많은 문인들이 종유함. 37세

때 어머니의 권유로 과거시험에 응시했으나 낙방하여 그 뒤로는 학문에 열중함. 학자로서 명망이 높아지자 이언적李彦迪 등이 천거하여 벼슬이 주어졌으나 나아가지 않음. 문집에 《남명집南冥集》이 있음.

▶ 천심간직용千尋看直聳 : "천 길이나 곧추 서 있음 보거니와"로 풀이함. 이는 조식의 늠름한 기상을 비유적으로 말한 것. 문인 정구鄭逑는 조식에 대해 "선생은 천지의 순수한 덕과 하악河嶽의 맑은 정기를 타고났고, 재주는 일세에 높고 기개는 천고를 덮으며, 지혜는 족히 천하의 변화를 통하고 용맹은 능히 삼군의 우두머리를 앗을 수 있고, 태산벽립泰山壁立의 기상과 봉황이 높이 나는 이상을 갖고 있다."라고 말한 바 있음.

▶ 주석柱石 : 기둥과 초석礎石으로 국가의 중요한 신하를 말함.

▶ 현표玄豹 : 검은 표범. 자신의 재주를 숨긴 채 숨어 사는 은자를 말함. 유향劉向의 《열녀전列女傳》 권2 〈도답자처陶答子妻〉에 "남산에 검은 표범이 있어 보슬비 내리는 7일 동안이나 사냥을 하지 않는 이유는 어째서인가? 털을 윤택하게 하여 무늬를 이루고자 하므로 숨어서 해로움을 피하는 것이다.[南山有玄豹 霧雨七日而不下食者 何也 欲以澤其毛而成文章也 故藏而遠害]"라고 말함.

▶ 천양泉壤 : 무덤.

▶ 자신紫宸 : 조정 백관과 외국 사신들을 접견하는 정전正殿의 이름.

▶ 창생蒼生 : 세상의 모든 사람. 창맹蒼氓이라고도 함.

21. 고봉 기대승의 만시 奇高峯大升 挽

> ◆ 이 작품은 기대승奇大升의 죽음을 슬퍼해 지은 만시이다. 기대승은
> 그의 나이 46세 때 병으로 객사하였다. 이때 박순의 나이 50세였다. 동
> 향同鄉인데다가 학문적 열망이 있었던 후배가 갑자기 세상을 떠 박순
> 은 슬펐다. 따라서 이러한 감정을 오롯이 담아 작품을 지었다. 박순은
> 기대승을 대해 말하기를, 공맹孔孟의 유학을 공부하였고, 퇴폐한 시절
> 을 말하다가 곤욕을 치렀으며, 임금께 간언을 하여 은혜를 받았으나
> 집은 가난하였다 했다. 학문적인 모습과 처세 방법, 청빈한 삶의 모습
> 을 부각시켰다. 또한 벼슬에 드나들었던 일, 객사客死했던 일, 지난날
> 서로 마음이 맞아 친분이 두터웠던 상황 등을 말하였다. 박순은 그의
> 나이 47세(1569, 선조2) 4월에 기대승과 함께 인종仁宗을 문소전文昭殿에
> 올릴 것을 주청한 적이 있다. 즉, 이는 지난날 서로 마음이 맞아 행했
> 던 대표적인 일이라 할 수 있다.

天畀英姿秀 천 비 영 자 수	하늘은 영특한 모습을 내려주고
人推學業醇 인 추 학 업 순	사람들은 순수한 학문을 추앙했다
羲軒追古遠 희 헌 추 고 원	복희 헌원까지 멀리 옛날 추구했고
鄒魯泝源眞 추 로 소 원 진	추로의 참된 근원을 거슬러 올랐으며
孤雖傷時溺 고 구 상 시 닉	홀로 퇴폐한 시절 슬퍼해 외쳤고
危蹤困俗嗔 위 종 곤 속 진	올바른 자취 노한 세속에 곤욕 치렀다

伏蒲新渥渙
복 포 신 악 환

부들방석에 엎딘 간언에 새 은혜 풍성했으나

耕谷舊棲貧
경 곡 구 서 빈

산골짝 갈아 먹고 살던 집 가난하였다

江漢重回棹
강 한 중 회 도

한강에서 다시 뱃길을 돌려

風塵再去身
풍 진 재 거 신

풍진 속에 몸을 두 번이나 떠났다

素期全出處
소 기 전 출 처

본래 출처를 온전히 하길 기대했으나

浮世有亨屯
부 세 유 형 둔

덧없는 세상엔 통함과 막힘이 있었다

聖道墜遺緒
성 도 추 유 서

성인의 도는 그 전통이 끊어졌고

明廷喪哲人
명 정 상 철 인

밝은 조정에선 명철한 인물 잃었다

病淹郵燭夜
병 엄 우 촉 야

병은 객창 촛불 켠 밤에 위독해져서

愁入嶺雲晨
수 입 령 운 신

시름은 새벽 노령 구름에 타들었다

夙昔心相契
숙 석 심 상 계

지난날에 마음이 서로 맞아서

星霜分更親
성 상 분 갱 친

세월이 지날수록 친분은 더하여

溪山俱引興
계 산 구 인 흥

강산에서 함께 흥을 돋우고

松竹約爲隣
송 죽 약 위 린

송죽을 이웃 삼기로 약속했건만

湖外三秋月
호 외 삼 추 월

호수 밖의 밝은 가을 달만이

遼西萬里輪
료 서 만 리 륜

요서의 만 리에 둥글다

別離曾幾日
별 리 증 기 일

이별한 지 며칠이나 되었는가

存沒只沾巾   살고 죽음에 눈물만 난다
존 몰 지 첨 건

《사암집》 권3

▶ 기고봉대승奇高峯大升 : 고봉은 기대승(1527~1572)의 호. 자는 명언明彦이요,
 본관은 행주幸州. 전남 나주 출생. 아버지는 기진奇進이고, 어머니는 강
 영수姜永壽의 딸이며, 기묘명현己卯名賢의 한 사람인 기준奇遵이 그의 계
 부季父임. 이황李滉의 문인이요, 제자로는 정운룡鄭雲龍·고경명高敬命·최
 경회崔慶會 등이 있음. 1549년(명종4) 사마시에 합격하고, 1558년 식년
 문과 을과로 급제하여 벼슬을 시작함. 승문원 부정자를 시작으로 병
 조 좌랑, 대사성, 대사간, 공조 참의 등을 역임하다가 병으로 사임함.
 귀향하던 중에 고부古阜에서 객사함. 이황李滉·김인후金麟厚·이항李恒 등
 과 학문을 논의함. 특히, 이황과 8년 동안의 편지를 통해 사칠논변四七
 論辨을 전개한 것으로 유명함. 문집에 《고봉집高峯集》이 있음.
▶ 희헌羲軒 : 태호太昊 복희씨伏羲氏와 황제黃帝 헌원씨軒轅氏의 합칭.
▶ 추로鄒魯 : 공자孔子·맹자孟子의 유풍遺風이 있는 문명한 곳을 말함. '추'
 는 맹자의 출생지이고, '로'는 공자의 출생지임.
▶ 강한江漢 : 한강漢江.
▶ 형둔亨屯 : 형통과 곤액困厄.
▶ 성상星霜 : 세월.
▶ 요서遼西 : 사랑하는 사람이 있는 곳. 고시古詩에 이르기를 "시녀 불러
 까마귀를 쫓아내어서, 나뭇가지 위서 울지 못하게 한 건, 울어 대면
 신첩의 꿈 놀라 깨어서, 님이 계신 요서 땅에 못 가서라네.[喚婢打鴉兒
 莫教枝上啼 啼時驚妾夢 不得到遼西]"라고 한 말이 있음. 《詩人玉屑 卷5》

【월봉서원】

현재 광주광역시 광산구에 있는 서원으로 기대승奇大升을 비롯하여 박
상朴祥과 박순朴淳, 김장생金長生과 김집金集 등을 배향하고 있다. 월봉서
원 판액 오른쪽에 '빙월당氷月堂'의 판액 글씨가 보인다. 빙월당이라는
당호는 정조正祖가 내린 것으로 기대승의 고결한 학덕을 '빙심설월氷心
雪月'에 비유한 것이다.

22. 이율곡의 만시 李栗谷挽

◆ 이 작품은 이이李珥의 죽음을 슬퍼해 지은 만시이다. 이이는 그의 나이 49세 때인 1584년(선조17)에 세상을 떴다. 이때 박순의 나이는 62세였다. 박순은 이이와 함께 국사를 논의, 의기투합하여 일을 해결하였다. 특히, 이이가 죽기 이전 해인 1583년 2월에 경원慶源의 번호藩胡 니탕개尼湯介가 난을 일으키자 함께 방법을 도모 했었는데, 1년이 지나지 않아 세상을 떴으니 아연실색했을 것이다. 박순은 이이를 가리켜 '철옹성'이라 하였다. 이이를 어떤 사람으로 인식했는지를 알 수 있는 대목이다. 한편, 경련의 2구를 통해, 이이와 같은 충신이 점차 사라지고 간신들이 득세할 것 같은 세상을 염려하였다.

曾承嚴召出雲扃
증 승 엄 소 출 운 경

일찍이 엄한 부름으로 구름 문 나와서

欲爲明時致太平
욕 위 명 시 치 태 평

명군의 시대 위해 태평을 이루려 했었다

朝暮佇看調玉鉉
조 모 저 간 조 옥 현

조석으로 우두커니 나라 일 조정 보았는데

國家今忽喪金城
국 가 금 홀 상 금 성

국가는 이제 갑자기 철옹성을 잃었다

孤墳寂寂依山木
고 분 적 적 의 산 목

외론 무덤은 쓸쓸히 산 나무에 의지하고

百口飄飄學水萍
백 구 표 표 학 수 평

온갖 입들 표표히 부평초를 흉내 낸다

聖主軫哀垂雨露
성 주 진 애 수 우 로

성스러운 군주는 슬퍼서 눈물 흘리셨으니

可憐泉下亦恩榮
가 련 천 하 역 은 영

가련타, 죽어서도 임금 은혜 영광스럽도다

《사암집》 권3

▸ 옥현玉鉉 : 원래 솥을 드는 데 쓰는 옥으로 만든 고리로, 지위가 높은 대
　신大臣을 뜻함. 여기서는 나라의 일을 말함.《주역》〈정괘鼎卦 상구上九〉
　효사에 "솥의 옥으로 만든 귀고리이니, 크게 길하여 이롭지 않음이 없
　다.〔鼎玉鉉 大吉无不利〕"라는 말이 있음.

▸ 금성金城 : 극기 견고한 성. 철옹성.

▸ 백구표표학수평百口飄飄學水萍 : "온갖 입들 표표히 부평초 흉내 낸다"로
　풀이함. 한 곳에 정착 하지 못하고 이리저리 흔들리는 모습을 부평초
　에 비유해서 한 말.

▸ 성주聖主 : 성스러운 군주. 여기서는 선조宣祖를 말함.

▸ 우로雨露 : 원래는 비와 이슬을 말하나 여기서는 눈물을 의미함.

23. 신여 산인이 금루관을 굳이 사양하고 돌아가 그에게 시를 주다 信如山人 固辭禁漏官 還歸 贈之以詩

◆ 이 작품은 신여 산인信如山人이 금루관禁漏官을 사양하고 자신이 살았던 곳으로 돌아가려 하자 지은 시이다. 신여 산인에 대해 자세히 말할 수 없다. 다만, 시 내용 중에 "불승은 기능이 많으니"라는 말을 통해 불승이고, "역마로 운길에서 불렀다는데"라는 말을 통해 '운길'에 살았던 사람이며, "그 사람이 재주 많다는 소릴 듣고"라는 말을 통해 뛰어난 기술자였음을 알 수 있다.

이 작품은 전체 36행 18운으로 지었다. 내용은 크게 1~6행, 7~16행, 17~26행, 27~32행, 33~36행 등 총 다섯 부분으로 구분할 수 있다. 1~6행은 서론에 해당하는데, 당나라 때의 문인인 한유韓愈가 한 말을 들어 불승은 재주가 많다는 말을 하였다. 7~16행은 세종世宗 때 금루관이 만들어졌다가 별 기능을 하지 못했다는 내용과 함께 지금의 임금이 다시 교지를 내려 복건하려 하는데, 이를 다룰 만한 기술자가 없다는 말을 하였다. 이로 인해 신여 산인을 부르게 되었다 하는데, 17~26행까지의 내용이 그와 관련된다. 흥미로운 점은 신여 산인이 궁에 들어올 때의 모습과 아울러 한 달 동안 머물면서 기술력을 과시한 것을 말했다는 것이다. 박순이 바라본 신여 산인은 "조화옹과 같이 기묘"한 사람이었다. 이러한 신여 산인을 통해, 박순은 자신이 느낀 점을 말하였다. 그 내용은 27~32행에 나오는데, 나름대로 "도를 배운 사람[學道者]"에 대한 개념을 정리하였다. 그리고 마지막 33~36행에서 궁을 떠나는 신여 산인을 '들새'라 하며, 이별을 고하였다.

浮屠多技能
부 도 다 기 능

불승은 기능이 많으니

韓子有是說
한 자 유 시 설

한유는 이 말을 하였다

偃師造木倡
언 사 조 목 창

언사는 나무 광대 만들었는데

歌舞亦應節
가 무 역 응 절

가무도 하고 장단도 맞추었다지

吾雖觀其書
오 수 관 기 서

나는 그 글을 보았으나

未嘗信其必
미 상 신 기 필

꼭 그랬으리라 믿지 않았다

有閣迷丹禁
유 각 미 단 금

대궐에 누각 있어 어둑한데

天人事俱設
천 인 사 구 설

하늘 사람 일은 다 마련되었다

金扁曰欽敬
금 편 왈 흠 경

금색 현판은 흠경이라 했는데

歷代咸見闕
역 대 함 견 궐

역대로 다 비어 있었다

聖神之所作
성 신 지 소 작

성신하신 임금이 만든 것인데

歲久惜差缺
세 구 석 차 결

안타깝게 오랫동안 비어있었다

忽承下明旨
홀 승 하 명 지

홀연 명철한 교지 내려 받들었으니

重新催計日
중 신 최 계 일

다시 새로운 계일 재촉하셨으나

國工皆束手
국 공 개 속 수

나라 기술자들은 다 속수무책으로

相顧徒驚怵
상 고 도 경 출

서로 돌아보며 놀라고 겁을 내었다

聞渠號多藝
문 거 호 다 예

그 사람이 재주 많다는 소릴 듣고

驛召自雲吉
역 소 자 운 길

역마로 운길에서 불렀는데

草履披麻衣
초 리 피 마 의

짚신에 베옷을 걸치고

婆娑入紫闥
파 사 입 자 달

유유하게 대궐문에 들어섰다

奴僕視衆師
노 복 시 중 사

노복같이 여러 장인들 보더니

咄嗟雕萬物
돌 차 조 만 물

순식간에 온갖 물건 깎았는데

箇箇欲飛走
개 개 욕 비 주

하나하나 날 듯한 것이

妙如造化一
묘 여 조 화 일

조화옹과 같이 기묘하였다

幻出人間世
환 출 인 간 세

변환은 인간 세상을 벗어난 듯해

大功纔閱月
대 공 재 열 월

큰일을 겨우 한 달 만에 끝냈다

始知學道者
시 지 학 도 자

처음으로 도를 배운 사람은

通神靡不達
통 신 미 부 달

신에 통달하고 못함이 없음 알았나니

指尖窮變化
지 첨 궁 변 화

손가락 끝은 변화를 다하면서

中心恒寂滅
중 심 항 적 멸

마음속은 항상 적멸이라

有若浮雲過
유 약 부 운 과

마치 뜬 구름 지나가면서

靑冥臥初逸
청 명 와 초 일

푸른 하늘을 벗어나 누워있는 듯해

今朝忽告歸
금 조 홀 고 귀

오늘 아침에 홀연 돌아간다 하니

舊岑橫天末
구 잠 횡 천 말

옛 산 하늘 끝에 가로 놓였다

我欲冠其顚 아 욕 관 기 전	나는 그대 머리에 관 씌우려했으나
野鳥難籠活 야 조 난 롱 활	들새는 장 속에서 살기 어렵구나

《사암집》 권1

▶ 신여산인信如山人 : 구체적인 행적을 알 수 없음.

▶ 금루관禁漏官 : 조선 시대 관상감觀象監에 소속된 벼슬 이름으로, 누각漏刻의 일을 맡아 그 시각을 알렸음.

▶ 부도다기능浮屠多技能 한자유시설韓子有是說 : "불승은 기능이 많으니, 한자는 이 말을 하였다"로 풀이함. '부도'는 불교의 승려를 말하고, '한자'는 당나라의 한유韓愈를 말함. 한유가 지은 〈송고한상인서送高閑上人序〉에, "나는 듣건대, 불자는 환술을 잘하고 기능도 많다 하니, 한 상인도 그 환술을 통했는지에 대해서는 내가 알지 못하겠다.〔吾聞浮屠人善幻多技能 閑如通其術則吾不能知矣〕"라고 하였음.

▶ 언사조목창偃師造木倡 가무역응절歌舞亦應節 : "언사는 나무 광대 만들었는데, 가무도 하고 장단도 맞추었다"로 풀이함. '언사'는 전설에 나오는 주 목왕周穆王 때 장인匠人으로 재주가 매우 뛰어났는데, 그가 만든 나무 인형은 노래하고 춤을 출 줄 알아 살아 있는 사람과 같았음.《列子湯問》

▶ 단금丹禁 : 금성禁城으로 대궐을 말함.

▶ 금편왈흠경金扁曰欽敬 : 흠경각欽敬閣을 말함. 조선 세종 때 만든 천문관측소天文觀測所로 보루각報漏閣과 함께 당시 시간을 정밀하게 관측하게 한 곳임.

▶ 성신聖神 : 조선 제4대 왕인 세종을 말함.

▶ 경출驚怵 : 놀라고 겁을 냄.

▶ 운길雲吉 : 지명인 듯한데, 어디를 말하는지 자세히 알 수 없음.

▶ 파사婆娑 : 한가로운 모습.

▶ 자달紫闥 : 대궐.

▶ 중사衆師 : 여러 기술자들.

▶ 돌차咄嗟 : 순식간에.

▶ 적멸寂滅 : 미迷의 세계를 영원히 이탈한 경계. 곧 열반涅槃.

24. 견 상인에게 주다 贈堅上人

◆ 이 작품은 견 상인堅上人에게 준 시이다. 견 상인은 누구를 말하는지 자세히 알 수 없다. 박순은 이 작품을 통해, 벼슬 생활에서 벗어나지 못하고 있는 자신의 모습을 다시 한 번 되돌아보았다. 특히, 결구에서 말한 '산승山僧'은 견 상인을 두고 한 말이라는 것을 알 수 있다. 허균許 筠은 그의 시화서詩話書인 《학산초담鶴山樵談》과 《성수시화惺叟詩話》, 시선 집인 《국조시산國朝詩刪》 등에서 언급하였다. 허균은 《성수시화》에서 작품을 소개한 뒤에 "아, 사대부로서 그 누군들 은퇴하고 싶은 마음이 없겠는가마는 한 치의 녹봉에 끌리어 고개를 숙이고 이 마음을 저버리 는 자가 많을 것이다. 이 시를 읽으면 한 번 탄식의 소리를 내게 하기 에 족할 것이다."라고 하였다.

久沐恩波役此心
구 목 은 파 역 차 심

은혜 물결에 오래 젖어 이 마음 힘썼는데

曉鷄聲裏戴朝簪
효 계 성 리 대 조 잠

새벽닭이 우는 속에서 조정 비녀 꽂는다

江南野屋今蕪沒
강 남 야 옥 금 무 몰

강남의 들판 집은 이제 황폐해졌으니

却倩山僧護竹林
각 천 산 승 호 죽 림

도리어 산승에게 대숲을 보호하라 한다

《사암집》 권1

▶ 견 상인堅上人 : 누구를 말하는지 자세히 알 수 없음.
▶ 무몰蕪沒 : 잡초가 우거져 덮힘.

25. 여산군에서 행사 상인과 작별하면서 礪山郡別行思上人

◆ 이 작품은 여산군礪山郡에서 행사 상인行思上人과 이별하면서 지었다. 행사 상인은 누구를 말하는지 자세히 알 수는 없다. 다만, 박순은 이 작품 외에 행사 상인과 관련하여 〈호남으로 돌아가는 행사 상인을 전송하며[送行思山人歸湖南]〉(권1), 〈압록강에서 행사 상인과 이별하며[鴨綠江別行思上人]〉(권2) 등의 작품을 지었다. 즉, 총 세 편의 작품을 남겼다. 여기서 주목할 점은 〈압록강에서 행사 상인과 이별하며〉 시제에 '압록강'이 나온다는 것이다. 이러한 면모를 통해 볼 때, 박순과 행사 상인은 어떤 한 장소에서만 만난 것이 아니라 여러 장소에서 만났음을 알 수 있다. 그리고 혹시 관원官員과 관련한 일을 하는 불승일 수도 있다. 이 작품의 내용을 보면, 박순이 왕명을 수행하기 위해 여산군을 갔을 때 행사 상인을 만났기 때문이다. 작품의 마지막에서 "엄나무 꽃이 떨어진다."라고 했기 때문에 계절은 여름철이었음을 알 수 있다.

한편, 허균은 《국조시산》에서 이 작품을 평가하기를 "만당晚唐이다.[晚李]"라고 하였다. 즉, 허균은 만당 시풍을 지녔다고 평가하였다.

王程那得駐征騑 왕명으로 가는 길에 어찌 가는 말 멈출까
왕 정 나 득 주 정 비

愁外靑山幾夕暉 시름 밖의 청산은 저녁 해 거의 되었다
수 외 청 산 기 석 휘

金馬古城相送處 금마 고성 전송하는 곳에는
금 마 고 성 상 송 처

刺桐花落雨霏霏 엄나무 꽃 떨어지고 비가 세차다
자 동 화 락 우 비 비

《사암집》 권1

▶ 행사 상인行思上人 : 행사 상인은 누구를 말하는지 자세히 알 수 없음. 다만, 박순 외에 김안국金安國과 백광훈白光勳도 행사 상인과 관련한 시를 각각 1편, 2편을 남겼음. 특히, 김안국은 〈차운하여 행사 상인에게 주다[次韻贈行思上人]〉(《모재집慕齋集》 권6)라는 시의 소주小註에서 "행사 상인은 봉은사奉恩寺에 머물렀다."라고 하였음. 이로써 행사 상인이 봉은사의 스님임을 알 수 있음.

▶ 왕정王程 : 왕명王命으로 가는 여정旅程.

▶ 금마金馬 : 여산군礪山郡의 신라 때의 이름.

▶ 자동刺桐 : 엄나무.

▶ 비비霏霏 : 비가 세차게 오는 모습.

26. 균사의 시축에 율곡의 시가 있어 슬픈 감회에 잠긴 나머지 그 시에 차운하여 주다 2수
均師詩軸 有栗谷詩 感愴之餘 因次其韻以贈之 二首

◆ 이 작품은 상균尙均 스님의 시축에 이이李珥의 시가 있어 느낌이 일어 그 시에 차운하여 지었다. 박순은 이이보다 13년 더 위이다. 이이가 후배이기는 했으나 정사政事를 함께 돌보며 서로 의지하였다. 그러다 이이가 박순보다 5년 더 빨리 세상을 뜬다. 시제에서 이이의 시가 상균 스님의 시축에 있어 슬픈 감회에 잠겼다는 것으로 보아 이 시는 이이가 이미 세상을 뜬 뒤에 지었음을 알 수 있다.

작품은 총 2수로 되어 있다. 두 작품의 전체 내용을 보면, 이이를 회상하거나 불교의 깨달음에 대해 언급하였다. 1수에서 특히, 이이를 회상하고 있는데, 결구에서 잠시 동안의 영욕을 굳이 다툴 필요가 있겠는가라고 하여 반문하였다. 2수에서는 주로 불교의 깨달음에 대해 말하였는데, '염화拈花'라든가 '환중環中' 등의 특수 용어를 사용한 점에 눈길이 간다. 또한 두 작품에서 모두 언급한 것은 "도 지니면[有道]"인데, 박순이 결국 이 작품에서 강조하고자 한 것은 '도'임을 알 수 있다.

石潭何處問仙蹤
석 담 하 처 문 선 종

석담 어디에서 신선 발자취를 물을까

秋月流輝是舊容
추 월 류 휘 시 구 용

가을 달 흐르는 빛이 옛날의 용모라

有道自期昭萬古
유 도 자 기 소 만 고

도 지니면 절로 만고의 밝음 기약하는데

肯爭榮辱蹔時中
긍 쟁 영 욕 잠 시 중

즐기어 잠시 동안의 영욕을 다투겠는가

浮雲來去自無蹤
부 운 래 거 자 무 종

뜬 구름 오고감에 절로 자취가 없고

有道還腴絶粒容
유 도 환 유 절 립 용

도 지니면 굶은 얼굴에도 기름기 있다

已拈地花當日意
이 념 지 화 당 일 의

이미 땅 꽃을 땄던 당시의 마음

此心空處是環中
차 심 공 처 시 환 중

이 마음 빈 곳이 환중이라

《사암집》 권2

▶ 균사均師 : 상균 사尙均師를 말함. 이 불승과 관련한 시는 김세필金世弼의 《십청집十淸集》, 김안국 金安國의 《모재집慕齋集》, 김정국金正國의 《사재집思齋集》 등에 있음. 이 시에 나온 기록을 근거로 할 때, 상균 사는 경기도 여주 신륵사神勒寺에 있었음.

▶ 석담하처문선종石潭何處問仙蹤 : "석담 어디에서 신선 발자취를 물을까"로 풀이함. '석담'은 황해남도 벽성군 석담리의 서북쪽에 있는 마을로 은병바위 밑에 못이 있음. 율곡栗谷 이이李珥는 그의 나이 41세 이후 이 석담을 오고가며 살았음. 따라서 이 부분은 이이와 관련하여 말한 것.

▶ 절립絶粒 : 식량이 떨어짐.

▶ 이념지화당일의已拈地花當日意 : "이미 땅 꽃을 땄던 당시의 마음"으로 풀이함. '염지화拈地花'는 언어와 문자를 떠나 마음과 마음으로 전하는 선종 최고의 경지를 뜻하는 말. 석가모니釋迦牟尼가 영산회상靈山會上에서 염화시중拈花示衆했을 때에, 대중이 모두 침묵을 지키는 가운데 오직 가섭迦葉만이 파안 미소破顏微笑를 짓자, 석가가 "나에게 있는 정법안장正法眼藏·열반묘심涅槃妙心·실상무상實相無相·미묘법문微妙法門·불립문자不立文字·교외별전敎外別傳을 마하가섭摩訶迦葉에게 부촉하노라."라고 했다는 말이 육조대사六祖大師의 《법보단경法寶壇經》 서문과 《오등회원五燈會

元》권1 등에 나옴.

▸ 차심공처시환중此心空處是環中 : "이 마음 빈 곳이 환중이라"로 풀이함.
'환중'은 공허한 곳으로 시비를 초월한 절대적인 경지. 《장자》〈제물
론〉에 "피와 차를 갈라놓을 수 없는 것을 도추라고 한다. 문의 지도리
는 환중을 얻어야 무궁한 것에 응할 수 있으니 시란 하나의 무궁한 것
이며 비 또한 하나의 무궁한 것이다.〔彼是莫得基偶 謂之道樞 樞始得其環中 而
應無窮 是一無窮 非亦一窮〕"라고 한 말이 있음.

제4장
관직 생활 중에 일어난 시심

박순은 그의 나이 31세 8월에 정시에 장원급제한 이래 성균관 전적을 시작으로 여러 벼슬을 거쳐 영의정에까지 올랐다. 이러한 관직 생활을 하던 중에도 시심詩心은 일어났는데, 작품을 통해 그러한 정황을 알 수 있다.

1. 눈이 온 뒤에 호당에서 눈썰매를 타고 한강 얼음 위로 내려가다

雪後 自湖堂乘雪馬 下漢江氷上

◆ 이 작품은 박순이 사가독서賜暇讀書를 할 때에 지었다. 박순은 그의 나이 36세(1558, 명종13) 말부터 37세초까지 사가독서 하였다. 사가독서 란 조선 시대에 인재를 양성하기 위하여 젊은 문신들에게 휴가를 주어 학문에 전념하게 한 제도를 말한다. 세종 때에 학문을 진작시키는 의 미에서 처음 만들었다가 연산군 때에 잠시 중단 되었고, 중종 때에 다 시 시행되었다. 1517년(중종12) 두모포豆毛浦(현 옥수동)에 다시 독서당을 지었는데, 이곳을 동호당東湖堂이라 하였다. 박순은 아마도 이 동호당 에서 사가독서를 했을 것이다.

이 작품의 시제를 보면, "겨울철 눈이 온 뒤에 독서당에서 눈썰매를 타 고 한강 얼음 위로 내려가다"라고 하였다. 박순은 독서당에서 한 번의 겨울을 지냈다. 따라서 이 작품은 그때에 눈썰매를 타고 한강을 건널 때의 주변 경관과 모습 등을 읊은 것이다. 기구에서 "달이 허공에 가득 하다"라는 말을 한 것으로 보아 저녁에 썰매를 탔음을 알 수 있다.

風掃重雲月滿空　　바람이 겹구름 쓸어 달이 허공에 가득한데
풍 소 중 운 월 만 공

孤槎直渡泠光中　　외론 썰매로 곧바로 찬 빛 속을 건넌다
고 사 직 도 령 광 중

身遊野馬塵埃外　　몸이 아지랑이와 먼지 밖에서 노니니
신 유 야 마 진 애 외

銀漢迢迢路不窮　　은하수는 아득하고 길은 끝이 없어라
은 한 초 초 로 불 궁

《사암집》 권1

▶ 호당湖堂 : 독서당을 달리 부르는 말.

▶ 야마野馬 : 아지랑이. 《장자》〈소요유逍遙遊〉에 "아지랑이와 먼지 같은 것은 하늘과 땅 사이의 생물들이 숨을 쉬면서 서로 내뿜는 것들이다. [野馬也 塵埃也 生物之以息相吹也]"라는 말이 있음.

▶ 은한銀漢 : 은하수.

▶ 초초迢迢 : 아득히 멂.

2. 호당에서 입으로 읊조리다 湖堂口號

◆ 이 작품은 독서당에서 지어 입으로 읊조려본 시이다. 시는 주로 눈에 보이는 정경을 읊었다. 기·승구에서 '어지러운 물[亂流]'과 '낙수 물방울[滴瀝]'을 말한 것으로 보아 비가 많이 내리다가 이제 막 갠 뒤의 모습을 보았다 할 수 있다. 특별한 정경이 아닌 주변에서 흔히 볼 수 있는 모습을 그렸다.

한편, 이 작품은 이긍익李肯翊이 편찬한 《연려실기술練藜室記述》권18 〈선조조상신宣祖朝相臣〉과 이제신李濟臣이 지은 《청강시화淸江詩話》 등에서 논의하였다. 둘의 내용은 비슷한데, 《연려실기술》의 것을 들어보면 다음과 같다. "일찍이 학사들과 더불어 소낙비가 지나간 뒤에 '석야 청경晴景'이란 제목으로 함께 시를 지었는데, 공의 시에 '어지러운 물은……석양이 많구나.' 하였다. 제공이 탄미하기를, '참으로 소리가 있는 그림이다.[眞有聲之畫]' 하였다."

이 작품은 이처럼 짓게 된 배경이 기록으로 남아있다. 다시 정리하자면, 어느 날 소나기가 지나간 뒤의 석양녘이었다. 소나기가 지나간 뒤여서 어느 때보다도 청명하였다. 이 모습을 본 독서당의 사람들은 각자 시를 지어보았다. 박순도 독서당의 일원으로서 시를 지었다. 박순은 주로 주변의 정경에 치중하여 그림을 그리듯이 읊었다. 그 작품을 들어본 다른 사람들이 감탄을 하며, 마치 "소리가 있는 그림 같다."라고 평가를 하였다. 이와 같은 평가는 당시풍唐詩風과 관련한 것으로 시에서 청각적, 시각적 이미지가 느껴짐을 말한 것이다.

亂流經野入江沱
란 류 경 야 입 강 타

어지러운 물은 들판 지나 강으로 들어가는데

滴瀝猶存檻外柯
적 력 유 존 함 외 가

낙수 물방울은 여전히 난간 밖 나무에 남았다

籬掛簑衣簷曬網
리 괘 사 의 첨 쇄 망

울타리엔 도롱이 걸고 처마엔 그물을 말리니

望中漁屋夕陽多
망 중 어 옥 석 양 다

바라보이는 어부의 집에는 석양이 많구나

《사암집》 권1

▶ 강타江沱 : 원래 사천성 동부를 흐르는 타강陀江을 말하나 여기서는 일
반적인 강물을 뜻함.

▶ 어옥漁屋 : 어부가 사는 집.

3. 용만에서 임당 정유길과 입으로 연구를 읊다
龍灣 與鄭林塘惟吉 口號聯句

◆ 이 작품은 함경남도 의주義州에서 정유길鄭惟吉과 연구聯句 형식으로 지었다. 전통 시대에 의주는 중국 사신들이 육로로 조선을 들어올 때 처음 도착하는 지역이기도 하다. 박순은 그의 나이 38세 때인 1560년 (명종15) 1월에 사인舍人 벼슬에 올랐다. 그때 조사詔使가 온다는 소문이 있어 원접사 정유길의 종사관이 되었으나 조사는 오지 않았다. 이 연구시는 이때 지은 것으로 추정한다. 연구시는 두 사람 이상이 협동하여 짓는 잡체시雜體詩의 일종이기 때문에 단합을 요구한다. 박순과 정유길 두 사람 중에 누가 먼저 시를 짓자고 제안을 했는지 알 수 없다. 그러나 지어진 시를 보면, 정유길이 먼저 지었고, 박순이 그 뒤를 이었다. 아마도 연장자 우선을 존중한 것이 아닌가 생각해본다.

시는 정유길이 먼저 먼 변방에서 함께 구경 나서게 된 것을 말한 데에서 시작하였고, 이어서 박순이 해가 질 무렵의 주변 풍경을 읊었다. 그리고 정유길이 당시의 상황과 일기日記를 말하였고, 박순이 마지막으로 자연을 대한 뒤의 상쾌한 기분을 적었다. 이로써 시를 통해 서로 하고 싶은 이야기를 했다고도 할 수 있다.

衰年寡儔侶
쇠 년 과 주 려

노쇠한 나이에 친구가 적은데

絕域共登臨
절 역 공 등 림

먼 변방에서 함께 구경 나섰다

임당林塘

綠漲愁江闊
록 창 수 강 활

푸른 물결의 넓은 강은 시름겹고

紅殘怕日沈
홍 잔 파 일 침

시들한 붉은 해 지는 것 겁난다

사암思菴

輕舟新脫險
경 주 신 탈 험

가벼운 배로 위험을 갓 벗어나니

缺月又生陰
결 월 우 생 음

조각달에 또다시 그늘이 생긴다

임당林塘

晚泊蘆花岸
만 박 로 화 안

늦게 갈대꽃 강 언덕에 배 머무니

淸風自滿襟
청 풍 자 만 금

맑은 바람은 절로 가슴에 가득하다

사암思菴

《사암집》 권2

▶ 용만龍灣 : 의주義州의 별칭.

▶ 정임당유길鄭林塘惟吉 : 임당은 정유길(1515~1588)의 호. 자는 길원吉元이요,
본관은 동래東萊. 할아버지는 영의정 광필光弼이고, 아버지는 강화 부사
복겸福謙임. 김상헌金尙憲·김상용金尙容의 외할아버지임. 1531년(중종26) 사
마시에 합격하였고, 1538년 별시 문과에 장원으로 합격하여 사간원 정
언을 시작으로 벼슬에 오름. 그 뒤에 공조 좌랑·이조 좌랑 등 요직을
두루 거침. 1567년(명종22) 진하사進賀使로 명나라에 다녀옴. 1583년(선조
16) 좌의정에까지 오름. 시문에 뛰어났으며, 문집에 《임당유고林塘遺稿》
가 있음.

▶ 연구聯句 : 잡체시雜體詩의 일종으로 2인 이상이 서로 돌아가며 연이어

지은 시를 말함. 한 사람이 1구 1운으로 짓기도 하고 2구 1운으로 짓기도 하며, 그 이상으로 짓는 등 분련分聯 방식은 다양함. 한나라 무제武帝가 백량대柏梁臺에서 연회를 베풀 때에 25인의 신하와 1운 1구씩 지어 완성한데서 연유했다 하여 달리 백량시柏梁詩라 부르기도 함.

▸ 쇠년衰年 : 노쇠한 나이.

▸ 주려儔侶 : 친구.

▸ 절역絶域 : 먼 변방.

▸ 결월缺月 : 조각달.

4. 청안현에서 묵으며 3수 ○ 재상 어사 시절에
宿清安縣 三首　○災傷御史時

◆ 이 작품은 박순이 38세(1560, 명종15) 가을에 재상 어사가 되어 호서 지방을 순시할 때에 지었다. 재상 어사란 조선 시대 재해를 입은 전결田結의 실정이나 환곡還穀의 실태 등을 살피기 위해 나라에서 특별히 파견하는 어사를 말한다. 박순은 청안현에 머문 적이 있었는데, 이 작품은 그 무렵에 지었다. 작품 속 내용을 통해 볼 때 계절은 늦가을임을 알 수 있다.

작품은 총3수로 이루어져 있으며, 오언절구의 형식을 띠었다. 1수의 특징은 작자가 감정 개입을 전혀 하지 않은 채 관조의 자세로 물상을 중심으로 시를 읊었다는 점이다. 빈 섬돌을 비춘 달과 낙엽이 지는 하늘, 한 쌍의 흰 오리 등은 보통 누구나 볼 수 있는 물상들이다. 작자는 이러한 물상의 움직임을 놓치지 않고 간단하지만 명료하게 묘사하였다. 마치 그림 속 장면을 설명한 듯하다. 2수에서는 박순이 머문 객관의 분위기를 그렸다. 이 작품에서도 가급적이면 작자의 감정을 배제하려는 모습을 엿볼 수 있다. 때문에 전구와 결구를 보면, 연못 위의 달이 연잎에 시름을 보낼 뿐 사람과 무관한 것처럼 묘사하였다. 3수에서는 늦가을 새벽의 모습과 함께 오랜 객지 생활로 인해 고향을 그리워하는 마음을 담았다.

淡淡空階月　　　담담히 빈 섬돌을 비춘 달과
담 담 공 계 월

蕭蕭落木天　　　우수수 낙엽이 지는 하늘이라
소 소 락 목 천

小池雙白鴨 소 지 쌍 백 압	작은 연못의 한 쌍의 흰 오리는
閑傍破荷眠 한 방 파 하 면	찢어진 연잎 옆에서 한가히 잠 잔다

兀坐初寒夜 올 좌 초 한 야	막 추워진 밤에 똑바로 앉으니
孤燈旅館幽 고 등 려 관 유	외로운 등불에 여관이 그윽하다
蒼蒼池上月 창 창 지 상 월	희끄무레한 연못 위의 달은
添却敗荷愁 첨 각 패 하 수	이지러진 연잎에 시름을 보탠다

晨霜厚如雪 신 상 후 여 설	새벽 서리는 마치 눈처럼 두텁고
木落競飄颻 목 락 경 표 요	떨어지는 나뭇잎 다투어 흩날린다
客況途中久 객 황 도 중 구	객지 생활한 지 오래 되어
鄕關夢裏遙 향 관 몽 리 요	고향이 꿈속에서 멀다

《사암집》 권1

▶ 청안현淸安縣 : 지금의 충청북도 괴산군槐山郡 청안면淸安面 지역. 조선
  1405년(태종5) 청당현淸塘縣과 도안현道安縣을 합하여 청안현이라 하였
  고, 1895년(고종32)에 군으로 승격시켰다가 1914년에 괴산군에 편입하
  였음.

▶ 재상어사災傷御史 : 조선 시대에 재해災害를 입은 전결田結의 실정이나 환
  곡還穀의 실태, 마정馬政이나 풍속, 농우農牛의 도살이나 매매 등에 관한

일을 살피기 위해 파견된 어사를 말함.

▶ 올좌兀坐 : 똑바로 앉음.

▶ 표요飄颻 : 바람에 이리저리 흩날림.

▶ 객황客況 : 객지에서 지내는 상황.

▶ 향관鄕關 : 고향.

5. 단양을 가던 중에 2수 丹陽途中 二首

◆ 이 작품은 박순이 재상 어사로 나가 단양을 지나던 중에 지었다. 총 2수로 이루어져 있다. 1수에서는 주로 이동하는 모습을 그렸다. 이동하는 곳에는 첩첩이 쌓인 산봉우리와 유유히 흐르는 물이 있다. 이러한 강산을 대한 작자는 매우 흡족한데, 왜 이러한 곳에서 쉬지 않는 것인가라고 반문한다. 2수의 분위기는 1수와 사뭇 다르다. 2수는 단양의 어떤 마을에 사는 사람의 마음을 대변했다는 생각을 해본다. 두어 집만이 있는 마을은 황량하기 그지없다. 그런데 그 곳에 사는 사람은 나라에 세금을 내고 나면 남는 것이 없다. 그 마을에 사는 사람은 늙을 때까지 배가 부르게 먹어본 적이 없는데, 잘 사는 집에서는 값나가는 음식을 실컷 먹는다 하였다. 작자 박순은 철저히 그 마을 사람이 되어 현재의 가난한 실상을 알리고 있다. 특히, 잘 사는 집과 대비하여 실상을 극대화한 점에 주목해본다.

盡日行穿石磴幽
진 일 행 천 석 등 유 　　온종일 그윽한 돌층계를 뚫고 가니

靑巒疊疊水悠悠
청 만 첩 첩 수 유 유 　　푸른 산봉우리는 첩첩이요 물은 유유하다

江山有意元相待
강 산 유 의 원 상 대 　　뜻있는 강산은 애초에 기다렸을 터인데

我輩如何不自休
아 배 여 하 부 자 휴 　　우리들은 어찌 하여 스스로 쉬지 않는가

數家村塢自荒寒
수 가 촌 오 자 황 한 　　두어 집이 있는 마을은 절로 황량한데

官稅輸歸活計單 <small>관 세 수 귀 활 계 단</small>	관가에 세금 내고 돌아오니 살 길이 없다
白首未曾經一飽 <small>백 수 미 증 경 일 포</small>	늙도록 아직 한 번도 배부른 적이 없었거늘
朱門厭棄萬錢饌 <small>주 문 염 기 만 전 찬</small>	잘 사는 집에선 만전의 식사 물려 버린다

《사암집》 권1

▶ 단양丹陽 : 충청북도에 있는 지명.

▶ 황한荒寒 : 황량하고 한랭함.

▶ 백수미증경일포白首未曾經一飽 주문염기만전찬朱門厭棄萬錢饌 : "늙도록 아직 한 번도 배부른 적이 없었거늘, 잘 사는 집에선 만전의 식사 물려 버린다"로 풀이함. '주문'은 붉은색으로 치장한 대문으로, 귀족이 사는 고대광실高臺廣室을 말함. '만전찬'은 매우 값이 나가는 음식을 말함. 농촌에 사는 사람들은 늙을 때까지 한 번도 배부르게 음식을 먹어본 적이 없었는데, 잘 사는 집에서는 값나가는 음식을 질리게 먹는다는 뜻.

6. 청풍의 한벽루에서 2수 淸風寒碧樓 二首

◆ 이 작품도 재상 어사로 나가 청풍의 한벽루에서 지었다. 총2수로
이루어져 있다. 1수에서는 작자가 한벽루에 올라 느낀 소회를 말하였
다. 현재 재상 어사로 객지 생활을 하여 시름이 생겼는데, 강물 소리를
듣느라 누대를 내려가지 못하였다. 계절은 가을이기 때문에 아무런 근
심 없이 만끽하고 싶으나 다시 벼슬길에 올라야만 한다. 다시 벼슬에
오른다면, 다른 무엇보다 가을을 느낄 수 없는 것이 아쉬운 것이다. 2
수에서는 해가 떨어진 한벽루 주변의 승경을 적었다. 해 떨어진 한벽
루가 있는 강가에는 안개가 생겼고, 반면 누대를 두른 산 빛은 더욱
푸르게만 느껴진다. 해가 떨어진 뒤에 반달은 이미 떠올라 온 세상을
비추니 홍사 초롱이 필요 없게 되었다. 오직 자연의 모습만 보고자 할
뿐 인공은 더하려 하지 않는 태도를 엿볼 수 있다.

客心孤迥自生愁
객 심 고 형 자 생 수

외롭고 먼 객지의 마음에 절로 시름 생겨나

坐聽江聲不下樓
좌 청 강 성 불 하 루

앉아 강물 소리 듣다 누대에서 내려가지 않는다

明日又登官路去
명 일 우 등 관 로 거

내일 또 벼슬길에 올라간다면

白雲紅樹爲誰秋
백 운 홍 수 위 수 추

흰 구름과 붉은 나무는 누굴 위한 가을인지

日落寒江生白煙
일 락 한 강 생 백 연

해 떨어져 찬 강에는 흰 안개 생기고

擁樓山色更蒼然
옹 루 산 색 갱 창 연

누대 두른 산 빛은 더욱 창연하여라

半輪已掛秋空月　　　반달은 벌써 가을 허공에 매달렸으니
반 륜 이 괘 추 공 월

不用紅紗照坐邊　　　홍사 초롱으로 앉은 자리 비출 것 없다
불 용 홍 사 조 좌 변

《사암집》 권1

▸ 청풍한벽루淸風寒碧樓 : 충청북도 제천시 청풍면 물태리 청풍문화재단지
　에 있는 누각. 현재 보물 제528호로 지정됨. 1317년(충숙왕4)에 청풍현
　출신의 승려인 청공淸恭이 왕사王師가 되자 청풍현을 군으로 승격하였
　는데, 이것을 기념하기 위해 객사 동쪽에 지었다고 전함. 현재 건물은
　1975년에 복원한 것임.

▸ 반륜半輪 : 반달.

7. 낙화암 落花巖

> ◆ 이 작품도 재상 어사로 나가 지은 것으로 낙화암落花巖을 소재로 하였다. 낙화암은 슬픈 역사가 서린 곳으로 유명하다. 박순도 낙화암에 이르러 백제 의자왕 때 있었던 이야기를 떠올렸던 듯하다. 시 내용 전반에 낙화암, 삼천 궁녀에 대한 이야기를 적어 의자왕 때의 일을 언급하고 있기 때문이다. 장소를 통해 역사를 떠올린 시라 할 수 있다.

花落江流迹未刪 화 락 강 류 적 미 산	낙화암의 강물은 그 자취 사라지지 않아
冷雲殘照鎖層巒 냉 운 잔 조 쇄 층 만	찬 구름 낀 낙조는 층층한 산에 가득하다
三千歌舞金宮女 삼 천 가 무 금 궁 녀	가무를 하던 찬란한 삼천의 궁녀들은
水底魚龍亦識顏 수 저 어 룡 역 식 안	물속에 사는 어룡도 그 얼굴을 알리라

《사암집》 권1

▶ 낙화암落花巖 : 충청남도 부여군 백마강 가의 부소산扶蘇山에 있는 바위. 백제가 망할 때에 의자왕의 궁녀들이 백마강으로 뛰어내리는 모습이 꽃잎이 떨어지는 것과 같아서 그렇게 이름이 붙여졌다고 함.
▶ 잔조殘照 : 낙조.
▶ 삼천가무금궁녀三千歌舞金宮女 수저어룡역식안水底魚龍亦識顏 : "가무를 하던 찬란한 삼천의 궁녀들은, 물속에 사는 어룡도 그 얼굴을 알리라"로 풀이함. 수많은 궁녀들이 강물에 빠져 죽은 것을 말함. 여기서 '삼천'은 사람 수가 많다는 뜻으로 생각함.

8. 백마강 白馬江

◆ 이 작품도 재상 어사로 나가 지은 것으로 백마강白馬江을 소재로 하였다. 백마강은 금강의 하류로 주변에는 역사와 관련한 유적지가 많다. 따라서 이 작품도 수·함련에서 역사적인 내용을 잠깐 언급하였다. 옛 백마강 나루터에는 왕이 탔던 배가 메어져 있었으나 이제는 그렇지 않다 하여 세월의 무상함을 말하였다. 경련에서는 백마강 주변에서 볼 수 있는 광경을 포착하여 묘사하였는데, 이 부분은 잠시 다른 데로 시선을 돌리도록 한 효과가 있다. 미련의 내용을 통해 박순은 백마강과 관련한 역사적 사실을 긍정적으로 보고 있지 않음을 알 수 있다.

悠悠白馬渡
유 유 백 마 도
유유하도다 백마강 나루터여

昔日繫龍舟
석 일 계 용 주
옛날에 용머리 배 매어졌었지

故國收王氣
고 국 수 왕 기
고국에는 왕기가 가시었고

長江滿客愁
장 강 만 객 수
긴 강엔 나그네 시름 가득하다

沙鷗飛落日
사 구 비 락 일
모래밭 갈매기는 지는 해에 날고

漁笛下寒流
어 적 하 한 류
어부의 피리는 찬 물에 내려간다

欲問當時事
욕 문 당 시 사
당시의 일을 물으려고 하니

空餘汗簡羞
공 여 한 간 수
공연히 역사책에 수치로 남았다

《사암집》 권2

▶ 백마강白馬江 : 부여夫餘 부근을 흐르는 금강錦江의 하류. 강의 왼쪽과 부
소산을 중심으로 한 지역에는 낙화암·조룡대·고란사 등 백제의 유적
이 있음.

▶ 용주龍舟 : 임금이 타는 큰 배를 말함. 수 양제隋煬帝가 운하를 통해 강남
江南을 순행할 적에 변하汴河에 이르러 타던 배로, 소후蕭后는 봉모鳳艒
에 태운 뒤에, 돛과 닻줄을 모두 비단으로 만들게 하고는, 장장 200여
리에 걸쳐 수백 척의 배로 자신을 뒤따르게 했던 고사가 전함.《隋書
卷24 食貨志》

▶ 왕기王氣 : 제왕의 기운.

▶ 한간汗簡 : 원래 글씨를 쓸 수 있도록 대나무를 불에 쪼여 살청殺青한 죽
간을 이르는데, 역사를 기록하는 용도로 쓰였으므로 역사책을 의미함.

9. 비인의 망해루에서 판액 시에 차운하다
庇仁望海樓 次板上韻

> ◆ 이 작품도 재상 어사로 나가 지은 것으로 비인의 망해루望海樓에 올라 그곳에 있는 판액 시에 차운하였다. 비인은 현 충청남도 서천의 옛 지명으로 서쪽으로 바다에 접해 있다. 망해루라는 누각의 이름도 바다를 바라다보고 있기 때문에 지어진 것임을 알 수 있다. 따라서 이 작품은 바다와 무관할 수가 없다. 수련에서는 망해루에서 본 하늘을, 그리고 함련에서는 바다를 그렸다. 망해루에서 바라본 하늘은 누렇고 푸른 띠풀이 뒤섞여있는 것처럼 보였고, 바다는 나루터도 없이 광활히 펼쳐져 있는 듯하였다. 경련에서는 바다 수면에 비친 푸른 산의 모습과 함께 붉은 해가 지는 것을 묘사하였다. 특히, 경련을 통해 다시 한 번 박순의 문학적 표현 능력이 뛰어나다는 것을 깨닫게 된다.

黃茅靑草散秋風
황 모 청 초 산 추 풍

가을바람에 흩어진 누렇고 푸른 띠풀은

萬里蒼蒼混太空
만 리 창 창 혼 태 공

만 리 푸르디푸른 창공에 뒤섞인다

利涉無津延袤闊
이 섭 무 진 연 무 활

배를 탈 나루터 없이 광활히 퍼져 있고

靈潮有信古今同
영 조 유 신 고 금 동

신령한 밀물을 믿는 것은 고금이 같다

畫成波面團山翠
화 성 파 면 단 산 취

수면에 이루어진 그림은 푸른 산을 모았고

光動乾端浴日紅
광 동 건 단 욕 일 홍

하늘 끝에 움직이는 빛은 붉은 해에 목욕한다

馬上暫時觀浩渺
마 상 잠 시 관 호 묘

말 위에서 잠시 동안 넓고 까마득함을 보니

便能開拓百年胸
변 능 개 척 백 년 흉

문득 백 년 동안의 가슴을 활짝 펼 수 있다

《사암집》 권3

▶ 비인庇仁 : 충청남도 서천 지역의 옛 지명.

▶ 태공太空 : 높고 드넓은 하늘.

▶ 이섭利涉 : 배를 타고 강을 건넘.

▶ 호묘浩渺 : 넓고 아득함.

10. 은대에서 숙직하며 동료의 시에 차운하다 2수
直銀臺 次同僚韻 二首

◆ 이 작품은 박순이 승정원承政院에서 숙직하다 동료의 시에 차운하여 지은 것이다. 지은 시기는 박순의 나이 41세 때이다. 박순은 39세(1561, 명종16) 12월에 임금의 명을 받고, 이듬해 임지인 한산韓山으로 가서 2년 가까이 군수 임무를 수행하였다. 박순의 성품은 원래 권귀權貴들을 가까이 하지 않았다. 그래서 당시 권귀였던 이량李樑 등에게 미움을 받아 결국 외직인 한산 군수의 명을 받기에 이른 것이다. 박순은 한산 군수로 부임하여 행정을 청간淸簡하게 보았고, 관아에서 파하면 곧바로 송정松亭에 나아가 독서를 일삼았다고 한다. 이러한 내용은 박순의 행장과 묘갈명에 나와 있다. 그리고 41세 7월에 사성司成이 되어 한산 관아를 떠났다.

이 작품은 총 2수로 이루어져 있다. 1수에서는 이른 아침 빨리 서둘러 관아로 출근하는 모습과 함께 숙직하면서 그동안 지나간 세월을 반추하여 아쉬워하는 마음을 적었다. 2수에서는 승정원에서 숙직하며 느낀 소회를 적었는데, 특히 전구에서 2년 동안 호서 지역에 머물렀던 일을 비유적으로 언급하였다.

顚倒衣裳趁早衙
전 도 의 상 진 조 아

옷을 뒤집어 입고 관아에 빨리 출근하면

禁鍾長帶曉星撾
금 종 장 대 효 성 과

궁중의 종은 언제나 새벽별과 함께 울린다

東風吹老池塘草
동 풍 취 로 지 당 초

동풍은 불어 연못의 풀을 시들게 하는데

鎖宿深嗟負歲華　　대궐 숙직하며 세월 저버림 깊이 한탄한다
쇄 숙 심 차 부 세 화

銀臺通籍鬢霜妍　　은대에 적을 두자 귀밑머리 서리 곱살한데
은 대 통 적 빈 상 연

臥聽靈虬刻漏傳　　누어서 신령한 외뿔용의 누각 소리 듣는다
와 청 령 규 각 루 전

衣上二年湖海雨　　2년 동안 호서 지역에서 옷에 비를 맞고
의 상 이 년 호 해 우

再遊丹禁愧群仙　　다시 궁중에 오니 여러 신선들에 부끄럽다
재 유 단 금 괴 군 선

《사암집》 권1

▶ 직은대直銀臺 : 은대에서 숙직함. '직'은 숙직宿直의 뜻. '은대'는 승정원承
　政院의 별칭. 승정원은 왕의 비서 기관임.

▶ 전도의상顚倒衣裳 : 빨리 출근하기 위해 옷을 급하게 입는다는 뜻.

▶ 금종禁鍾 : 대궐의 종소리.

▶ 쇄숙鎖宿 : 대궐에서 숙직함.

▶ 세화歲華 : 세월.

▶ 통적通籍 : 관직에 오름.

▶ 영규靈虬 : 각루刻漏, 즉 물시계의 몸체를 받치는 용 모양의 조각을 말
　함.

▶ 의상이년호해우衣上二年湖海雨 : "2년 동안 호서 지역에서 옷에 비를 맞
　고"로 풀이함. 한산 군수로 2년 동안 있었던 것을 비유적으로 말함. 이
　에 대한 내용 이해를 위해 박순은 소주小註에 "한산에서 체직한 지 오
　래되지 않아 말하였다.[遞韓山未久故云]"라고 함.

▶ 단금丹禁 : 궁궐.

▶ 군선群仙 : 승정원의 동료를 신선에 비유해서 표현함.

11. 을축년 10월에 경연이 중지되었다는 소식을 듣고 느낌이 일어

乙丑十月 聞經筵罷 有感

◆ 이 작품은 박순의 나이 43세 때인 1565년(명종20) 10월에 지었다. 박순의 행력을 보면, 이 해에 여러 가지 일이 있었다. 우선 1월에 성균관 대사성을 거쳐 사간원 대사간이 되어 이량李樑, 이감李戡, 윤백원尹百源 등의 죄를 논하고 법에 따라 처벌하기를 요청하였다. 2월에 이조 판서 송기수宋麒壽를 탄핵하였고, 5월에 대사간이 되어 대사헌 이탁李鐸과 함께 승 보우普雨의 죄를 논하여 절도로 유배시켰으며, 8월에 합사合司하여 윤원형尹元衡의 죄를 논하여 삭출시켜 전리田里로 내쫓았다. 그리고 겨울에 대사헌에 특별 제수되었다. 이러한 행력에 거론된 이름 중에 익히 잘 알려진 사람으로는 보우, 윤원형 등이 있다. 보우는 명종의 어머니인 문정왕후文定王后의 후광을 입었던 불승이요, 윤원형은 문정왕후의 동생이다. 즉, 이들은 모두 문정왕후와 직접 관련되는 공통점이 있다. 문정왕후가 살아서 명종 뒤에서 수렴청정을 할 때는 최고의 권좌를 누렸으나 이제 상황은 달라졌다. 문정왕후가 1565년 4월에 세상을 뜨자 그동안 뒤에서 후광을 누렸던 사람들은 처벌을 받는 상황에 이른 것이다. 이렇게 20년 넘게 수렴청정을 했던 어머니 문정왕후가 세상을 뜨자 명종이 이제 직접 정치를 담당하기에 이른다. 그리고《조선왕조실록》1565년 10월의 기록을 보면, 유달리 명종이 병을 자주 앓아 거의 매일 약방제조들이 문안을 했다는 기록을 확인할 수 있다. 시제에서 말한 "을축년 10월에 경연이 중지되었다"는 말은 이러한 일련의 사건들과 무관하지 않으리라고 생각한다. 다시 말해 명종의 입장에

서 보자면, 이 해에 어머니가 돌아가셨고, 외숙이 쫓겨났으며, 자신도
건강하지 않아 경연을 열 수 있는 마음의 여유가 없었을 것이다.

기·승구의 내용은 바로 명종이 친히 정치를 하게 되어 대신들에게 정
사政事를 물었음을 말한 것이고, 전·결구의 내용은 경연이 중지된 것에
대한 느낌을 직접 드러낸 것이다.

聖主方回萬物春
성 주 방 회 만 물 춘

성주는 이제 막 만물을 회춘시키고

慇懃前席訪元臣
은 근 전 석 방 원 신

정중하게 다가앉아 대신에게 물었다

廟堂自有經綸計
묘 당 자 유 경 륜 계

묘당엔 절로 경륜의 계책 있을 것인데

志士如何淚滿巾
지 사 여 하 루 만 건

지사는 왜 수건 가득 눈물 흘리는가

《사암집》 권1

▶ 경연經筵 : 전통 시대 군주에게 유교의 경서와 역사를 가르치던 교육제
도, 또는 그 자리를 말함.

▶ 성주방회만물춘聖主方回萬物春 : "성주는 이제 막 만물을 회춘시키고"로
풀이함. '성주'는 명종明宗을 말함. 1565년 4월에 문정왕후文定王后가 죽
고, 명종이 직접 정치를 하기 시작한 것을 말함.

▶ 원신元臣 : 대신.

▶ 묘당廟堂 : 조정.

12. 구 천사의 〈배기자묘〉 시에 차운하다 次歐天使拜箕子廟韻

◆ 이 작품은 중국 사신 구희직歐希稷이 지은 〈배기자묘〉 시에 차운하여 지은 것이다. 구희직은 1568년(선조1) 2월에 명종明宗의 시제諡祭를 위해 태감太監 장조張朝와 함께 조선에 왔다. 이때 박순은 원접사로서 이들을 맞이하였다. 이때의 상황을 《조선왕조실록》에서는 다음과 같이 기록하였다. "황제가 태감 장조와 행인行人 구희직을 보내와 대행왕大行王의 시호를 공헌恭憲이라 내려주었고, 제사를 올린 후 돌아갔다. 장조는 왕경王京에 들어와 오명마五明馬를 구하면서 황제의 뜻이라고 하였다. 구희직은 성품이 조급하고 위의威儀가 없어 일을 마치고는 곧 바로 출발하여 예정보다 앞당겨 달려갔으므로 연도의 주군州郡들이 미처 공장供帳을 준비하지 못한 관계로 죄를 입은 곳이 많았다. 당시 원접사는 이조 판서 박순이었다." 이 기록에서 "구희직의 성품이 조급하고 위의가 없다"는 대목에 눈길이 간다. 아무튼 원접사의 일을 맡은 박순은 장조와 구희직을 배웅해 한양에 있는 궁가까지 모시고 오는 도중에 시를 수답酬答했을 것인데, 이 작품은 이러한 배경에서 지었다. 즉, 박순 일행은 한양에 오던 중에 평양에 있는 기자 사당을 들렀던 듯하다. 기자 사당에서 구희직이 시를 짓자 박순이 그 시의 운을 이어 작품을 지었다.

박순은 작품에서 기자를 '이 노인'이라 지칭하며, 기자를 일반화시켰다. 그리고 기자 사당에 있는 비석이 마모되어 글자가 뚜렷하지 않은 모습을 통해 세월이 많이 흘렀음을 은근히 말하였다. 미련 1구에서 말한 '손님'은 박순 자신을 지칭한다고 볼 수 있다. 옛 유적지를 찾아 세월의 무상함을 말하며, 울적한 심사를 드러내었다.

東荒埋此老 동 황 매 차 로	황량한 동쪽에 이 노인을 묻어
殷道已蕭然 은 도 이 소 연	은나라 도는 이미 쓸쓸하여라
苔石難尋字 태 석 난 심 자	이끼 낀 비석엔 글자 찾기 어렵나니
春莎幾度年 춘 사 기 도 년	봄 잔디는 몇 번이나 해 넘겼나
古田阡澮沒 고 전 천 회 몰	옛 정전에는 밭길로 메워졌고
低壠鹿麛眠 저 롱 록 미 면	낮은 밭언덕엔 사슴이 잠 잔다
客至空流涕 객 지 공 류 체	손님이 와서 공연히 눈물 흘리고
寒醪酌小涓 한 료 작 소 연	작은 물가에서 찬 막걸리 든다

《사암집》 권2

▶ 구천사歐天使 : 중국 사신 구희직歐希稷을 말함. 자는 자문子文이고, 형양
  인衡陽人으로 진사進士임. '천사'는 중국 사신을 뜻함.
▶ 기자묘箕子廟 : 기자의 신위를 봉안한 사당으로 평안남도 평양平壤에 있
  음.
▶ 차로此老 : 이 노인. 기자를 말함.
▶ 은도이소연殷道已蕭然 : "은나라 도는 이미 쓸쓸하여라"로 풀이함. 기자
  가 은나라 사람이요, 이미 죽었기 때문에 이렇게 말함.
▶ 태석苔石 : 이끼가 낀 비석.
▶ 녹미鹿麛 : 사슴.

13. 구 천사가 고맙게도 좋은 시를 보여주어 삼가 그 시 운을 따라 지어 외람되이 보도록 내놓으며
歐天使寵示佳篇 謹步其韻 敬塵淸眄

◆ 이 작품은 구희직이 먼저 시를 보여주어 박순이 그 시의 운을 따라 지어 보여주었다. 수련에서는 나루터 정자와 포구에서 바라다본 풍광을 묘사하였고, 함련에서는 강호한정과 바쁜 벼슬살이를 대비하여 작자 자신이 진정 사랑하는 것은 무엇인지를 말하였다. 경련에서는 감정의 개입 없이 눈에 보이는 풍경을 그대로 나타내었는데, '외로운 구름'과 '어지러운 산봉우리'가 중심임을 알 수 있다. 미련은 구희직의 입장이 되어 말하였다. 구희직의 입장에서 보자면 조선은 이역 땅이다. 때문에 자신을 아는 사람을 만나기 어려울 것이나 아름다운 경치가 시를 짓는데 도움을 줄 것이라 하였다. 앞에서는 주로 풍광을 그렸고, 뒤에서 구희직을 위로하였다.

津亭霧罷靑山曉
진 정 무 파 청 산 효
나루 정자에 안개 걷히며 푸른 산에 동 트고

浦口潮添白鷺濤
포 구 조 첨 백 로 도
포구에 밀물 늘어나 백로의 물결이 일렁인다

獨愛澄江閒倚棹
독 애 징 강 한 의 도
유독 맑은 강에서 한가히 노에 기댐 사랑하니

每隨旌旆倦聞鼛
매 수 정 패 권 문 고
매번 깃발 따라다니며 북소리 듣는 것 지친다

北天渺渺孤雲沒
북 천 묘 묘 고 운 몰
까마득한 북쪽 하늘의 외로운 구름은 사라지고

東路悠悠亂嶂高
동 로 유 유 란 장 고
아득한 동쪽 길의 어지러운 산봉우리들 높다

異域難逢知己在 이 역 난 봉 지 기 재	이역 땅에선 나를 아는 사람 만나기 어려우나
風光猶可助詩豪 풍 광 유 가 조 시 호	아름다운 경치는 오히려 시에 호기로움 돕겠지

《사암집》권3

▶ 매수정패권문고每隨旌旆倦聞鼙 : "매번 깃발 따라다니며 북소리 듣는 것
  지친다"로 풀이함. '정패'는 깃발을 말함. 벼슬살이 하는 것이 지친다
  는 뜻.

▶ 묘묘渺渺 : 까마득함.

▶ 유유悠悠 : 아득히 멂.

▶ 풍광風光 : 경치.

14. 천사 성헌의 〈김 효녀〉 시에 차운하다 次成天使憲金孝女韻

◆ 이 작품은 중국 사신 성헌成憲이 지은 〈김 효녀〉 시에 차운하여 지
었다. 성헌은 1568년(선조1) 명나라 사신으로 왕새王璽와 함께 황태자 책
립의 조서를 반포하기 위해 사신으로 왔었다. 이때의 일을 《조선왕조
실록》 수정실록 1568년 7월 1일 조의 기록에 다음과 같이 적었다. "황
제가 한림 검토翰林檢討 성헌과 병과 급사중兵科給事中 왕새王璽를 보내 황
태자 책봉의 조서詔書를 반포하였는데, 이조 판서 박순을 원접사遠接使
로 삼았다." 또한 《조선왕조실록》 1568년 7월 2일 조에는 다음과 같이
적었다. "중국 사신 성헌과 왕새가 묘시卯時에 모화관慕華館에 이르러 사
시巳時 초에 근정전에 들어왔다. 상이 먼저 이르러 백관을 거느리고서
조복 차림으로 조칙을 지영하였다. 전에 올라가 사배四拜·무도舞蹈·고두
叩頭·산호山呼를 세 차례 하였다. 예가 끝나자 백관들은 물러갔다. 미시
未時에 상이 태평관에 나아가 하마연下馬宴을 하였는데 흑단령黑團領 차
림으로 상견례相見禮하고 일곱 순배를 한 뒤에 파하였다. 저녁에 환궁
하였다." 중국 사신을 접대하는 절차를 알 수 있는 기록 내용이기도 하
다. 당시에 박순은 원접사와 반송사伴送使가 되어 성헌 일행을 맞이하
고 보내는 일을 하였다. 접반사接伴使, 원접사, 반송사 등의 일은 아무
나 맡지 않고, 제술製述 능력이 있는 사람이 주로 맡았다. 그리고 맞이
하러 가거나 배웅하러 갈 때에 중국 사신과 문장 또는 시를 통해 서로
의 감정, 생각 등을 주고받았다. 이 작품도 원접과 반송하던 중 어느
때 지었는지 알 수 없으나 이와 같은 배경이 있었다. 성헌이 지은 시
에 〈김 효녀〉라는 작품이 있었고, 이를 본 박순이 운을 따다가 시 작품
을 지었다. 차운한 것이기 때문에 그냥 압운만 같다고 하여 되는 것은

아니다. 아마도 박순은 '김 효녀'가 어떤 여인인지를 자세히 물었을 것이고, 그를 바탕 삼아 작품을 완성했다 할 수 있다.

작품은 총18구 9운으로 된 고체시古體詩이다. 1~4구까지는 김 효녀의 무덤이 있는 곳에 대한 설명을 하였다. 5~14구까지는 김 효녀가 효행을 했으나 그녀가 묻힌 무덤은 외롭다 했으며, 찾아오는 사람들이 별로 없다고 하였고, 찾아갈 수 없는 곳에 있어 위하여 눈물을 흘릴 수도 없다 하였다. 그리고 마지막 15~18구에서 박순이 궁극적으로 이 작품에서 말하고자 하는 바를 전달하였다. 박순은 16구에서 "남내의 천자는 부자 사이에도 멀어졌다"라고 하였다. '남내'는 당 현종이 만년에 거처했던 흥경궁興慶宮을 가리킨다. 현종은 안록산安祿山의 난 때에 촉蜀으로 파천했다가 난이 평정된 뒤에 다시 경사京師로 돌아와서는 상황上皇이 되어 흥경궁에서 쓸쓸히 만년을 보냈다. 이는 숙종肅宗이 아버지 현종의 뒤를 이어 황제에 올라 현종을 유폐시켰던 것을 말한다. 박순은 김 효녀를 빌어 당나라 현종 숙종 간에 있었던 일을 은근히 비판하였다. 이렇게 효행은 어려운 것이기에 17구에서 "김 효녀의 이름은 더욱 빛나니"라고 하였다.

孝女已歿今幾載
효 녀 이 몰 금 기 재
효녀는 이미 죽었는데 이제 몇 년이 지났나

古碑橫草人猶指
고 비 횡 초 인 유 지
잡초 속 옛 비석을 사람들 여전히 가리킨다

英靈冥漠在何處
영 령 명 막 재 하 처
그녀의 영령은 까마득히 어디에 있는 것인가

山椒落日愁雲起
산 초 락 일 수 운 기
산마루에 해가 지고 수심어린 구름 일어난다

欲療母病自割肌
욕 료 모 병 자 할 기
어머니 병을 치료하려 스스로 살을 베었으니

遺墟萬古稱仁里
유 허 만 고 칭 인 리

만고의 옛 터전은 풍속 후한 마을이라 불린다

至誠可與天悠久
지 성 가 여 천 유 구

지극한 정성은 하늘과 함께 유구히 전할 만하나

流芳不待書靑史
류 방 부 대 서 청 사

꽃다운 이름 역사책에 적히길 기다릴 것도 없다

孤墳時有樵翁拜
고 분 시 유 초 옹 배

외로운 무덤엔 때로 나무꾼 늙은이가 절 올리나

澗蘋凄涼誰薦只
간 빈 처 량 수 천 지

처량한 골짝의 마름은 그 누가 제물로 바칠까

隴木蕭蕭野禽哭
롱 목 소 소 야 금 곡

언덕의 나무는 우수수 떨어지고 들새는 우는데

村蹊寂寂秋蕪靡
촌 혜 적 적 추 무 미

촌 산길이 적적하니 가을이 황무하다

人間何限寥落境
인 간 하 한 요 락 경

인간 세상에 어찌 쓸쓸한 곳에 치우쳐 있어

雙涕無從灑此女
쌍 체 무 종 쇄 차 녀

두 눈의 눈물을 이 소녀에게 뿌릴 수 없는지

富有天下不顧養
부 유 천 하 불 고 양

천하의 부를 가지고도 부모 봉양 생각지 않아

南內重華隔父子
남 내 중 화 격 부 자

남내의 천자는 부자 사이에도 멀어졌다

所以金女名更輝
소 이 김 녀 명 갱 휘

이 때문에 김 효녀의 이름은 더욱 빛나니

悠悠男子誰敢擬
유 유 남 자 수 감 의

허다한 남자 중에 그 누가 감히 견주겠는가

《사암집》권1

▸ 성천사헌成天使憲 : 중국 사신 성헌(?~?)을 말함. 성헌은 명나라 때 사람
으로 한림원 검토翰林院檢討를 지냄. 1568년(선조1) 병과 급사중兵科給事中
을 지낸 왕새王璽와 함께 황태자 책립의 조서를 반포하기 위해 사신으

로 우리나라에 왔음.

▶ 횡초橫草 : 원래 군대가 초야를 행군하다 보면 저절로 풀이 밟혀서 옆
으로 눕게 된다는 뜻이나 여기서는 잡초로 풀이함.

▶ 명막冥漠 : 까마득하게 멀고 넓음.

▶ 할기割肌 : 자기의 살을 베어 부모에게 드리는 것으로, 효도를 상징함.

▶ 인리仁里 : 풍속이 후한 마을.

▶ 유방流芳 : 후세에 향기로운 미명美名을 전하는 것.

▶ 청사靑史 : 역사를 말함. 옛날 대쪽에 문자를 기록할 때에 대의 푸른빛
을 빼내고 나서 썼기 때문에 살청殺靑·한청汗靑에서 어원이 생겼음.

▶ 요락寥落 : 쓸쓸함.

▶ 남내중화격부자南內重華隔父子 : "남내의 천자는 부자간에 떨어져 있었다"
로 풀이함. '남내'는 당 현종이 만년에 거처했던 흥경궁興慶宮을 가리
킴. 당시 장안長安을 삼내三內로 구분하여, 서쪽에 있는 황성皇城을 서
내西內라 하고 대명궁大明宮을 동내東內라 하고 흥경궁을 남내라고 불렀
음. 안녹산安祿山의 난리 때에 현종이 촉蜀으로 파천했다가 난이 평정
된 뒤에 다시 경사京師로 돌아와서는 상황上皇이 되어 흥경궁에서 쓸쓸
히 만년을 보냈음. 후에 송나라의 황정견黃庭堅이 〈서마애비후書磨崖碑
後〉에서 현종의 그런 처지를 처량하게 여기어 "남내가 처량하여 구차
히 살아갈 뿐이었는데, 고역사가 떠나가자 일이 더욱 위태로워졌다.
[南內凄涼幾苟活 高將軍去事尤危]"라고 하였음. '중화'는 원래 순舜 임금의 이
름이나 여기서는 천자의 뜻으로 풀이함.

15. 쾌재정에서 왕 천사의 시에 차운하다 快哉亭 次王天使韻

◆ 이 작품은 쾌재정에서 왕새의 시에 차운하여 지었다. 왕새는 병과 급사중兵科給事中의 위치에서 성헌과 함께 1568년(선조1) 황태자 책봉의 조서詔書를 반포하였는데, 박순이 이때 원접사遠接使로 나갔다. 쾌재정은 평양의 대동관大同館 안에 있던 누정 이름이다. 대동관은 중국 사신을 접대할 목적으로 평양에 지었던 객관이다. 따라서 이 작품은 박순이 왕새를 맞이해 한양으로 오던 중에 대동관에 들렀을 것인데, 그곳에 있는 쾌재정에서 지었다.

시의 내용은 '쾌재'라는 누정 이름을 최대한 살리면서 주변의 승경을 주로 묘사하였다. 수련에서 쾌재정이 있는 위치와 형승 등을 말하였고, 함련에서는 쾌재정의 모습을 주로 언급하였다. 경련에서는 쾌재정과 주변의 풍광과 연결해 말하였고, 미련에서는 쾌재정이 그 이름에 걸맞게 시원하다는 것을 강조하였다. 감정을 배제한 채 주로 쾌재정이라는 누정을 설명하는데 치중한 시이다.

憑高成小築
빙 고 성 소 축

높은 곳을 잡아 작은 축조물 만들어

風日地常明
풍 일 지 상 명

바람 불고 해가 떠도 땅은 늘 밝다

物象包千里
물 상 포 천 리

사물의 형상은 천리를 포괄하고

規模闢數楹
규 모 벽 수 영

정자 규모는 기둥 몇 개 터놓았다

雲來簷際宿
운 래 첨 제 숙

구름은 처마 언저리에 와 머물고

天近枕邊淸 천 근 침 변 청	하늘은 베개 맡 가까워 맑구나
欲見歊蒸斷 욕 견 효 증 단	찜통더위 끊어짐 보고자 한다면
人間獨此亭 인 간 독 차 정	사람 사는 세상엔 이 정자뿐이라

《사암집》 권2

▶ 쾌재정快哉亭 : 평양의 대동관大同館 안에 있던 누정. 대동관은 조선 시대에 중국의 사신을 접대하기 위하여 평양에 만들었던 객관임.

▶ 왕천사王天使 : 중국 사신 왕새王璽를 말함.

▶ 효증歊蒸 : 찜통더위.

16. 성 천사의 〈유별〉 시에 차운하다 2수 次成天使留別韻 二首

◆ 이 작품은 중국 사신 성헌이 중국으로 돌아가면서 시를 짓자 그 시에 차운하여 화답의 의미로 지어준 것이다. 총 2수로 이루어져 있으며, 대부분 성헌을 칭찬하는 내용임을 알 수 있다.

1수의 수련에서는 성헌의 시 창작 능력을 칭찬하였다. 내용을 보자면, 성헌은 궁중의 시인들 중에서 최고이며, 《시경》의 시 정신을 따랐다. 함련도 성헌을 칭찬하는 내용이다. 성헌의 꽃다운 명성은 나라의 큰 재목이 될 수 있고, 그가 지은 시는 쇠도 끊을 지경이다. 경련도 성헌을 칭찬하는 내용으로 그가 지닌 능력을 '신선의 패옥'이라 하였다. 그리고 붕새가 구만리를 가듯이 큰 꿈을 가졌다 하였다. 마지막 미련에서는 성헌이 잠시 조선에 머물렀는데, 그가 지은 시가 마치 옛날에 중국 초나라 사람들이 불렀던 〈백설가白雪歌〉 같이 수준이 높다 하였다.

2수 수련에서는 계절에 대한 내용과 함께 성헌이 중국으로 돌아가는 모습을 그렸다. 작자는 성헌이 탄 수레를 '신선 수레'라 하였고, 중국을 '십주'라 하여 최고의 찬사를 아끼지 않았다. 함련에서는 성헌이라는 사람이 누구인가를 비유적으로 말하였다. 작자는 성헌을 가리켜 "지닌 뜻은 얼음과 같다" 하였고, 또한 "시는 주옥과 같다" 하였다. 경련에서는 조선에 있다가 중국으로 돌아갈 때 주변의 모든 것들이 도움을 준다 하였고, 미련에서는 작자 자신이 늙을 때까지 중국에 자주 머리를 향하지 않았던 것을 한스럽게 생각한다 하였다. 미련의 내용은 자칫 사대주의事大主義와 관련지을 수 있다. 그러나 이 시는 중국 사신 성헌을 기리는 의미에서 지은 것이기 때문에 사대주의와 곧바로 연결짓는 것은 과도한 풀이라 하겠다.

吐鳳詞華冠禁林
토 봉 사 화 관 금 림

봉황을 토한 시는 궁중 문인 중에 최고이니

遠追風雅續遺音
원 추 풍 아 속 유 음

멀리 풍아를 추구하여 그 유음을 이었다

英聲共許材爲梓
영 성 공 허 재 위 재

꽃다운 명성에 다함께 큰 재목이라 허락하고

妙句皆驚字切金
묘 구 개 경 자 절 금

묘한 시구는 모두 글자가 쇠 끊었다 놀란다

仙珮幾搖三島路
선 패 기 요 삼 도 로

신선의 패옥을 삼신산 길에서 몇 번 흔들었나

鵬程方迴九霄心
붕 정 방 형 구 소 심

붕정구만리 바야흐로 멀리 하늘에 이른 마음

征騑暫住東溟上
정 비 잠 주 동 명 상

길가의 말은 잠시 동쪽 바닷가에 머물렀는데

郢曲還敎萬口吟
영 곡 환 교 만 구 음

영의 노래를 또 많은 이들이 읊조리게 하였다

紫冥遙報白雲秋
자 명 요 보 백 운 추

창공에서 멀리 흰 구름의 가을을 알리는데

羽駕飄然返十洲
우 가 표 연 반 십 주

신선 수레는 표연히 십주로 돌아간다

志潔氷霜塵不染
지 결 빙 상 진 불 염

뜻은 얼음처럼 깨끗해 티끌에 물들지 않았고

詩成珠玉價難酬
시 성 주 옥 가 난 수

시는 주옥같이 지어 그 값을 치르기 어렵다

東韓一夢廻仙枕
동 한 일 몽 회 선 침

동한에서 한번 꿈을 꾸고 신선 베개 돌리니

西塞連山繞驛樓
서 새 련 산 요 역 루

서쪽 변경의 연닿은 산들이 역루를 감싼다

自恨海隅垂白髮
자 한 해 우 수 백 발

절로 한스럽나니, 바다 구석에서 백발 드리운 채

帝鄕迢遞幾回頭
제 향 초 체 기 회 두

아득한 황제의 고장으로 머리 몇 번 돌렸던가

《사암집》 권3

▶ 유별留別 : 길 떠나는 사람이 남아 있는 사람에게 작별 인사를 함.

▶ 토봉사화관금림吐鳳詞華冠禁林 원추풍아속유음遠追風雅續遺音 : "봉황을 토한 시는 궁중 문인 중에 최고이니, 멀리 풍아를 추구하여 그 유음을 이었다"로 풀이함. '토봉사화'는 한나라 양웅揚雄이 일찍이《태현경太玄經》을 저술할 적에 어느 날 자기 입으로 봉황을 토해 내서 그 봉황이《태현경》위에 날아 앉는 꿈을 꾸었다는 데서 온 말로, 봉황을 토한다는 것은 곧 훌륭한 문장을 의미함.《西京雜記》 '풍아'는 국풍國風과 대아大雅, 소아小雅라는 뜻으로,《시경詩經》을 가리킴. 이 부분은 성 천사가 궁중 문인 중에 최고일 정도로 시를 잘 지었고, 그가 지은 시는《시경》을 이은 것이라는 뜻.

▶ 영성英聲 : 꽃다운 명성. 뛰어난 명성.

▶ 삼도三島 : 동해 가운데에 있다는 삼신산三神山으로 봉래蓬萊·방장方丈·영주瀛洲를 말함.

▶ 붕정鵬程 : 붕鵬은 곤이 변하여 되었다는 전설상의 가장 큰 새로, 붕정은 붕정구만리鵬程九萬里의 준말. 붕이 남명南冥으로 갈 때 물길 3천 리를 치고 바람을 타고 오르기를 9만 리나 한다는 데서 온 말임.《莊子 逍遙遊》

▶ 구소九霄 : 하늘의 가장 높은 곳을 말함. 구소는 신소神霄·청소靑霄·벽소碧霄·단소丹霄·경소景霄·옥소玉霄·낭소琅霄·자소紫霄·태소太霄임.

▶ 동명東溟 : 동쪽 바다. 우리나라를 말함.

▶ 영곡郢曲 : 초楚나라의 서울인 영郢에서 불린〈양춘백설가陽春白雪歌〉로 아주 뛰어난 시를 말함. 옛날에 어떤 사람이 영 땅에서 노래를 불렀는데, 처음에는 보통 유행가인〈하리下里〉나〈파인巴人〉같은 것을 불렀더니, 같이 합창하여 부르는 자가 수백 명이 있었음. 그러나〈양춘백설陽春白雪〉이라는 최고급의 노래를 부를 적에는 따라 부르는 자가 거의 없었다 함.

▶ 자명紫冥 : 광대한 하늘.

▶ 우가표연반십주羽駕飄然返十洲 : "신선 수레는 표연히 십주로 돌아간다"로 풀이함. '우가'는 신선이 타는 수레이고, '십주'는 신선들이 산다는 바다 속의 열 군데 선경仙境을 말함. 성 천사가 수레를 타고 중국으로 돌아가는 모습을 비유적으로 표현하였음.

▶ 지결빙상진불염志潔氷霜塵不染 시성주옥가난수詩成珠玉價難酬 : "뜻은 얼음처럼 깨끗해 티끌에 물들지 않았고, 시는 주옥같이 지어 그 값을 치루기 어렵다"로 풀이함. 성 천사의 뜻은 깨끗해 세속에 물들지 않았고, 시는 잘 지어 값으로 매기기 어렵다는 뜻.

▶ 동한일몽회선침東韓一夢廻仙枕 서새련산요역루西塞連山繞驛樓 : "동한에서 한번 꿈을 꾸고 신선 베개 돌리니, 서쪽 변경의 연닿은 산들이 역루를 감싼다"로 풀이함. '동한'은 우리나라를 말함. 성 천사가 우리나라에 있다가 중국으로 돌아가는 상황을 비유적으로 읊음. 주변 상황이 성 천사를 도와준다는 뜻.

▶ 초체迢遞 : 아득히.

17. 명종대왕실록 사신들의 세초연계축 시
明宗大王實錄詞臣洗草宴契軸韻

◆ 이 작품은 《명종실록》 세초연을 기리기 위해 지었다. 《명종실록》 세초연은 박순의 나이 49세 때인 1571년(선조4) 5월에 열렸다. 박순은 당시 예조 판서에 재직 중이었는데, 이 세초연에 참여하였다.

수련에서는 명종은 이미 세상을 떠 이제 그에 대한 기록은 역사가들에게 맡겨졌다 하였다. 함련에서는 《명종실록》을 편찬하기 위하여 명종 때 기록한 자료를 모으는 모습을 형용했는데, '연이은 수레'라는 말을 통해 그 양이 방대했음을 알 수 있다. 경련에서는 세초연이 벌어진 모습을 말하였다. 세초연이 벌어지는 중에 거기에 모인 사람들이 시를 짓고, 술잔을 주고받는 모습을 주로 말하였다. 미련에서는 세초연에 모인 사람들이 시를 짓고, 술을 마시는 모습을 다시 한 번 언급하였다. 《명종실록》 세초연 분위기를 알 수 있는 작품이다.

喬陵回首白雲賒
교 릉 회 수 백 운 사

우뚝한 능으로 고개 돌리니 흰 구름 아득하여

萬古鴻猷托史家
만 고 홍 유 탁 사 가

만고의 위대한 계책은 역사가들에게 맡겨졌다

金樻抽書休載筆
금 궤 추 서 휴 재 필

금궤에서 뽑아낸 글을 기록에 싣는 일 멈추고

石渠收稿見連車
석 거 수 고 견 련 차

석거각에서 거둔 원고는 연이은 수레에서 본다

文隨逝水餘靑竹
문 수 서 수 여 청 죽

시 작품 시간이 지남에 따라 종이에 남겨지고

酒送仙盃灧紫霞
주 송 선 배 염 자 하

술은 신선 술잔에 보내니 자줏빛 노을 넘친다

詞掖舊臣猶未死
사 액 구 신 유 미 사

문장을 다루던 옛 신하들은 아직 죽지 않아서

綺筵扶醉鬢絲斜
기 연 부 취 빈 사 사

아름다운 자리에서 술 취해 귀밑머리 흩날린다

《사암집》 권3

▶ 명종대왕실록사신세초연明宗大王實錄詞臣洗草宴 : 명종대왕실록사신세초연
'세초'는 초고를 물에 씻어 버리는 것으로, 실록의 찬수撰修를 마치고
원고를 정리할 때에 여는 잔치를 이름. 구봉령具鳳齡의 문집《백담집栢
潭集》 권5 〈《명종실록》이 완성되자 성상께서 장의문 밖 차일암 시내에
서 세초하라고 명하시니, 신미년 5월 초하루였다. 그래서 1등 풍악을
내려 주시고 전후 당상관 12인과 전후 낭청 40인이 잔치를 벌였는데,
'세초연'이라 부르니, 전례를 따른 것이다. 신 구봉령이 일찍이 낭청의
말석에서 근무했지만 병으로 그 대열에 따라 갈 수 없었다. 슬픈 나머
지 한 편을 읊었다[明宗實錄成上命洗草于藏義門外遮日岩之川辛未五月初一日也因賜
一等樂宴前後堂上十二人前後郎廳四十人號爲洗草宴遵舊例也　臣　鳳齡曾忝郎廳之後而病不
得隨列悲感之餘賦成一篇]〉 시제에 근거해보면,《명종실록》 세초연은 1571
년(선조4) 5월에 열었음. 구봉령의 시 제목을 보면, 당시 세초연에 참여
한 사람들은 전후 당상관 12인과 전후 낭청 40인이었음을 알 수 있음.

▶ 교릉喬陵 : 우뚝한 능. 명종의 능을 말함.

▶ 홍유鴻猷 : 큰 계책. 명종이 세웠던 계책을 말함.

▶ 금궤추서휴재필金櫃抽書休載筆 : "금궤에서 뽑아낸 글을 기록에 싣는 일
멈추고"로 풀이함. '금궤'는 비밀문서를 보관하는 금속으로 만든 상자.
'재필'은 사관을 말함. 명종 때에 기록한 자료를 수합하는 모습을 형용함.

▶ 석거수고견련차石渠收稿見連車 : "석거각에서 거둔 원고는 연이은 수레에
서 본다"로 풀이함. '석거'는 석거각石渠閣을 말함. 석거각은 서한西漢

때 황실皇室에서 책을 보관하던 곳으로 장안 미앙궁未央宮 북쪽에 있었
음. 명종 때에 기록한 자료가 많다는 의미.

▶ 문수서수여청죽文隨逝水餘靑竹 : "시 작품 시간이 지남에 따라 종이에 남
겨지고"로 풀이함. '청죽'은 청사靑史로, 사적史籍을 말함. 고대에는 죽
간竹簡에다 역사를 기록한 데서 유래함. 세초연에 참여한 사람들이 시
를 지어 기록으로 남는다는 의미.

18. 양조묘에 쓰다 題楊照廟

◆ 이 작품은 박순이 그의 나이 50세(1572년, 선조5) 8月에 명나라 신종神宗의 등극하사登極賀使로서 중국을 다녀온 적이 있는데, 그때 양조楊照의 사당 앞을 지나다가 느낌이 일어 지었다. 등극하사란 조선 시대 중국 황제의 등극을 축하하기 위하여 파견하였던 임시사절 또는 여기에 파견된 사신을 말한다. 양조는 1563년에 세상을 떴고, 박순이 중국을 간 때는 1572년이니까 둘은 9년의 차이가 있다. 아마도 박순은 평소 양조에 대해 익히 알고 있었을 것인데, 마침 중국을 가게 되어 그의 사당을 들렀던 것이다.

시의 내용은 양조가 이미 죽어 그의 유품인 철갑옷과 금검은 이미 흙이 되었고, 사당 주변에 있는 나무에서 까마귀가 운다라고 하였다. 까마귀의 이미지를 통해 사람들이 잘 찾아오지 않음을 말하였다. 박순은 양조를 날쌘 장수로 인식하고 있었다. 전구에서 이를 말하였는데, 마지막 결구를 통해 북쪽 오랑캐들이 자주 침략하여 걱정스럽다는 마음을 간접적으로 드러내었다.

한편, 허균은 《국조시산》에서 이 작품을 평가하기를 "아름다움을 다하였다.[儘佳]"라고 하였다.

鐵衣金劍已塵沙　　철갑옷과 금검도 이미 흙이 되었고
철 의 금 검 이 진 사

廟閉松杉噪夕鴉　　문 닫힌 사당의 침엽수엔 저녁 까마귀 운다
묘 폐 송 삼 조 석 아

惆悵漢家飛將死　　슬프다, 중국의 날쌘 장수 죽었으니
추 창 한 가 비 장 사

胡笳頻度白狼河　　호가가 자주 백랑하를 건너는구나
호 가 빈 도 백 랑 하

《사암집》 권1

▶ 양조묘楊照廟 : 양조(?~1563)의 사당. 양조는 명나라 사람으로, 자는 명
원明遠. 명나라 세종世宗 연간에 여러 번 무공을 세워서 요동 총병관遼
東總兵官이 되었는데, 충성스럽고 용감하였으며 호적胡賊과 싸우다가 죽
었음.《明史 卷60 楊照列傳》

▶ 철의금검이진사鐵衣金劍已塵沙 : "철갑옷과 금검도 이미 흙이 되었고"로
풀이함. 양조가 이미 죽었음을 말한 것. '철갑옷과 금검'을 언급한 것
은 양조가 무인武人이라는 것을 말하기 위함.

▶ 송삼松杉 : 소나무와 삼나무를 말함.

▶ 추창惆悵 : 슬픈 마음.

▶ 한가비장漢家飛將 : 중국의 날쌘 장수. '한가'는 중국을 말하고, '비장'은
전한前漢의 명장 이광李廣의 별칭임. 이광이 우북평右北平에 주둔하고
있을 때, 흉노가 그를 '비장군飛將軍'이라고 부르면서 겁을 낸 나머지
몇 년 동안 감히 침입하지 못했다는 고사가 있음.《史記 卷109 李將軍列傳》

▶ 호가빈도백랑하胡笳頻度白狼河 : "호가가 자주 백랑하를 건너는구나"로
풀이함. '호가'는 옛날 중국 북방의 민족들이 불던 관악기를 말하고,
'백랑하'는 요동遼東에 있는 강 이름임. 오랑캐가 자주 요동을 인근을
침입한다는 뜻.

19. 옥하관에서 소리 내어 읊다 玉河館口號

◆ 이 작품도 박순이 50세 때 등극사로 중국에 갔을 때 지었다. 옥하관은 외국의 사신들이 머물던 연경의 관소館所 이름이다. 시의 내용을 보면, 이 작품은 50세가 다 저물어가는 세모歲暮에 지었다고 생각한다. 기·승구에 '한월寒月', '세모歲暮' 등의 시어를 사용했기 때문이다. 세모가 되었어도 고국으로 돌아가지 못했으니 얼굴에 수심이 쌓일 수밖에 없다. 그런데다 소위 오랑캐라 불리는 오만족들이 머무는 숙소에 갇히게 되었으니 성현의 책 읽은 것을 그르쳤다고 토로하였다.

一痕寒月照愁顔
일 흔 한 월 조 수 안

歲暮燕山客未還
세 모 연 산 객 미 환

曾讀聖賢書自誤
증 독 성 현 서 자 오

却隨文面鎖烏蠻
각 수 문 면 쇄 오 만

한 줄기 찬 달빛 흔적은 시름 얼굴 비추는데

한 해 저물어도 연산 나그네 돌아갈 줄 모른다

일찍이 성현의 책 읽은 것 스스로 그르쳤으니

되레 얼굴에 자자한 자를 따라 오만관에 갇혔다

《사암집》 권1

▶ 옥하관玉河館 : 외국 사신이 머물던 연경燕京의 관소館所 이름.

▶ 세모연산객미환歲暮燕山客未還 : "한 해 저물어도 연산 나그네 돌아갈 줄 모른다"로 풀이함. '연산'은 연산부燕山府로, 연경을 말함. 연산객은 박순 스스로를 가리킨다고 생각함. 박순은 그의 나이 50세인 1572년(선조5) 8월에 등극하사로 중국을 가서 이듬해 1월 16일에 서울에 들어왔음.

(《조선왕조실록》 1573년 1월 16일 기사) 곧, 박순이 옥화관에서 시를 창작한 때는 1572년 한 해가 저물가는 무렵이었고, 따라서 한 해가 저물어도 자신이 고국에 돌아가지 못했다 한 것으로 추정함.

▶ 각수문면쇄오만却隨文面鎖烏蠻 : "되레 얼굴에 자자한 자를 따라 오만관에 갇혔다"로 풀이함. '문면'은 얼굴을 바늘로 찔러서 먹물 따위로 문신文身하는 일을 말함. '오만'은 오만관烏蠻館을 말함. 오만관은 중국 남쪽 지방의 오랑캐인 오만烏蠻의 사신들이 북경北京에 왔을 적에 묵던 관소館所를 말함.

20. 길을 가던 중에 변경으로 가는 수자리 군졸을 만나다
途中見赴邊戍卒

◆ 이 작품도 박순이 50세 때 등극사로 중국에 갔을 때 지었다. 시는 수자리 군졸의 입장이 되어 읊었다. 지금 온 세상이 태평스러운 시절을 맞이하지 못해 변방으로 수자리를 살러 가는 군졸이 있다. 그런데 잘못하면 갈대꽃 모래 위의 뼈가 될 수도 있다. 이는 군졸이 수자리를 살다가 객지에서 죽음을 맞이할 수도 있음을 말한 것으로 마지막 결구에서 '규방'을 언급한 것이 이색적이다. 즉, 전구와 결구는 상황의 극과 극을 말한 것으로 대비를 통해 군졸의 처지를 부각시켰다.

北風吹淚古長城
북 풍 취 루 고 장 성

옛 장성에서 북풍에 눈물 뿌리니

四海何時見太平
사 해 하 시 견 태 평

사해는 어느 때나 태평을 만날까

終作蘆花沙上骨
종 작 로 화 사 상 골

결국 갈대꽃 모래 위 뼈가 되어도

香閨猶是夢中形
향 규 유 시 몽 중 형

규방에선 여전히 꿈속의 몸일 터

《사암집》 권1

▶ 수졸戍卒 : 수자리를 사는 군사.

▶ 종작로화사상골終作蘆花沙上骨 : "결국 갈대꽃 모래 위 뼈가 되어도"로 풀이함. 변경으로 가는 수자리 군졸이 객지에서 죽음을 맞이한다는 뜻.

▶ 향규香閨 : 규방의 뜻.

21. 동파로 가는 도중에 시에 차운하다 東坡途中 次韻

◆ 이 작품도 박순이 50세 때 등극사로 중국에 갔을 때 지었다. 박순은 중국의 동파東坡를 가던 중에 시를 남겼다. 수련에서는 비 온 뒤의 모습을 그렸다. 아마도 동파를 가던 중에 비가 오다가 갰을 것이다. 함련에서는 비가 온 뒤의 주변의 모습을 형상화했는데, 구체적인 사물들을 언급하였다. 경련의 1구에서 소박한 음식을 먹으며 사는 것이 마치 꿈과 같다라고 했는데, 현실에서 그렇게 하지 못한 것에 대한 소회이다. 미련의 내용은 경련과 서로 연결되는데, 벼슬을 쉽게 버리지 못하는 작자 자신의 마음을 되돌아본 것이다. 미련 1구에서 말한 '외로이 날아갈 마음[孤飛意]'이란 모든 것을 버리고 고향으로 돌아가고자 하는 마음이다. 그런데 그 마음을 쉽게 결정하지 못한 채 어언 10년의 세월이 흘렀다 하였다. 객지에 온 박순은 벼슬에 올라 바쁘게 살았던 자신의 지난날을 되돌아보면서 반성의 자세를 잠시 가져보았다.

雲葉飄飄雨後翻
운 엽 표 표 우 후 번

흩날리던 구름은 비온 뒤에 뒤집히는데

更逢晴日野含暄
갱 봉 청 일 야 함 훤

다시 비 갠 날 만나 들판은 따스함 머금었다

楊花散雪疑埋逕
양 화 산 설 의 매 경

눈처럼 흩날리던 버들 꽃은 길을 덮을 듯하고

麥浪連雲欲沒村
맥 랑 련 운 욕 몰 촌

구름처럼 이어진 보리 물결은 마을 덮으려 한다

燒筍煮葵空入夢
소 순 자 규 공 입 몽

죽순 굽고 아욱국 끓이는 일 공연히 꿈에 들고

夕陽芳草幾銷魂
석 양 방 초 기 소 혼

석양의 녹음방초는 거의 정신을 잃게 만든다

悠悠未決孤飛意
유 유 미 결 고 비 의

유유히 외로이 날아갈 마음 결정하지 못한 채

衣上緇塵十載痕
의 상 치 진 십 재 흔

옷에는 검은 먼지가 10년의 흔적을 남겼다

《사암집》 권3

▸ 동파東坡 : 중국 쓰촨성 메이산에 있는 구 이름.

▸ 운엽雲葉 : 구름.

▸ 표표飄飄 : 흩날리는 모습.

▸ 맥랑麥浪 : 보리밭의 모습을 물결처럼 표현함.

▸ 치진緇塵 : 검은 먼지.

22. 효릉을 개수하고 느낌이 일어 修改孝陵有感

> ◆ 이 작품은 효릉孝陵을 개수하고 난 뒤의 느낌을 적었다. 효릉을 개
> 수한 시기는 박순의 나이 55세 때인 1577년(선조10)이다. 이해에 인종의
> 비 인성 왕후仁聖王后 박씨朴氏가 세상을 떴는데, 왕비릉을 조성할 때 왕
> 릉에 병풍석을 설치하고 다른 석물들도 개수하였다.
> 작품의 내용은 많은 백성들이 인종과 그의 비를 생각한다고 했으며,
> 석마가 빈 언덕을 지킨다 하여 능이 검소하게 조성되었음을 말하였다.
> 박순이 인종을 그리워했음을 알 수 있는 작품이다.

蒼生思二聖　　　창생들 두 성인을 생각하고
창 생 사 이 성

石馬守空丘　　　석마는 빈 언덕을 지킨다
석 마 수 공 구

野草無情極　　　들풀은 다시 없이 무정하여
야 초 무 정 극

蕭蕭又送秋　　　우수수 또 가을을 보낸다
소 소 우 송 추

《사암집》 권1

▶ 수개修改 : 수리하여 고침.
▶ 효릉孝陵 : 인종仁宗과 인종비仁宗妃 인성 왕후仁聖王后 박씨朴氏의 능호陵號
　를 말함. 현 경기도 고양시高陽市 덕양구德陽區 서삼릉길 233-126에 있는
　서삼릉西三陵 중의 하나. 효성이 지극했던 인종을 기려 능호도 효릉이
　라 함.

▸ 창생사이성蒼生思二聖 : "창생들 두 성인을 생각하고"로 풀이함. '창생'은
　백성을 말하고, '이성'은 인종과 인종비 인성 왕후를 말함.

▸ 석마石馬 : 돌을 조각하여 만든 말. 무덤 앞에다 세워둠.

23. 느낌이 일어 2수 ○ 계미년 有感 二首 ○癸未

◆ 이 작품은 박순의 나이 61세 때인 1583년(선조16) 2월 무렵에 지었다.
시제에서 말한 계미년은 바로 1583년을 말한다. 이해 2월에 경원의 번
호蕃胡 니탕개尼湯介가 난을 일으키자 이이李珥와 함께 비국備局에서 해결
책을 도모했는데, 이 작품은 이러한 배경에서 지었다. 니탕개는 여진족
女眞族의 추장인데, 당시 이 번호의 도발로 왕을 비롯한 모든 사람들이
긴장한 모습은 《조선왕조실록》을 비롯한 여러 문헌에서 볼 수 있다.
이 작품은 총2수로 이루어져 있다. 1수에서는 북쪽 변방의 오랑캐가
호시탐탐 침략의 기회를 엿보며 조선 사람들이 희생을 당함에도 좌시
하고 있으니, 이것을 막을 훌륭한 장수가 없는 것이 한스럽다 하였다.
2수에서는 예물로 오랑캐와 강화했으나 그것이 별로 효과가 없다고
말하며, 누가 앞장서서 공을 세울 것인가? 하고 반문하였다.

元戎空望白頭山　　　사령장은 공연히 백두산을 바라보고
원 융 공 망 백 두 산

虜騎秋窺靑海關　　　적들은 해마다 청해 관문 들여다본다
노 기 추 규 청 해 관

坐使邊民爲野骨　　　변방 백성들 들판 뼈 되는 것 좌시하니
좌 사 변 민 위 야 골

恨無飛將縛猴狦　　　후산을 묶을 비장 없는 것이 한스럽다
한 무 비 장 박 후 산

屢邀繒帛講和戎　　　누차 예물로 맞아 오랑캐와 강화 했으나
루 요 증 백 강 화 융

尙使邊憂軫聖衷　　　여전히 변방 근심은 성군의 마음 괴롭힌다
상 사 변 우 진 성 충

三道轉輸今二載 삼도의 수송은 이제 2년이 다 되었는데
삼 도 전 수 금 이 재

狼山誰肯勒元功 낭산에선 그 누가 수훈 세우러 나설 것인가
랑 산 수 긍 륵 원 공

《사암집》권1

▶ 원융元戎 : 군대의 선봉을 맡은 큰 병거兵車를 가리킴. 흔히, 총사령관을
   일컬음.

▶ 노기추규청해관虜騎秋窺青海關 : "적들은 가을에 청해 관문 들여다본다"
   로 풀이함. '노기'는 오랑캐 기병을 말하고, '청해관'은 청해의 관문으
   로 함경도 경원慶源의 관문을 말함. 북쪽의 오랑캐들이 호시탐탐 침략
   의 기회만 엿본다는 의미.

▶ 좌사변민위야골坐使邊民爲野骨 : "변방 백성들 들판 뼈 되는 것 좌시하니"
   로 풀이함. 변방 백성들이 죽음에 이르는 것을 비유적으로 표현한 것.

▶ 한무비장박후산恨無飛將縛猴獮 : "후산을 묶을 비장 없는 것이 한스럽다"
   로 풀이함. '비장'은 한나라의 명장 이광李廣을 말함. 한 무제漢武帝가
   그를 우북평 태수右北平太守로 임명하여 흉노匈奴를 막게 하자, 흉노가
   '한나라의 비장군飛將軍'이라고 무서워하며 감히 소란스럽게 하지 못했
   다는 고사가 있음.《史記 卷109 李將軍列傳》'후산'은 오랑캐의 두목인 니
   탕개를 말함.

▶ 낭산狼山 : 중국 하북성 청원현青苑縣 서북쪽에 있는 산 이름.

▶ 원공元功 : 으뜸가는 공적.

24. 느낌이 일어 이때 오랑캐 침입의 경보가 있었다.
有感 時有虜警

> ◆ 이 작품도 1583년 2월 니탕개가 침략했을 때 지었다. 수련에서는 변방에 오랑캐가 침입해 들어온 것을 말하였고, 함련에서는 일만 병사를 변방에 주둔시켰으나 막아내지 못한 것을 지적하였다. 경련에서는 그동안 오랑캐를 대하는 자세가 잘못 되었음을 말하였고, 미련에서는 많은 사람들의 의견이 좋기는 하나 박순 스스로는 한탄스러워 눈물만 흐른다고 하였다. 오랑캐가 침입해 들어와도 막아내지 못하는 현실을 안타깝게 여기는 마음이 담겼다.

邊烽何日報平安
변 봉 하 일 보 평 안
변방의 봉화는 어느 때나 평안을 알릴까

胡騎紛紛入漢關
호 기 분 분 입 한 관
오랑캐 기병이 어지럽게 한관을 들어왔다

空使萬兵屯細柳
공 사 만 병 둔 세 류
공연히 일만 병사를 세류에 머물게 했으니

誰將三箭定天山
수 장 삼 전 정 천 산
그 누가 세 화살로 천산을 평정할 것인가

長纓繫頸言終謬
장 영 계 경 언 종 류
긴 밧줄로 목을 묶겠단 말 끝내 착각이었고

繡袷通歡計又艱
수 접 통 환 계 우 간
수놓은 겹옷으로 환심 살려던 꾀도 난감하다

衆議邇來皆曰聖
중 의 이 래 개 왈 성
근래에 뭇 사람들 의견이 다 성스럽다 하나

老夫於此淚偏潸
노 부 어 차 루 편 산
여기에 있는 늙은이는 한갓 눈물만 흘린다

《사암집》 권3

▶ 노경虜警 : 오랑캐의 침입 경보를 말함.

▶ 분분紛紛 : 어수선하게 뒤섞임.

▶ 한관漢關 : 오랑캐들의 침입을 막기 위해 사막 지역에 설치한 관문을 가리킴.

▶ 공사만병둔세류空使萬兵屯細柳 : "공연히 일만 병사를 세류에 머물게 했으니"로 풀이함. '세류'는 현 중국 협서성 함양현 서남부의 땅을 말함. 한漢나라 문제文帝 때 흉노匈奴의 침입이 있자 유례劉禮, 서려徐厲, 주아부周亞夫를 장군으로 삼아, 각각 패상霸上, 극문棘門, 세류에 주둔하여 방비하게 하였음. 문제가 군병들을 위문하기 위해 순행하면서 먼저 극문과 패상에 갔을 때 아무 제재도 받지 않고 군영 안으로 들어갔는데, 세류에서는 병부를 확인한 뒤에야 천자가 들어오는 것을 허락하였고, 군영 안에 들어가서도 군례軍禮로 뵙기를 청하였으며, 군영 안에서 말을 달리지 못하게 하였음. 이에 천자가 말하기를, "참으로 장군다운 장군이다. 엊그제 극문과 패상의 군대는 어린아이 장난과 같은 것이었다."라고 하였음.《史記 卷57 絳侯周勃世家》변방에 대군大軍을 주둔시킨 것도 아무 소용이 없게 되었다는 뜻.

▶ 수장삼전정천산誰將三箭定天山 : "그 누가 세 화살로 천산을 평정할 것인가"로 풀이함. 당나라 설인귀薛仁貴가 천산天山의 돌궐突厥을 공격할 적에 화살 세 발을 발사하여 세 명을 잇달아 사살하자 10여 만이나 되는 돌궐의 군사들이 사기가 꺾여 모두 항복하였는데, 이에 군중軍中이 "장군이 화살 셋으로 천산을 평정하니, 장사들이 길이 노래하며 한관에 들어가네.[將軍三箭定天山 壯士長歌入漢關]"라고 노래 불렀다는 고사가 전함.《新唐書 卷111 薛仁貴列傳》

▶ 장영계경언종류長纓繫頸言終謬 : "긴 밧줄로 목을 묶겠단 말 끝내 착각이었고"로 풀이함. '장영'과 관련하여 한나라 간의대부諫議大夫 종군終軍이 남월南越에 사신으로 가겠다고 자청하면서 "긴 밧줄 하나만 주시면 남

월왕을 꽁꽁 묶어 대궐 아래에 바치겠다.〔願受長纓 必羈南越王而致之闕下〕"
라고 장담한 고사가 전함.《漢書 卷64下 終軍傳》 계책이 잘못되었음을 말
한 것.

▶ 수겁繡袷 : 수놓은 겹옷. 한나라 효문제孝文帝 때 한나라에서 흉노족을
무마하기 위하여 여러 가지 물품을 보내면서 황제 자신이 입고 있던
이 옷을 예물로 보내어 달래었음.《史記 卷110 匈奴列傳》

▶ 이래邇來 : 요즈음. 근래에.

▶ 노부老夫 : 늙은이. 박순 자신을 가리킴.

25. 느낌이 일어 有感

◆ 이 작품도 1583년 2월 니탕개가 침략했을 때 지었다. 수련에서는 조선 영토를 그 누가 침략하는가라고 물으며, 격문은 급하게 전달되고 보고에 근심이 많다 하였다. 함련에서는 이렇게 나라가 어려움에 처했으나 인재를 만나기 어렵고, 일부러 오랑캐를 무마하기 위해 물품을 제공하는 일은 옳지 않다 하였다. 경련에서는 오랑캐의 침입으로 인해 남쪽과 북쪽에 있는 병사들과 사람들이 희생을 당한 모습을 말하였다. 그리고 마지막 미련에서는 일반 백성들이 오랑캐를 막으러 가는 모습을 보며, 편히 있는 자신의 모습이 부끄럽다 하였다. 인상적인 것은 박순은 스스로를 '썩은 선비'라 하여 비하한 점이다.

國似金甌誰敢侮
국 사 금 구 수 감 모

황금 단지 같은 나라를 그 누가 감히 모욕하나

羽書何急報多虞
우 서 하 급 보 다 우

격문은 퍽이나 다급하고 보고에는 근심이 많다

長城倚壯才難見
장 성 의 장 재 난 견

장성은 장사에 의지할진대 인재 만나기 어렵고

繡袷通歡事亦迂
수 겹 통 환 사 역 우

수놓은 겹옷으로 환심 살려던 일 역시 옳지 않다

南土士爲滄海鬼
남 토 사 위 창 해 귀

남쪽 땅의 군사는 푸른 바다의 귀신이 되었고

北門民作犬羊奴
북 문 민 작 견 양 노

북방의 백성들은 개나 양 같은 노예가 되었다

看他野哭防胡去
간 타 야 곡 방 호 거

저들이 들에서 울며 오랑캐 막으러 가는 것 보며

| 自愧安眠臥腐儒 | 편히 누워 자는 썩은 선비여서 스스로 부끄럽다 |

자 괴 안 면 와 부 유

《사암집》 권3

▶ 금구金甌 : 국가의 영토를 뜻함. 남조 양南朝梁의 무제武帝가 "우리나라는 마치 황금 단지와 같아서 하나도 상하거나 부서진 곳이 없다.[我家國猶 若金甌 無一傷缺]"라고 말한 데에서 유래함. 《梁書 卷56 侯景列傳》

▶ 우서羽書 : 우격羽檄과 같은 말로, 군사상의 급박한 급보를 뜻함. 옛날에 긴급을 요하는 문서에는 새 깃을 꽂아서 표시하였으므로 이렇게 칭함.

▶ 부유腐儒 : 썩은 선비. 박순 스스로를 가리킴.

26. 화분의 국화 盆菊

◆ 이 작품은 박순이 관직 생활을 하던 중에 틈을 내어 지었다. 관직 생활과 무관하나 관직 생활 중에 지었기 때문에 여기에 싣는다.

작품의 내용은 화분에 심어진 국화를 소재 삼아 생태적인 모습에서 느껴지는 느낌을 적었다. 국화는 사군자四君子 중 하나로 가을의 대표적인 꽃이다. 또한 서릿발이 심한 속에서도 굴하지 아니하고 외로이 절개를 지킨다고 하여 '오상고절傲霜孤節'이라고도 한다. 작자는 전·결구에서 국화가 가을의 대표적인 꽃이라는 이미지를 부각시켰다.

數莖黃紫妬嬋娟 수 경 황 자 투 선 연	몇 줄기 노랑과 자주색은 고운 모습 시샘하고
泠蘂輕含露氣鮮 령 예 경 함 로 기 선	가볍게 머금은 찬 꽃술은 이슬 기운 신선하다
落葉滿庭佳節過 낙 엽 만 정 가 절 과	뜰에 가득한 낙엽들은 좋은 시절 다 지났는데
尚留餘馥度霜天 상 류 여 복 도 상 천	여전히 짙은 향기 남기어 서리 날씨 살아간다

《사암집》 권1

▶ 상천霜天 : 서리가 내리는 날씨.

【박순의 분국시비】

박순의 분국시비는 현재 경기도 포천시 비둘기낭 폭포 인근에 있는
공원에 세워져 있다.

27. 혜 중산의 〈절교론〉을 읽고 느낌이 일어 2수
讀嵇中散絕交論 有感 二首

◆ 이 작품도 박순이 관직 생활을 하던 중에 지었다. 박순은 혜강嵇康이 지은 〈혜강여산거원절교서嵇康與山巨源絕交書〉를 읽고, 느낌이 일어 작품을 지었다.

작품은 총2수로 되어있다. 1수에서는 주로 혜강과 산도의 입장을 대변하였다. 박순이 바라볼 때 혜강은 벼슬할 뜻이 없었고, 산도도 자신의 영광을 위해 혜강을 이용하려 한 것은 아니라고 하였다. 2수에서는 박순이 생각하는 우정론에 대한 소회를 밝혔다. 세속은 야박한지라 구름비처럼 조변석개朝變夕改하는데, 이러한 현실이 안타깝다고 하였다. 특히, 명리를 위해 벗을 사귀는 현실을 부정적으로 언급하였다.

叔夜曾無軒冕意
숙 야 증 무 헌 면 의
숙야는 일찍이 벼슬할 뜻 없었으나

山公亦愛棟樑材
산 공 역 애 동 량 재
산공도 동량의 재목감 사랑하였다

作書珍重明初服
작 서 진 중 명 초 복
편지로 정중히 벼슬 내놓길 밝힘은

不是賣渠爲我媒
불 시 매 거 위 아 매
그를 팔아 자기 앞잡이로 삼은 것 아니다

薄俗紛紛雲雨手
박 속 분 분 운 우 수
야박한 세속 어지러워 구름비 손 되어

朝爲膠漆暮干戈
조 위 교 칠 모 간 과
아침에 교칠하다가 저녁에 싸움을 한다

風塵造次心腸改
풍 진 조 차 심 장 개

풍진 속 황망한 사이에 마음이 바뀌어

聲利前頭愧恥多
성 리 전 두 괴 치 다

명리 앞에서 부끄러운 일 많음 창피하다

《사암집》권1

▶ 혜중산절교론嵇中散絶交論 : 혜중산은 진晉나라 때 죽림칠현竹林七賢의 한
   사람으로 벼슬이 중산대부中散大夫였던 혜강嵇康을 가리킴. 혜강은 양
   생론養生論을 저술하였고, 특히 낙천적인 성품으로 항상 거문고 타고
   시를 읊조리면서 스스로 즐겼음. 역시 죽림칠현 중 한 사람인 산도山
   濤가 이부상서吏部尙書로 있을 때 혜강을 천거하여 자기 대신 이부상서
   를 하도록 하려 했음. 이때 혜강은 산도가 자신의 뜻을 모르고 그러한
   생각을 했다고 하여 〈혜강여산거원절교서嵇康與山巨源絶交書〉를 보냈음.
▶ 숙야叔夜 : 혜강의 자.
▶ 헌면軒冕 : 수레와 면류관이라는 말로, 관작과 봉록 등 높은 벼슬을 뜻
   함. 《장자》〈선성善性〉에 "헌면이 몸에 있는 것은 본래 성명처럼 내 몸
   에 있는 것이 아니고, 외물이 뜻밖에 우연히 와서 잠시 붙어 있는 것
   이다.[軒冕在身 非性命也 物之儻來寄也]"라는 말이 있음.
▶ 산공山公 : 산도를 말함.
▶ 초복初服 : 벼슬하기 이전의 복장으로, 즉 벼슬자리에서 물러나오는 것
   을 뜻함.
▶ 운우수雲雨手 : 구름비 손. 쉽게 변하는 것을 말함.
▶ 교칠膠漆 : 부레풀과 옻나무의 칠처럼 불가분의 긴밀한 관계를 뜻하는
   말인데, 보통 교분이 두터운 우정을 가리킬 때 씀.
▶ 성리聲利 : 명예와 이익.

28. 작은 거문고에 쓰다 題短琴

> ◆ 이 작품은 작은 거문고에 쓰기 위해 지었다. 내용은 오직 거문고 자
> 체에 주목하고 있다. 이 거문고가 만들어지기까지의 과정을 시작으로
> 모양새 등을 말하였다. 그리고 거문고의 명수 종자기鍾子期는 이미 이
> 세상을 떠났으나 옷깃에 비치는 밝은 달이 그를 대신하고 있다 하여
> 운치를 더하였다.

嶧山誰採鳳凰枝　　　역산에서 그 누가 봉황새 가지를 땄는가
역 산 수 채 봉 황 지

雷斧餘痕斲更奇　　　우레 도끼의 남은 흔적 깎음새 더욱 기이해
뇌 부 여 흔 착 갱 기

休恨賞音人已逝　　　음악 기리는 사람 이미 갔다고 한하지 말라
휴 한 상 음 인 이 서

照襟明月卽鐘期　　　옷깃에 비치는 밝은 달이 종자기일 것이다
조 금 명 월 즉 종 기

《사암집》권1

▶ 역산수채봉황지嶧山誰採鳳凰枝 : "역산에서 그 누가 봉황새 가지를 땄는
  가"로 풀이함. '역산'은 중국 산동성山東省에 있는 산으로, 이곳의 오동
  나무가 예로부터 유명하였음. '봉황지'는 오동나무를 말하는데, 두보杜
  甫의 시 〈추흥팔수秋興八首〉 여덟 번째에 "향도의 남은 싸라기는 앵무가
  쪼던 싸라기요, 벽오의 늙은 가지는 봉황이 깃든 가지로다.〔香稻啄餘鸚鵡
  粒 碧梧棲老鳳凰枝〕"라고 말한 내용이 있음.
▶ 뇌부雷斧 : 우레를 일으키는 데 사용하는 신神의 도구로, 그 모양이 도

끼와 같다고 함.

▸ 휴한상음인이서休恨賞音人已逝 : "음악 기리는 사람 이미 갔다고 한하지
  말라"로 풀이함. '음악 기리는 사람'은 거문고의 명수 종자기鍾子期를
  말함.

▸ 종기鍾期 : 종자기를 가리킴.

29. 한림주서계축에 쓰다 題翰林注書契軸

◆ 이 작품은 예문관과 승정원 관원들이 친목을 도모하기 위해 만든 계모임 권축卷軸에 적은 것이다. 예문관과 승정원은 궁의 핵심적인 부서라 할 수 있다. 그리고 이 두 부서는 동서로 나뉘어 왕을 지근거리에서 보필하였다. 이 두 부서의 관원들이 친목을 위해 계모임을 만들고 권축까지 제작하여 박순이 거기에 시를 적었다. 아마도 예문관과 승정원의 관원들이 박순에게 특별히 부탁하여 지었을 것으로 생각한다. 이 작품을 지을 때에 박순의 관직은 높았을 것인데, 지은 시기는 자세히 알 수 없다.

수련에서는 매일 자주 마주치는 예문관과 승정원 관원들이 계모임을 하게 되었음을 말하였다. 함련에서는 예문관과 승정원과 관련한 옛날의 일을 각각 들었다. 예문관과 관련한 일을 했던 사람들은 장상 벼슬에 다수 오르고, 승정원과 관련한 일을 했던 사람인 노자老子는 신선이 되었다라고 하였다. 경련에서도 예문관 승정원과 관련한 사람들의 일을 들었다. 남조南朝 제齊나라 시인 사조謝脁가 중서성에서 숙직하다가 궁에 있는 작약을 읊은 시와 상서성尙書省의 낭관郎官이 임금에게 일을 아뢸 때 구취口臭를 없애기 위해 입에 계설향鷄舌香을 머금었던 일을 들었다. 미련에서는 예문관과 승정원 관원들은 아마도 역사책에 길이 드리울 것이라 하며, 일부러 그림을 그려 자신의 이름을 남기려하지 말라 하였다. 공명심에 급급해 하지 말라는 의미로 한 말이다.

聯翩朝暮著情親
연 편 조 모 저 정 친

같이 모여서 아침저녁 정분이 두터운데

更把芝蘭托契新
갱 파 지 란 탁 계 신

다시 지란을 묶어 새 계모임 의탁한다

已識鸞坡儲將相
이 식 란 파 저 장 상

이미 난파에는 장상 모은 것을 알지만

還聞桂史古仙眞
환 문 주 사 고 선 진

되레 주사는 옛날 진짜 신선이라 들었다

官榮浴筆吟紅藥
관 영 욕 필 음 홍 약

영광스러운 벼슬에 붓 적셔 작약을 읊고

寵極含香入紫宸
총 극 함 향 입 자 신

지극한 은총에 향 머금고 궁으로 들어간다

應使姓名垂竹帛
응 사 성 명 수 죽 백

응당 성명은 역사책 드리우도록 할 것이니

畫圖容易帶輕塵
화 도 용 이 대 경 진

쉬이 그림 그리면 가벼운 먼지가 붙는다

《사암집》 권3

▶ 한림주서계축翰林注書契軸 : 한림 주서 계축. '한림'은 조선 시대 때 예문
관藝文館 검열檢閱의 별칭. '주서'는 조선 시대 승정원의 정7품 관직을
말함. '계축'은 환갑 따위를 맞은 사람에게 뜻있는 사람들이 추렴하여
잔치를 베풀면서 시부를 적어 선물로 주는 권축卷軸을 말함. 예문관과
승정원은 궁중에서 동서로 서로 인접한 관서임. 예문관은 왕명王命의
출납, 승정원은 사명辭命의 제찬制撰을 맡아 서로 긴밀한 협조를 하였
음. 예문관과 승정원 사람들의 친목을 다지는 계 시축에다 박순이 시
를 써 준 것.

▶ 연편聯翩 : 연달아 이어지는 모습.

▶ 저정친著情親 : 정분이 쌓임. 여기서 '저'는 쌓다는 뜻.

▶ 지란芝蘭 : 지란지교芝蘭之交를 말함. 영지와 난초의 사귐으로, 벗 사이의

맑고도 높은 사귐을 뜻함.

▸ 이식란파저장상己識鑾坡儲將相 : "이미 난파에는 장상 모은 것을 알지만"
으로 풀이함. '난파'는 예문관을 말함. 당나라 때 한림학사翰林學士들이
금란전金鑾殿에 있었음. 예문관에는 장래에 장상 벼슬에 오를 사람들
이 많다는 것을 안다는 의미.

▸ 환문주사고선진還聞柱史古仙眞 : "되레 주사는 옛날 진짜 신선이라 들었
다"로 풀이함. '주사'는 주하사柱下史의 약칭으로, 즉 주하사 벼슬을 지
낸 노자老子를 말하는데, 여기서는 승정원의 관원을 가리킴. 노자가 신
선이 되었다는 말에 붙여 말한 것.

▸ 관영욕필음홍약官榮浴筆吟紅藥 : "영광스러운 벼슬에 붓 적셔 작약을 읊
고"로 풀이함. 남조南朝 제齊나라 시인 사조謝朓의 〈중서성에서 숙직하
며[直中書省]〉시에 "붉은 작약은 계단을 마주해 나부끼고, 푸른 이끼는
섬돌을 따라 올라가네.[紅藥當階翻 蒼苔依砌上]"라고 말한 대목이 있음. 예
문관의 관원이 이렇게 한다는 의미.

▸ 총극함향입자신寵極含香入紫宸 : "지극한 은총에 향 머금고 궁으로 들어
간다"로 풀이함. '함향'은 옛날 상서성尙書省의 낭관郎官이 임금에게 일
을 아뢸 때 구취口臭를 없애기 위해 입에 계설향鷄舌香을 머금은 것을
말함. 승정원의 관원이 이렇게 한다는 의미.

▸ 죽백竹帛 : 역사책.

▸ 화도용이대경진畫圖容易帶輕塵 : "쉬이 그림 그리면 가벼운 먼지가 붙는
다"로 풀이함. '화도'는 기린각麒麟閣에 그림 그린 일과 관련됨. 기린각은
한漢나라 때 미앙궁未央宮 안에 있던 누각 이름. 맨 처음 한 선제漢宣帝가
곽광霍光 등 11명 공신功臣의 화상畫像을 이곳에 그려 두게 함으로써 그
들의 공적을 길이 빛나게 하였음. 즉, 박순은 공적을 쉽게 드러내면
거기에 먼지만 붙을 뿐 후세까지 전해지지 못한다는 의미로 말함.

30. 포은 선생의 판액 시에 차운하여 백암의 쌍계루에 써서 부치다
寄題白巖雙溪樓　次圃隱先生板上韻

◆ 이 작품은 포은圃隱 정몽주鄭夢周가 지은 장성 백양사 쌍계루 시에 차운하여 지었다. 정몽주는 쌍계루와 관련하여 일찍이 〈장성 백암사 쌍계루에 지어 보내다[長城白嵒寺雙溪寄題]〉라는 작품을 남겼다. 이 시의 압운은 '능能', '증增', '징澄', '등登'인데, 박순은 이러한 압운을 이어 시를 지었다. 사실 박순은 쌍계루에 직접 오지 않고 이 시를 지었을 수도 있다. 그의 행력에 쌍계루와 또는 그 인근에 왔다 갔다라는 것을 발견할 수 없을 뿐 아니라 시제에서 '써서 부치다[寄題]'라고 했기 때문이다. 수련에서는 쌍계루를 새롭게 단장한 것과 아울러 두 신선 즉, 이색李穡과 정몽주의 문학을 그 누가 이을 수 있는가라고 묻는다. 여기에는 박순 스스로가 두 사람을 이어 문학 작품을 남기게 되었다라는 생각도 담겨있다. 함련에서는 '산속에 있는 방초'와 '세속의 나그네'를 말하여 세속을 벗어난 곳과 세속을 대비하였다. 아마도 '세속의 나그네'는 박순 스스로를 말한다고 할 수 있다. 경련에서는 지난날 불승과의 추억을 말하였는데, '죽림담竹林談'과 '화우몽花雨夢'과 같은 세속에서 벗어난 듯한 시어들을 특별히 사용하였다. 그리고 미련에서는 쌍계루 주변의 승경을 말하며, 인생을 살면서 그곳을 몇 번이나 갈 수 있을까? 하고 반문하였다. 이 작품은 세속을 벗어나고자 하는 작자의 심리를 담았다.

輪奐重新臥野僧 윤 환 중 신 와 야 승	크고 아름다운 새 누각에 들 중이 누웠나니
二仙文藻繼誰能 이 선 문 조 계 수 능	두 신선의 문학을 그 누가 이을 수 있을까
山中芳草靑春暮 산 중 방 초 청 춘 모	산속의 방초에는 싱싱한 봄이 저물어 가고
塵裏覊愁白髮增 진 리 기 수 백 발 증	세속의 나그네는 시름으로 흰머리 늘어난다
茶鼎竹林談久絶 다 정 죽 림 담 구 절	차 달이며 했던 죽림담 끊어진지 오래 이고
石床花雨夢猶澄 석 상 화 우 몽 유 징	돌 침상에서 꾸었던 꽃비 꿈은 여전히 밝다
岐峯東畔煙霞路 기 봉 동 반 연 하 로	동쪽 언덕의 갈라진 산봉우리에 난 노을 길은
惆悵浮生幾箇登 추 창 부 생 기 개 등	슬프다, 덧없는 인생에 몇 번이나 오를는지

《사암집》권3

▶ 백암쌍계루白巖雙溪樓 : 백암사 쌍계루. 백암사는 현 전남 장성의 백양사
　를 말함. 백암사 초입에 쌍계루가 있음.

▶ 포은선생판상운圃隱先生板上韻 : 포은 선생의 판액 시. '포은'은 고려 후기
　의 충신 정몽주鄭夢周(1337~1392)의 호. 정몽주의 문집《포은집》권2에
　〈장성 백암사 쌍계루에 지어 보내다[長城白嵓寺雙溪寄題]〉라는 작품이 있음.

▶ 윤환輪奐 : 규모가 크고 아름답다는 뜻으로, 건물이 낙성된 것을 축하할
　때 쓰는 상투적인 표현임. 진晉나라 헌문자憲文子가 저택을 신축하여
　준공하자 대부들이 가서 축하하였는데, 이때 장로張老가 말하기를 "규
　모가 크고 화려하여 아름답도다. 제사 때에도 여기에서 음악을 연주
　하고, 상사 때에도 여기에서 곡읍을 하고, 연회 때에도 여기에서 국빈
　과 종족을 모아 즐기리로다.[美哉輪焉 美哉奐焉 歌於斯 哭於斯 聚國族於斯]"라

고 하니, 헌문자가 장로의 말을 되풀이하며 그렇게 되기를 바란다면 서 두 번 절하고 머리를 조아리자, 군자들이 축사와 답사를 모두 잘했 다고 칭찬한 고사가 전함.《禮記 檀弓下》

▶ 이선문조二仙文藻 : 두 신선의 문학. '문조'는 글재주를 말함. 여기서의 두 신선은 목은牧隱 이색李穡과 포은 정몽주를 가리킨다고 생각함. 백 양사 쌍계루와 관련하여 이색은〈장성현 백암사 쌍계루 기문[長城縣白 巖寺雙溪樓記])를, 정몽주는〈장성 백암사 쌍계루에 지어 보내다〉를 지은 바 있음.

▶ 기수覊愁 : 객지에서 느끼는 수심.

▶ 추창惆悵 : 슬퍼하는 마음.

【백양사 쌍계루】

쌍계루는 전남 장성군 북하면 약수리 백양사 초입에 있다. 고려의 문 인 이색李穡이 기문을 남겼고, 정몽주鄭夢周 등 수많은 사람들이 시를 남겼다. 쌍계루 뒤로 백암산이 보인다.

제5장
탈속한 자연인의 삶과 여유

박순은 그의 나이 64세 때 영평永平으로 간 이래 생을 마감한 67세 7월까지 그곳에서 지냈다. 불과 3년 정도 영평에서 지냈으나 박순에게 있어 이 기간은 의미가 깊다. 영의정 벼슬까지 올랐으나 모든 관직 생활을 마친 뒤에 자연인으로서 살아가며 그동안 체험하지 않았던 일들을 겪었기 때문이다. 처음 영평 생활은 불편했으나 점차 마음의 안정을 찾아가는 모습을 시를 통해 볼 수 있다. 또한 영평에서 생활하며, 주변의 자연물, 누정 등에 이름을 부여한 것은 특이한 점으로 인식할 수 있다.

1. 느낌이 일어 2수 ○계미년 有感 二首 ○癸未

◆ 이 작품은 박순의 나이 61세 때인 1583년(선조16)에 지었다. 당시 이이李珥가 탄핵되었을 때 그를 옹호하였는데 도리어 양사兩司의 탄핵을 받는 처지에 이른다. 첫 번째 작품에서 이러한 내용을 전달하였다. 1수를 구체적으로 보면, 박순은 과거 자신의 행적을 말하며 현재 간악한 당파의 괴수가 되었다고 하였다. 일단 어찌 되었건 우두머리로 지목을 했으니까 고마운 일이라 생각하여 결구에서 "영광이 이 몸에 모였다"고 하였다. 진정 영광스럽다고 생각한 것이 아니라 역설적으로 말했다 생각한다. 2수에서는 우선 기·승구에서 서울과 고향 시골의 분위기를 서로 대비하였다. 이어서 전·결구에서는 벼슬을 사직하고 쉽게 고향으로 돌아가지 못하며 꿈만 꾸고 있는 자신의 모습을 되돌아보았다.

龍榜曾參第一人
용 방 증 참 제 일 인
용방에 일찍이 제1인으로 급제했고

鳳池終忝上台臣
봉 지 종 첨 상 태 신
봉지에서 마침내 상태 신하 되었다

如何又見魁姦黨
여 하 우 견 괴 간 당
어이해 또 간악한 당파 괴수 되었나

自怪光華萃此身
자 괴 광 화 췌 차 신
영광이 이 몸에 모여 스스로 부끄럽다

洛城寒食雪初盡
낙 성 한 식 설 초 진
한식날 낙성엔 눈이 막 다 녹았으나

南國桃花錦浪春
남 국 도 화 금 랑 춘
남쪽은 도화로 비단 물결 이룬 봄이라

抗疏乞骸歸尙懶　　　상소해 사직하고 돌아가는 길 아직 멀어
항 소 걸 해 귀 상 라

綠簑煙雨夢中身　　　안개비에 푸른 삿갓 쓴 꿈꾸는 신세라
녹 사 연 우 몽 중 신

《사암집》 권1

▸ 용방증참제일인龍榜曾參第一人 : "용방에 일찍이 제1인으로 급제했고"로
풀이함. '용방'은 문과 급제자를 말함. 당 덕종唐德宗 연간에 구양첨歐陽
詹이 한유韓愈, 이강李絳 등 23인과 함께 육지陸贄의 방중榜中에 줄지어
급제했는데, 그들이 모두 당시의 준걸이었으므로, 당시 사람들이 그들
을 일러 용호방龍虎榜이라 일컬었던 데서 유래했음. 이 구절은 박순이
문과에서 장원 급제했음을 말함. 박순은 그의 나이 31세 때인 1553년
(명종8)에 정시庭試 장원급제를 한 바 있음.

▸ 봉지종첨상태신鳳池終忝上台臣 : "봉지에서 마침내 상태 신하 되었다"로
풀이함. '봉지'는 의정부議政府의 별칭. 당나라의 중서성中書省에 봉황지
鳳凰池가 있었으므로 그 별칭으로 쓰였음. '상태'는 높은 벼슬을 말함.
박순은 이 시를 지을 당시 영의정이었음.

▸ 여하우견괴간당如何又見魁姦黨 : "어이해 또 간악한 당파 괴수 되었나"로
풀이함. 당시 박순은 이이李珥와 성혼成渾을 옹호한다 하여 탄핵을 받
았는데, 이를 말한 것.

▸ 낙성洛城 : 서울을 말함.

▸ 걸해乞骸 : 걸해골乞骸骨의 준말. 해골이 고향에 돌아가 묻힐 수 있게 해
달라고 청한다는 뜻인데, 보통 벼슬길에서 완전히 물러나 은퇴하는
것을 가리키는 말로 쓰임.

더 알아보기2)

이 작품의 1수 말미에 소주小註가 있다. 소주의 내용은 다음과 같다.

"우암이 이 시를 가져다 몇 글자를 바꾸어 이르기를 '연방에 외
람되이 제1인이 되어서, 봉지에서 상태의 신하되기 바란다. 해마다
또 간악한 당파의 괴수가 되니, 어찌하여 영광이 이 몸에 모이는
가.'라고 하였다. 이것을 여러 벗들에게 보여주고 화답하기를 요청
하며 말하기를 '회옹의 시에 「늙어서야 영광을 받는 간악한 당파의
적을 떠나니, 지난날 시신의 관 쓰는 것 부끄러워했다.」라고 했는
데, 사암의 뜻은 아마도 이를 근본으로 한 것이다.'"라고 하였다.〔尤
菴取此詩 易數字云 蓮榜叨爲第一人 鳳池希作上台臣 年年又復魁姦黨 胡乃光華萃此身
示諸友求和日 晦翁詩 老去光華姦黨籍 向來羞辱侍臣冠 思菴意蓋本於此矣〕

이 내용을 다시 정리하자면, 박순이 '용방증참제일인龍榜曾參第一人'
운운의 시를 먼저 짓자 이를 본 우암尤庵 송시열宋時烈이 몇 글자만
바꾸어 다시 시를 지었다. 그리고 송시열은 박순이 시를 지을 때 주
희朱熹의 시를 응용해 지었다고 말하였다. 남송 시대 주희는 당시 간
신 한탁주韓侂胄 등으로부터 위학僞學이란 비난을 받고 자신을 저 간
당비 고사에 비유하여, 70세가 되던 남송 이종南宋理宗 기미년(1259)에
치사致仕의 윤허를 받고 나서 '노거광화간당적老去光華姦黨籍' 운운의
시를 지었다. 박순은 반대파로부터 비판을 받는 자신의 처지가 한탁
주로부터 비난을 받는 주희의 처지와 같다라고 생각했던 듯하다.

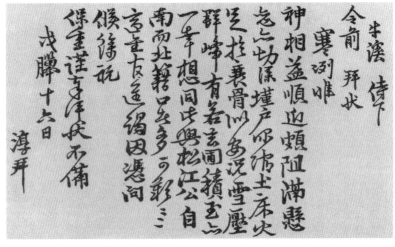

【박순의 필적】

'우계시하牛溪侍下'로 시작하는 박순의 필적이다. 무(戊)년 12월 16일에
성혼成渾에게 보낸 편지이다. 안부를 묻고, 정철이 남쪽에서 북쪽으로
유배지를 옮겨 입에 올리는 자가 많아 한탄스럽다고 하였다.

2. 숙배한 뒤에 입으로 읊조리다 肅拜後口號

◆ 이 작품은 박순이 임금께 벼슬을 그만 둔다는 절을 올린 뒤에 지은 것이다. 기구를 통해 벼슬에서 물러났다는 것을 알 수 있는데, 승구에서 자신의 기분을 비유적으로 말하였다. 벼슬을 그만 둔 것은 새가 새장에서 나온 듯하고 말이 재갈을 푼 듯하다라고 하여 느낌을 표출하였다. 그리고 전구에서 자연물과 소통하고 싶다는 의지를 드러내면서 가을 단풍이 떨어지기 전에 배를 타고 어디론가 가고 싶다는 생각을 말하였다. 자연인이 되고자 하는 박순의 생각을 읽을 수 있다.

此翁今始解朝衫
차 옹 금 시 해 조 삼

이 늙은이 이제 비로소 조복을 벗었으니

鳥出雕籠馬脫銜
조 출 조 롱 마 탈 함

새가 새장에서 나온 듯 말이 재갈을 푼 듯해

寄語東山猿鶴道
기 어 동 산 원 학 도

동산에 있는 원숭이 학에게 말을 보내거니와

江楓未落掛孤帆
강 풍 미 락 괘 고 범

강가 단풍 떨어지기 전에 외로운 돛 달리라

《사암집》 권1

▶ 조삼朝衫 : 조복朝服을 말함.

▶ 조롱雕籠 : 새장.

3. 강가 집으로 나가 지내다 3수 出寓江舍 三首

◆ 이 작품도 박순이 벼슬에서 물러나 강가에 머물면서 지었다. 총 3
수로 이루어져 있다. 1수에서는 작자 자신이 머물고 있는 강가 집 주
변의 모습과 함께 자신의 변한 처지 등을 말하였다. 결구에서 "배 젓는
법 배운다"라고 말한 것은 변한 상황에 빠르게 적응하겠다는 의지 표
명이라고 생각한다. 2수에서 작자는 앞으로 어떻게 살아가겠노라는 의
지를 더욱더 분명하게 나타내었다. 특히, 승구에서 "고관 시절 썼던 관
을 풀어 작은 배 빌렸다"고 말한 것은 이전까지의 자신의 모습을 버리
고 싶다는 의지를 간접적으로 나타낸 것이라 생각한다. 그러면서 앞으
로는 흰 새를 따르고, 푸른 물가에 의탁해 살겠노라고 하였다. 진정한
자연인이 되겠다는 의지를 표명한 것이다. 3수에서는 자신이 왜 자연
으로 돌아가고자 하는지를 말하였다. 작자는 자신의 외모가 늙어서 자
연으로 돌아가고자 한 것이 아니고, 마음이 지쳐 돌아가고자 한다라고
하였다. 승구에서 "마음이 지친 새 같아"라고 한 말을 통해 그동안 얼
마나 마음의 고통이 심했는지를 알 수가 있다. 박순은 그의 나이 61세
8월에 논척을 당해 조금 뒤에 교외로 물러나 살기 시작하였다. 결구에
서 봄이 돌아왔다는 말을 한 것으로 보아 이 작품은 영평永平으로 가기
전인 62세 또는 63세 봄에 지었을 것으로 추정한다.

郊扉遠帶白蘋洲   교외 사립은 멀리 흰 마름 물가를 둘렀고
교 비 원 대 백 빈 주

散地承恩得自由   한가한 자리의 은혜 받아 자유를 얻었다
산 지 승 은 득 자 유

海送暮潮山吐月
해 송 모 조 산 토 월
바다는 저녁밀물 보내고 산은 달 토하는데

金波平處學操舟
금 파 평 처 학 조 주
금물결 평평한 곳에서 배 젓는 법 배운다

幽期已與釣翁謀
유 기 이 여 조 옹 모
은근한 약속을 낚시 노인과 이미 의논하고

解却金貂典小舟
해 각 금 초 전 소 주
고관 시절 썼던 관을 풀어 작은 배 빌렸다

從此一簑隨白鳥
종 차 일 사 수 백 조
이제부터 도롱이 하나 걸치고 흰 새 따르리니

不妨吾道寄滄洲
불 방 오 도 기 창 주
나의 도를 푸른 물가에 의탁해도 무방하리라

鏡裏蹉跎齒髮非
경 리 차 타 치 발 비
거울 속 형편없는 치아 머리털 때문이 아니고

心如倦翮只思歸
심 여 권 핵 지 사 귀
마음이 지친 새 같아 돌아갈 것만 생각한다

移棲野外柴門迥
이 서 야 외 시 문 형
교외의 사립문 먼 곳으로 옮겨와 살게 되니

百草春來已合圍
백 초 춘 래 이 합 위
온갖 풀에 봄이 돌아와 이미 사방에 둘렸다

《사암집》 권1

▶ 산지승은득자유散地承恩得自由 : 벼슬에서 물러났음을 은유적으로 말한 것.

▶ 금초金貂 : 금초관金貂冠을 말함. 황금당黃金璫과 초미貂尾의 준말인데, 높은 품계의 관원이 착용하는 관의 장식으로 쓰임.

▶ 권핵倦翮 : 새의 날개가 축 늘어져 있음.

4. 용산의 강가 집에서 되는 대로 짓다 2수 ○계미년 8월
龍山江舍漫成 二首 ○癸未八月

◆ 이 작품은 박순이 반대파의 탄핵을 받고 강가로 나갔을 때 지었다. 시의 제목을 보면, 용산龍山의 강가 집에서 머물고 있었음을 알 수 있다. 작품은 전체 2수로 되어 있는데, 전체적으로 쓸쓸함, 외로움 등의 감정을 드러내었다. 1수에서는 쓸쓸한 밤에 홀로 강가에 서니 눈에 보이는 것은 비가 뒤의 모래와 물이다. 반대파로부터 배척을 받은 몸이기 때문에 온갖 사념에 젖을 법도 하다. 그러나 이러한 자신의 생각을 누구에게도 토로할 수도 없다. 그래서 전구에서 "뉘와 함께 할까"라는 말을 한 것이다. 이러한 자신의 마음은 전혀 모른 채 가을 하늘의 달은 둥글기만 하다. 작자와 자연물과 조화를 이루지 못하는 모습을 보였다. 2수의 기구에서 인생이 덧없음을 깨달았다는 말을 하였다. 그리고 인생을 통달한 사람은 기쁨과 근심 등 감정을 가지고 있지 않다. 이는 작자 자신은 아직 인생을 통달한 사람이 아니라는 의미로도 이해할 수 있다. 전구에서 다시 한 번 하늘에 떠 있는 달과 가을 물을 언급하였다. 이 자연물은 감정의 기복이 없기 때문에 순수 자연 그대로의 모습을 띠고 있는 것이다. 그러나 작자 자신은 이러한 자연물과 대비적으로 외롭고 쓸쓸한 감정을 느끼고 있는 것이다. 이러한 것은 마지막 결구에서 알 수 있다.

獨立江皐夜悄然   쓸쓸한 밤에 홀로 강가 언덕에 서니
독 립 강 고 야 초 연

晴沙如雪水如天   비 개인 모래 눈 같고 물은 하늘같다
청 사 여 설 수 여 천

沖襟杳杳誰相伴
충 금 묘 묘 수 상 반

가뿐한 심정 아득하니 뉘와 함께 할까

雲破秋空月自圓
운 파 추 공 월 자 원

구름 터진 가늘 하늘에 달은 절로 둥글다

已知浮世事悠悠
이 지 부 세 사 유 유

덧없는 세상 일 그지없음 이미 알았으니

達者曾無喜與憂
달 자 증 무 희 여 우

통달한 사람은 일찍이 기쁨과 근심 없다

明月滿空秋水碧
명 월 만 공 추 수 벽

밝은 달은 허공에 가득하고 가을 물은 푸른데

白鷗聲裏倚江樓
백 구 성 리 의 강 루

백구 우는 소리 속에 강가 누대에 기대었다

《사암집》 권1

▶ 초연悄然 : 의기意氣가 떨어져서 기운이 없음.

▶ 충금沖襟 : 고요한 흉금.

▶ 묘묘杳杳 : 멀어서 아득함.

5. 숙배한 뒤에 느낌이 일어 肅謝後有感

◆ 이 작품은 임금께 사은숙배한 뒤에 느낌이 일어나 지은 것이다. 기구에서는 작자가 지난날 벼슬에 나아갔던 것을 말하였고, 승구에서는 현재 자신의 모습을 언급하였다. 앞에서 이미 살펴본 〈강가 집으로 나가 지내다[出寓江舍]〉 3수 승구에서 작자는 이미 "마음이 지친 새 같아"라고 하였다. 그런데 이 작품의 전구에서도 같은 말을 한 것으로 보아 마음의 고통이 대단히 컸음을 알 수 있다. 그리고 마지막 결구에서 임금께 올린 벼슬을 그만 두는 사유에 대해 말하였다. 작자 박순은 임금께 "전원으로 돌아가 농사를 짓겠습니다."라고 글에 적은 것이다. 박순이 벼슬에서 전격 물러났을 때의 심정을 알 수 있는 작품이다.

青雲班裏傴僂入
청 운 반 리 구 루 입

白玉墀前老瘦容
백 옥 지 전 로 수 용

自愧此身如倦鳥
자 괴 차 신 여 권 조

短書今更乞歸農
단 서 금 갱 걸 귀 농

관원의 반열 속으로 허리 굽히고 들어갔는데

백옥당의 지대 앞에서 늙고 마른 모습이어라

지친 새 같은 이 몸을 스스로 부끄러워하나니

짧은 글로 이제 또 돌아가 농사짓겠다 말했다

《사암집》 권1

▶ 숙사肅謝 : 사은숙배謝恩肅拜를 말함.
▶ 청운靑雲 : 높은 벼슬을 말함.
▶ 구루傴僂 : 등이 굽음. 여기서는 허리를 굽히다는 뜻.

▶ 백옥白玉 : 백옥당白玉堂을 말하며, 한림원의 별칭.

▶ 단서短書 : 짧은 글. 여기서는 임금께 올린 사은숙배의 글을 말함.

▶ 걸귀농乞歸農 : 돌아가 농사를 짓겠다고 말함. '걸귀'는 걸치사乞致仕를 말함. 주로 나이가 많아 벼슬을 그만 두는 것을 말함.

6. 숙배한 뒤에 영평으로 돌아가며 肅拜後 歸永平

◆ 이 작품은 박순이 임금께 사직의 인사를 드리고 난 뒤에 영평永平으로 돌아가면서 지었다. 《사암집》권7의 〈제가기술諸家記述〉에 이 작품을 지은 때는 박순의 나이 64세 때인 1586년(선조19) 5월이라 하였다. 이 〈제가기술〉에 다음과 같은 내용이 실렸다. "병술년 5월에 전 영의정 박순이 강촌에 오래 있다가 초천椒泉에 목욕한다는 핑계로 영평현으로 가자 임금이 내사內使를 보내 문 밖에서 술을 하사하니 즉석에서 절구 한 수를 지었다. (중략) 임금이 그 시를 보고 이미 돌아가기로 결정한 것을 알고 교지를 내려 누차 불렀으나 다 사퇴하였다. (하략)〔丙戌 五月 前領議政朴淳 久在江村 托浴椒泉 往永平縣 上遣中使 宣醞于門外 淳卽席賦詩一絕 (中略) 上見其詩 知已決歸 乃下旨累召 皆辭〕" 이 내용 중에 있는 중략 부분에 박순이 읊은 시가 있다. 박순은 그의 나이 61세 8월부터 이미 강가 집에서 지내고 있었다. 그러니까 영평으로 거처를 옮기기까지 만 3년간의 시간이 흐른 것이다. 영평으로 가기 전에 선조 임금께 작별의 인사를 했는데, 이 작품은 이러한 배경에서 지었다.

작품의 내용을 보면, 역시 신하의 입장에서 임금께 올린 시라는 느낌을 준다. 작자 박순은 신하로서 임금께 보답할 방법을 찾지 못했다라고 하며, 쇠잔한 몸 수습하여 강촌에서 지냈다라고 하였다. 그리고 이제 한양을 떠나 영평으로 가려고 하니 남산은 점점 멀어지고, 자신은 이제 은거의 삶을 살겠노라는 뜻을 나타내었다. 결구에 등장한 '벽라의碧蘿衣'는 은거인을 뜻하는 상징적인 말로 유명하다.

한편, 허균許筠은 그의 시선집인 《국조시산》에서 이 작품의 제목을 〈사은한 뒤에 영평으로 돌아가다(謝恩後歸永平)〉라 하였다. 그리고 "처절하여 고국을 떠나는 듯한 느낌이 있다.〔凄切 有去國之感〕"라고 평가하였다.

答恩無術寸心違
답 은 무 술 촌 심 위

군은에 보답할 방법 없어 한 치 마음 어긋났는데

收得殘骸返野扉
수 득 잔 해 반 야 비

쇠잔한 몸 수습하여 들판 사립문으로 돌아왔다

一點終南看漸遠
일 점 종 남 간 점 원

한 점에 해당하는 종남산은 점점 멀리 보이는데

西風吹淚碧蘿衣
서 풍 취 루 벽 라 의

서쪽 바람은 푸른 송라 옷에 눈물을 불어댄다

《사암집》 권2

▶ 영평永平 : 경기도 포천 지역의 옛 지명.

▶ 촌심寸心 : 속으로 품은 작은 뜻.

▶ 종남終南 : 종남산. 서울에 있는 남산을 말함.

▶ 벽라의碧蘿衣 : 푸른 송라松蘿 덩굴로 만든 옷이란 말로 은사隱士들이 입는
   옷을 말함.

【창옥병 암각문】

경기도 포천시 창수면 주원리에 있는 조선 시대의 암각문으로 영평 8경
의 하나이다. 선조는 박순을 가리켜 "소나무나 대나무의 곧은 절조에
맑은 물이나 밝은 달과 같은 깨끗한 정신을 가진 사람이다.[松筠節操 水月
精神]"라고 하였다. 이러한 윤음은 석봉石峯 한호韓濩가 쓰고 신이辛夷가
바위에 새긴 것으로 알려져 있다.

7. 장차 영평으로 돌아가려고 하는데, 마렵의 승경에 대해 들어 시로 감회를 부치다
將歸永平 聞馬鬣之勝 詩以寓懷

◆ 이 작품은 박순이 앞으로 영평으로 돌아가려고 할 때, 사람들로부터 마렵연馬鬣淵의 승경이 뛰어나다라는 말을 듣고 느낌이 일어 지었다. 다시 말해 이 작품은 아직 영평에 가지 않았을 때 지은 것으로 박순에게 마렵연은 상상의 땅인 셈이다.

수련에서는 당시 어지럽게 펼쳐지고 있는 세상일을 말하면서 많은 사람들이 밭이나 구하고 집이나 묻는 현실을 비판하였고, 함련에서는 당시에 눈에 비친 주변의 풍광을 말하였다. 박순이 생각했을 때 임금은 자신을 곁에 두고 싶어 하나 마치 굶주린 매와 같이 되는 것이 부끄럽다고 경련에서 말하였다. 마지막 미련에서는 마렵연이 오히려 소매를 떨치며 자유롭게 다니기에 마땅하다고 하며, 마렵연 가의 바위는 몇 층인지를 물었다. 마렵연 주변 풍광에 대한 기대감을 드러낸 작품이다.

世事紛紛劇亂繩 세 사 분 분 극 란 승	세상일 어지러움은 뒤얽힌 새끼보다 심하니
求田寧避㤪陳登 구 전 녕 피 오 진 등	밭을 찾는데 어이해 진등 거스림을 피할까
乾坤眼捲青雲冷 건 곤 안 권 청 운 랭	눈에 하늘땅이 들어오니 푸른 구름은 차고
江漢秋晴玉露澄 강 한 추 청 옥 로 징	가을의 한강은 비 개어 옥 같은 이슬 맑다
聖主尙思存老馬 성 주 상 사 존 로 마	성군은 여전히 늙은 말 보존을 생각하시니

殘生還愧學飢鷹　　여생에 되레 기응 배우는 것이 부끄럽다
잔 생 환 괴 학 기 응

歸山有路宜投袂　　돌아가는 산에 길 있어 활개치기 알맞으니
귀 산 유 로 의 투 메

馬鬣淵頭石幾層　　마렵연 가의 바위는 몇 층이 되었는가
마 렵 연 두 석 기 층

《사암집》 권3

▸ 마렵馬鬣 : 마렵연馬鬣淵을 말함. 영평에 있는 명승지.

▸ 분분紛紛 : 떠들썩하고 뒤숭숭함.

▸ 구전녕피오진등求田寧避忤陳登 : "밭을 찾는데 어이해 진등 거스림을 피할까"로 풀이함. '구전'은 구전문사求田問舍의 준말로 밭이나 구하고 집이나 묻는다는 뜻으로, 원대한 포부는 없이 가산이나 경영하는 비속한 행위를 말함. '진등'은 후한 말기 서주徐州 하비下邳 사람으로 자는 원룡元龍. 진등에게 허사許汜가 찾아왔을 때 진등이 그를 무시하고 대우를 하지 않았음. 허사가 이에 불만을 품고는 "원룡은 호기가 아직도 남아 있다."라고 유비劉備에게 하소연을 하니, 유비가 "당신은 국사의 명성을 지닌 사람인만큼 세상을 구할 생각을 해야 할 것인데, 그저 밭이나 구하고 집이나 묻는 등 취할 말이 없었으므로 원룡이 꺼린 것이다.[君求田問舍 言無可采 是元龍所諱也]"라고 대답함. 《三國志 卷7 魏書 陳登傳》

▸ 강한江漢 : 한강을 말함.

▸ 성주상사존로마聖主尙思存老馬 : "성군은 여전히 늙은 말 보존을 생각하시니"로 풀이함. '노마'는 박순 자신을 가리킴. 임금은 박순이 계속 벼슬하기를 바란다는 뜻.

▸ 기응飢鷹 : 굶주린 매.

▸ 투메投袂 : 옷소매를 떨침.

8. 용산에서 영평으로 돌아가느라 이웃에 사는 이 수재와 이별하며
自龍山歸永平 別隣居李秀才

◆ 이 작품은 박순이 강촌에서 살다가 영평으로 떠나며 지었다. 특히, 시제에서 이웃집에 살고 있는 김 수재李秀才가 등장하는데, 김 수재는 누구를 지칭하는지 자세히 알 수 없다. '수재'라는 칭호는 존경의 의미로 사용한 것이다.

수련에서는 벼슬에서 물러나 강촌에서 지내니 그동안 찾아오는 사람도 없었는데, 유독 김 수재와 친하게 지냈다고 하여 고마운 마음을 전달하였다. 함련에서는 김 수재와 그동안 어떻게 지냈는지를 말하였다. 가끔 버드나무 길을 함께 걸었고, 쑥대 문을 마주하면서 친하게 지냈다 하였다. 경련의 표현에서 박순의 수준 높은 감수성을 알 수 있다. 김 수재와 밤에 샘의 물을 길며 샘에 비친 달을 서로 나누어가졌고, 아침에 밭을 갈며 골짜기에 있는 구름을 한정했다 하였다. 정감을 극대화한 부분이라 하겠다. 그리고 마지막 미련에서는 작자 박순이 느끼고 있는 현재 마음의 상태를 고스란히 드러내었다. 그동안 살아왔던 인생이 덧없으며 마음이 아프다라고 하여 슬픈 마음을 나타내었다. 한양에서 영평으로 가게 된 것은 전적으로 어쩔 수 없는 상황인 것을 미련의 2구 '초초草草'라는 시구를 통해 표출하였다.

野老無人問
야 로 무 인 문

촌의 늙은이 찾는 사람 없고

相親獨有君
상 친 독 유 군

친한 사람으로 그대만 있었다

比隣同柳徑 비 린 동 류 경	이웃되어 버드나무 길 같이 다니고
環堵對蓬門 환 도 대 봉 문	담 두른 채 쑥대 문 마주하였다
夜汲分泉月 야 급 분 천 월	밤에 물 길으며 샘 달 나누었고
朝耕限谷雲 조 경 한 곡 운	아침에 밭 갈며 골짝 구름 한정했다
傷心浮世夢 상 심 부 세 몽	덧없는 세상의 꿈에 마음 아프니
草草又離群 초 초 우 리 군	허둥지둥 또 무리에서 벗어난다

《사암집》 권2

▶ 이수재李秀才 : '이 수재'는 누구를 말하는지 알 수 없음.

▶ 야로野老 : 촌 늙은이.

▶ 비린比隣 : 이웃집.

▶ 유경柳徑 : 버드나무 길.

▶ 봉문蓬門 : 쑥대 사립문.

▶ 초초草草 : 허둥지둥하는 모습.

9. 연사의 시에 차운하여 보내다 2수 ○ 연사는 영평 보장산에 사는데, 나는 영평에 자리 잡고 살려고 한다. 연사가 일찍이 우두연의 경치가 좋다고 말했고, 또한 그 옆에 양씨의 정자가 있어 나에게 그것을 구입하라고 권유하였다. 연사가 막 그곳으로 옮겨가려고 했기 때문에 그렇게 말했던 것이다.

次寄然師韻 二首 ○師住永平寶藏山 我欲卜居永平 師嘗說牛頭淵勝槪 且上有楊氏亭 勸我買之 師方欲移錫故云

◆ 이 작품은 천연 상인天然上人의 시에 차운하여 보낸 것이다. 시제에서 말한 연사然師는 천연 상인을 말한다. 곧, 불승에게 보낸 시이다. 또한 특징은 시제 다음에 이 작품을 짓게 된 배경을 적은 소주小註가 있다는 점이다. 그 소주의 내용을 간추리면, 천연 상인은 영평의 보장산에 산다. 천연 상인은 일찍이 우두연의 경치가 좋다고 말하였고, 또한 우두연 옆에 양씨楊氏의 정자가 있으니 박순한테 구입하라고 권유하였다. 그런데 사실 천연 상인이 우두연을 언급했던 이유는 자신이 그곳으로 거처를 옮기려했기 때문이라 하였다. 이러한 내용을 보더라도 박순과 천연 상인의 관계는 특별했음을 알 수 있다.

작품은 2수로 이루어져 있다. 1수에서는 벼슬에서 물러나 영평에 머물면서 보고 들은 것을 기반으로 소회를 밝혔다. 박순이 본 영평의 승경은 좋았다. 때문에 여기저기 보느라 쉬지 못하였다. 이러한 내용을 수련에서 말하였다. 함련에서는 자신이 현재 나이가 들었음을 귀밑머리를 가지고 들었는데, 그래도 꿈은 낚싯배로 들어간다고 하여 마음만은 나이가 들지 않았음을 말하였다. 경련에서는 천연 상인이 시를 잘 짓고, 우두연 정자 위에 뜬 달은 가을에 가장 어울린다고 하였다. 미련에서는 자신은 이미 은거의 삶을 살기로 작정했으니 이러한 속마음을 구름에 전하라 하였다. 영평에 온 이래 마음의 안정을 찾아가고 있음을 느낄 수 있다. 그렇다고 해도 박순의 마음은 아직까지 한양의 관직 생활에서 완전히 벗어나지 않았다. 2수에서 대체로 관직 생활 중에 겪었던 일을 떠올리고 있기 때문이다. 매사에 대립하여 싸움을 끊임없이 해대던 당시의 상황을 바둑판에 비유하기도 하고, 다들 자신은 모든 것을 아는 것처럼 말한 것을 비판했으며, 서로 뜻이 맞지 않은 사람도 때로 화합하여 평지풍파를 일으켜 배를 뒤집는 일까지 생겼다고 하였다. 이렇게 당시의 상황을 비유적으로 비판한 다음에 미련의 1구에서 "무엇하러 애써 두망병 하사를 기다리는가"라고 했는데, 이 말이 의미심장하다. '두망병'은 임금이 하사하는 차의 일종이다. 즉, 이제는 임금이 부르는 것을 기다리지 않겠다는 자신의 의지를 나타낸 말로 이해할 수 있다.

吾道悠悠可便休 오 도 유 유 가 변 휴	나의 길은 끝이 없어 쉴 수 있을는지
東行勝絕敵南州 동 행 승 절 적 남 주	동쪽 가면 승경 좋아 남쪽과 대적한다
身經寵辱雙蓬鬢 신 경 총 욕 쌍 봉 빈	몸은 영욕 겪어 양 귀밑머리 희끗희끗
夢入江潭一釣舟 몽 입 강 담 일 조 주	꿈은 강의 한 척의 낚싯배로 들어간다
鷲嶺寺僧能鍊句 취 령 사 승 능 련 구	취령사 중은 시 구절 다지기를 잘하고
牛頭亭月最宜秋 우 두 정 월 최 의 추	우두연 정자 달은 가을에 최고 어울린다
新盟已許從猿鶴 신 맹 이 허 종 원 학	원숭이 학 따르는 새 맹세 벌써 허락했으니
傳語孤雲爲暫留 전 어 고 운 위 잠 류	외론 구름에 말 전하여 잠시 머물게 하라

一局輸贏鬧未休
일 국 수 영 료 미 휴
한 판국의 승부로 쉬지 않고 떠들어

逢人盡道識荊州
봉 인 진 도 식 형 주
만난 사람은 다 형주를 안다 말하는데

盟壇楚越還携手
맹 단 초 월 환 휴 수
맹세 단상에선 초월이 되레 손을 잡아

平地風波解覆舟
평 지 풍 파 해 복 주
평지풍파를 일으켜 배 뒤집기도 한다

歸恨幾看春草歇
귀 한 기 간 춘 초 헐
돌아가는 한에 봄풀 이지러짐 몇 번 보았나

村農遙憶稻花秋
촌 농 요 억 도 화 추
시골 농군 되어 멀리 벼꽃 피는 가을 생각했다

何勞待賜頭綱餅
하 로 대 사 두 강 병
무엇하러 애써 두망병 하사를 기다리는가

已被山僧笑久留
이 피 산 승 소 구 류
이미 산승에게 오래 머무름 비웃음 당했다

《사암집》권3

▶ 연사然師 : 천연 상인天然上人을 가리킴. 불승으로 자는 무위無爲. 정개청
鄭介淸과 함께 박순에게서 수학하였고, 고봉高峯 기대승奇大升에게 《주
역》을 배움. 양사언楊士彦·박순·허봉許篈과 교유하였고, 기대승·이황의
왕복서往復書를 전달함. 지리산 천황봉의 음사淫祠를 격파하였고, 임진
왜란 때 휴정休靜을 따라 전공戰功을 세움.

▶ 보장산寶藏山 : 경기도 포천시 창수면에 있는 산명. 《신증동국여지승람》
권11, 〈영평현〉 산천 기록에 "현 서쪽 10리 지점에 있다."라고 함.

▶ 복거卜居 : 살만한 곳을 가려서 정함.

▶ 우두연牛頭淵 : 영평 백운산에 있는 연못으로, 물 가운데에 소머리처럼
암석이 솟아 있어 우두연이라 함. 금수담金水潭이라고도 함. 신익성申翊
聖의 문집 《낙전당집樂全堂集》 권7의 〈금강산 유람 소기[遊金剛小記]〉에

"물 가운데의 암석은 마치 소머리 같은데 이름도 우두연이라고 한다. 십여 명이 앉을 수 있는데 중간이 움푹 패여 절로 술동이 모양을 이루었다. 봉래 양사언이 절구 두 수를 새겨놓았다. 봉래는 이곳에 산 적이 있는데 사암 박순이 물러나 지낸 곳이 하류에 있어서 나룻배로 왕래했다고 한다."라고 한 기록이 있음.

▸ 양씨楊氏 : 양사언楊士彦을 말함.

▸ 이석移錫 : 거처를 옮김.

▸ 승절勝絶 : 명승지.

▸ 총욕寵辱 : 영욕榮辱.

▸ 봉빈蓬鬢 : 머리카락이 헝클어짐.

▸ 연구鍊句 : 시 구절을 연마하는 것.

▸ 종원학從猿鶴 : 원숭이와 학을 따름. 은둔의 의미로 쓰임. 공치규孔稚圭의 〈북산이문北山移文〉에 "혜장蕙帳이 텅 비어 밤 학이 원망하고, 산인山人이 떠나가서 새벽 원숭이가 놀란다."라고 하였음.

▸ 일국수영료미휴一局輸贏鬧未休 : ."한 판국의 승부로 쉬지 않고 떠들어"로 풀이함. '수영'은 승부勝負의 뜻. 매사에 대립하여 싸움을 끊임없이 해대던 당시의 상황을 바둑판에 비유하여 표현하였음.

▸ 봉인진도식형주逢人盡道識荊州 : "만난 사람은 다 형주를 안다 말한다"로 풀이함. '형주'는 삼국 시대 촉한蜀漢이 차지했던 곳으로 다른 나라의 공략 목표였음. 다들 자신은 모든 것을 아는 것처럼 말한다는 뜻.

▸ 맹단초월환휴수盟壇楚越還携手 평지풍파해복주平地風波解覆舟 : "맹세 단상에선 초월이 되레 손을 잡아, 평지풍파를 일으켜 배 뒤집기도 한다"로 풀이함. '초월'은 초나라와 월나라처럼 거리가 먼 것을 비유하는데, 《장자(莊子)》〈덕충부(德充符)〉에 "서로 다른 것을 따지면 다 같이 배 속에 있는 간과 담도 초월처럼 멀다 할 것이다.[自其異者視之 肝膽楚越也]" 한 데서 유래함. 전혀 뜻이 다른 사람도 화합하면 평지풍파를 일으켜 배

를 뒤집는 일까지 한다는 뜻.

▶ 하로대사두강병何勞待賜頭綱餠 이피산승소구류已被山僧笑久留 : "무엇하러 애써 두망병 하사를 기다리는가, 이미 산승에게 오래 머무름 비웃음 당했다"로 풀이함. '두망병'은 여덟 덩이의 차인 두강팔병차頭綱八餠茶를 말함. 중춘仲春 이전에 경사京師에 도착한 백차白茶나 승설차勝雪茶 등의 새 차를 두강頭綱이라고 함. 궁중의 관원들에게 한 근 여덟 덩이를 하사하였음. 소식蘇軾의 시에 이르기를 "상인께서 내가 머뭇대는 뜻을 물어보거니와, 팔병의 두강차를 내려 주길 기다려서 그런다오. [上人問我遲留意 待賜頭綱八餠茶]"라고 말한 내용이 있음. 《蘇東坡詩集 卷36 七年九月……》 이 부분은 애써 임금의 부름을 받고자 기다릴 필요가 없다는 의미로 생각함. 박순이 생각하기에 임금이 부르려고 했으면, 이미 불렀을 것이라는 것.

더 알아보기3)

박순과 천연 상인의 인연은 특별하다. 《사암집》을 보면, 박순은 총 26명의 불승과 관련한 시를 지었다. 박순은 천연 상인과 관련하여 총 6제 7수의 작품을 남겼는데, 이는 26명의 불승 중에서 가장 많은 수치이다. 다음은 정홍명鄭弘溟이 지은 《기옹만필畸翁漫筆》에 실린 내용이다. 천연 상인이 박순을 어떻게 생각했는지 알 수 있는 자료라 생각하여 소개한다. 번역은 한국고전번역원에 실린 것을 참조했음을 밝힌다.

천연天然은 남쪽의 중인데, 키가 8척이요 담력이 뛰어났다. (중략) 천연이 다음과 같이 말하였다.

"평소 박사암朴思庵 상공이 알아주어 항상 영평永平 농가에 있었
는데, 사암은 날마다 대해 주면서 소일하였다. 무자년(1588, 선조21)
겨울에 역적 정여립鄭汝立이 전주에 있으면서 인마人馬를 보내어 글
로 천연을 오라고 하였다. 그런데 천연이 거절하고 가지 않으니,
사암이 그가 이름 있는 사람을 따르지 않는다고 하여 더욱 귀하게
여겼다. 기축년(1589, 선조22) 봄에 역적 정여립이 또 인마를 보냈다.
서신의 사연이 간곡했으며, 또 모시 도포 한 벌을 보내어 뜻을 표
하기에 천연이 사암에게 하직하니, 사암은 굳이 머무르라고 하지
는 않았다. 천연이 곧 도포를 입고 말을 타고 떠나 하루를 갔는데,
여관에서 밤에 앉아 문득 생각하기를, '박 상공이 나를 만류하지
않은 것은 저 사람이 나를 두 번씩이나 오라고 하였으므로 혐의쩍
은 마음이 있었기 때문이다. 내가 지금 가면 저 사람과 새로 사귀
는 즐거움이 어찌 사암과 비교할 수 있으랴. 그러나 옛 사람을 버
리고 새 사람을 따르는 것은 의리가 아니다.' 하였다. 곧, 글을 지어
정여립에게 사례하고 도포를 벗어 돌려보낸 다음 지팡이를 짚고
영평의 농가로 돌아왔다. 사암이 보고서 이상하게 여기다가, 물어
서 실정을 알고 더욱 믿고 사랑하였다. 이 해 겨울에, 정여립의 역
모가 드러나니 그때에야 그의 간곡하게 청한 뜻이 어디에 있었는
지를 알게 되었다. 지금도 생각하면 몸이 오싹해짐을 느낀다."

라고 하였다.

(정홍명, 《기옹만필》)

10. 우두정에 기숙하며 寓宿牛頭亭

◆ 이 작품은 박순이 영평에 막 도착하여 우두정에 기숙할 때 지었다. 우두정은 영평의 영평천 절벽 위에 있는 정자로 현재 금수정金水亭으로 불리운다. 박순은 우두정에서 계속 살았던 것은 아니고, 가끔 와서 머물고 했던 것 같다. 이는 수련 1구에서 말한 "자주 묵으니[累宿]"라는 말을 통해 알 수 있다.

수련에서는 우두정에 자주 머물러 풍토를 잘 알게 되었음을 적었고, 함련에서는 주변 사람들이 일러준 말과 함께 주변 사람들의 행색 등을 말하였다. 경련에서는 우두정 주변 사람들이 어떻게 살고 있는지를 구체적으로 언급하였다. 미련에서는 박순 자신은 이제 막 우두정에 온 사람이기 때문에 현지인들과 같은 생활을 할 수 없기에 약초 공부를 한다라고 하였다.

累宿牛頭水上堂　　　우두 물가의 집에서 자주 묵으니
루 숙 우 두 수 상 당

漸於風土見聞詳　　　점차 풍토에 대해 견문 자세해졌다
점 어 풍 토 견 문 상

洞民常道虎豹患　　　동네 주민은 늘 맹수 우환 말하고
동 민 상 도 호 표 환

溪女不知時世粧　　　시냇가 여인은 유행 단장을 모른다
계 녀 부 지 시 세 장

匙刮樹腰收白蜜　　　숟갈로 나무 허리 긁어 백밀 거두고
시 괄 수 요 수 백 밀

杵鳴村外搗黃粱　　　공이를 마을 밖에서 울려 메조 찧는다
저 명 촌 외 도 황 량

老夫新到無他業   이 늙은이는 새로 와 다른 일 없어서
노 부 신 도 무 타 업

案上先披採藥方   책상 위에 우선 약초에 관한 책 펼친다
안 상 선 피 채 약 방

《사암집》 권3

▶ 우두정牛頭亭 : 현 포천의 영평천永平川 절벽 위에 있는 정자로 금수정金水亭이라고도 함. 원래 이름은 우두정이었는데 정자를 인계받은 양사언이 이름을 금수정으로 고쳤다고 함.

▶ 호표환虎豹患 : 호랑이와 같은 맹수의 우환.

▶ 백밀白蜜 : 꿀의 일종.

▶ 황량黃粱 : 메조. 찰기가 없는 조.

▶ 채약방採藥方 : 약초에 관한 내용을 담은 책 종류.

11. 거처를 정하며 4수 卜居 四首

◆ 이 작품은 박순이 영평으로 돌아가 얼마 지나지 않아 지은 것으로 살 터전을 정하며 생활을 해 나가는 모습을 담았다.

총 4수로 이루어져 있다. 1수에서는 작자 자신이 어지러운 세상에서 살아가며 나이가 들은 것과 이제 영평에서 살 터전을 정하게 되었음을 말하였다. 2수에서는 자신이 과거에 살았던 도시와 현재와 미래에 살아가야 하는 곳은 이미 나누어졌다고 하며 지난날이 꿈과 같다라고 하였다. 또한 이제 벼슬살이에서 벗어나 은거하게 되었음도 적었다. 3수에서는 작자 박순 본인이 직접 약초를 캐러 가는 내용을 담았다. 4수에서는 우두천 가에 사는 작자 자신은 한가롭게 지내는데, 한 가지 슬픈 일은 그동안 살아오면서 농사일을 배우지 못했던 것이라 하였다. 영평에 안착하며 점점 그곳 생활에 익숙해져 가는 박순의 모습을 볼 수 있는 작품이다.

抱病風塵歲幾徂
포 병 풍 진 세 기 조

병을 안은 풍진에서 몇 해가 지났는가

低佪已到白髭鬚
저 회 이 도 백 자 수

배회하는 동안에 이미 흰 수염 되었다

山中此去披榛莽
산 중 차 거 피 진 망

이에 산 속에서 가시덤불 헤치고 가니

人笑先生老更愚
인 소 선 생 로 갱 우

선생은 노년에 더욱 어리석다 비웃는다

城市山林路已分
성 시 산 림 로 이 분

도시와 산림 길은 이미 나뉘어져

向來哀樂夢紛紛
향 래 애 악 몽 분 분

지난날 슬픔 즐거움은 꿈꾼 듯 어지럽다

等閒自笑浮生事
등 한 자 소 부 생 사

하찮은 덧없는 인생사를 스스로 웃으며

着盡金貂臥白雲
착 진 금 초 와 백 운

금초관 쓰길 다하고 흰 구름 속에 누웠다

東去行裝只一鑱
동 거 행 장 지 일 참

동쪽으로 가는 행장은 가래 하나 뿐

少陵身後又思菴
소 릉 신 후 우 사 암

소릉이 죽은 뒤에 또다시 사암이라

掃却白髮黃精在
소 각 백 발 황 정 재

백발을 쓸어버릴 황정이 있으니

好向秋山劚翠嵐
호 향 추 산 촉 취 람

가을 산 푸른 산기운 속에서 캐기 좋아라

牛頭川上客乘閒
우 두 천 상 객 승 한

우두천 가의 나그네 한가히 지내니

空翠千重屋一間
공 취 천 중 옥 일 간

천 겹 푸른 나무 중에 집 한 칸이라

農圃向來嗟未學
농 포 향 래 차 미 학

슬프다, 이제껏 농사일을 배우지 못해

白頭良苦劚荒山
백 두 량 고 촉 황 산

늙어서 거친 산 괭이질하기 진정 괴롭다

《사암집》 권2

▶ 풍진風塵 : 어지러운 세상.

▶ 저회低徊 : 배회함.

▶ 백자수白髭鬚 : 흰 수염.

▶ 진망蓁莽 : 가시덤불.

▶ 성시城市 : 도시.

▶ 분분紛紛 : 어지러운 모습.

▶ 등한等閒 : 마음에 두지 않고 예사로 여김.

▶ 금초金貂 : 금초관金貂冠. 황금당黃金瑠과 초미貂尾의 준말인데, 높은 품계의 관원이 착용하는 관의 장식으로 쓰임.

▶ 소릉少陵 : 중국 당唐나라 시인 두보杜甫의 호. 소릉에서 살았던 데서 연유하였음.

▶ 황정黃精 : 선가仙家에서 복용하는 약초의 이름인데, 이것을 복용하면 장수를 누린다고 함.

▶ 농포農圃 : 농사짓는 일.

12. 영평 잡영 3수 永平雜詠 三首

◆ 이 작품은 여러 가지 생각을 적은 것이다. 전체 작품을 통해 보자면, 가을에 지었음을 알 수 있다.

총 3수로 이루어져 있다. 1수에서는 영평의 가을 모습을 말하면서 더디 가는 산속 생활에 대해 말하였다. 2수에서는 노년에 영평에 머물게 되었음을 말하며, 진나라 말기에 난리를 피해 숨어들어갔던 상산商山의 사호四皓를 언급하였다. 3수에서는 산림에도 벗이 있다고 늘 말했던 자신이 벼슬살이를 너무 오래한 것이 부끄럽다 하며, 이전과 달라진 현재 자신의 모습을 언급하였다. 이 작품은 시제에 '잡영雜詠'이라는 말이 붙어있다. 따라서 정해지지 않은 여러 가지 잡다한 내용을 읊었다 할 수 있다.

有涯生是鬪無涯
유 애 생 시 투 무 애
끝 있는 삶이 끝없는 것과 싸우니

誰識山中日月遲
수 식 산 중 일 월 지
그 뉘 산 속 세월이 더디감을 알까

霜落萬峯秋爛熳
상 락 만 봉 추 란 만
서리 내린 만 산봉우리에 가을 난만하니

王孫歸及菊花時
왕 손 귀 급 국 화 시
왕손이 국화 필 때에 돌아올 것이다

猿愁鶴怨秋山冷
원 수 학 원 추 산 랭
원숭이 시름 학 원망으로 가을 산 찬데

投老歸來寄此身
투 로 귀 래 기 차 신
노년이 되어 돌아와서 이 몸을 맡긴다

還愧採芝人去早
환 괴 채 지 인 거 조
되레 영지 캐던 이 일찍 가서 부끄럽나니

不觀秦楚戰爭塵
불 관 진 초 전 쟁 진

진나라 초나라 전쟁에 생긴 먼지 못 보았다

常謂山林亦有朋
상 위 산 림 역 유 붕

산림에도 벗이 있다 늘 말하면서

自慙簪組久相仍
자 참 잠 조 구 상 잉

벼슬살이 오래한 것 스스로 부끄럽다

今來獨臥楓林下
금 래 독 와 풍 림 하

이제 와 홀로 단풍 숲 아래에 누워서

滿谷溪聲只對僧
만 곡 계 성 지 대 승

골짝 가득한 시냇물 소리 불승과 대한다

《사암집》 권2

▶ 유애생시투무애有涯生是鬪無涯 : "끝 있는 삶이 끝없는 삶과 싸우니"로 풀
  이함. '유애'는 유한한 인간의 몸뚱이를 비유한 것이고, '무애'는 끝도
  없이 펼쳐지는 생각을 말함. 《장자》〈양생주養生主〉에 "우리의 생은 유
  한한 데 반하여, 우리의 생각은 끝이 없다.[吾生也有涯 而知也無涯]"라는
  말이 있음.

▶ 일월日月 : 세월.

▶ 난만爛熳 : 빛깔이 선명하고 아름다움.

▶ 채지인採芝人 : 영지靈芝를 캐는 사람으로, 보통 산속에 숨어 사는 것을
  비유하는 말로 쓰임. 진秦나라 말기에 난리를 피하여 상산商山에 은거
  한 네 노인, 즉 동원공東園公·기리계綺里季·하황공夏黃公·녹리 선생用里先
  生 등 사호四皓가 자줏빛 영지버섯을 캐 먹으면서 〈자지가紫芝歌〉를 지
  어 부른 고사에서 유래하였음.

▶ 잠조簪組 : 벼슬살이.

▶ 상잉相仍 : 계속 이어짐.

13. 천연이 풍수지리를 알아 내가 살려고 잡은 터를 보고
    말하기를 "수세가 탐욕스러운 늑대이니, 법칙상 마땅
    히 가난하지 않다."라고 하였다. 장난삼아 짓다
    天然解地理 相吾卜居日 水勢貪狼 法當不貧 戲題

◆ 이 작품은 시제에서 말한 바와 같이 장난삼아 지었다. 이 작품에도
천연 상인이 등장한다. 박순이 영평에 집터를 잡으니 천연 상인이 "탐
욕스러운 늑대의 상을 지녔다."라고 하였다. 박순은 천연 상인이 풍수
지리를 안다고 하였다. 아마도 박순은 집터를 잡을 때 살기에 괜찮은
곳인지 궁금했을 것이다. 천연 상인의 말을 근거삼아 보면, 다행히 박
순이 잡은 집터는 풍족함을 안겨주는 곳이다. 결구를 통해 박순이 재
미삼아 이 작품을 지었다는 것을 알 수 있다. 집터가 풍족함을 안겨주
는 곳이니 약초도 많이 캘 것이고, 물고기도 많이 잡을 것이라 하여
다소 희학적戱謔的으로 표현했기 때문이다.

山僧相我誅茅處   산승이 내가 띠를 베어 집 지은 것 보고서
산 승 상 아 주 모 처

水帶貪狼利厥居   물이 탐욕스런 이리 지녀 이끗 거기에 있단다
수 대 탐 랑 리 궐 거

料得謀生從此足   살아가기에 이제부터 풍족하다는 것 알았으니
료 득 모 생 종 차 족

西山採藥北溪漁   서산에서 약초 캐고 북쪽 시내에서 물고기 잡겠지
서 산 채 약 북 계 어

▶ 탐랑貪狼 : 풍수지리 용어.

▶ 주모誅茅 : 띠를 베어 집을 지음.

▶ 모생謀生 : 살아갈 방법을 찾음.

▶ 요득料得 : 헤아려 앎.

14. 감흥 感興

◆ 이 작품은 박순이 영평으로 온 지 2년이 지나 지은 것이다. 수련 1
구에서 "내가 여기에 온 지 이제 2년"이라 언급한 것에서 이것을 알 수
가 있다. 영평에서 생활한 지 2년이 지났기 때문에 이제 영평 생활도
익숙해졌다 생각한다. 2년이 지난 사이 초가집에는 푸른 등나무가 뻗
었고, 주변이 어떤 곳이라는 것도 알게 되었다. 작자 박순은 어류나 채
소 같은 소박한 음식도 크게 기대하지 않는다. 다만, 자신의 마음을 달
래줄 마렵연과 같은 풍광 좋은 곳만 있으면 된다. 미련에서 특히 여유
로움이 느껴진다.

我來今二載 아 래 금 이 재	내가 여기에 온 지 이제 2년
茅屋蔓蒼藤 모 옥 만 창 등	초가집엔 푸른 등나무 뻗었다
地僻隣山鬼 지 벽 린 산 귀	땅 궁벽해 산 귀신과 이웃하고
門閒引野僧 문 간 인 야 승	문 한가해 들 중 끌어들인다
敢期鮮菜足 감 기 해 채 족	감히 반찬 넉넉하기 기대할까
惟愛馬淵澄 유 애 마 연 징	마렵연의 맑은 물만 사랑한다
坦腹松風裏 탄 복 송 풍 리	솔바람 부는 속에 벌렁 누우니
渾無毒熱蒸 혼 무 독 열 증	독한 열기 찌는 일이 전혀 없다

《사암집》 권2

▸ 모옥茅屋 : 초가집.

▸ 지벽地僻 : 땅이 궁벽함.

▸ 해채鮭菜 : 생선과 야채 반찬. 청빈한 생활, 소박한 음식 등을 비유하는 말로 쓰임.

▸ 마연馬淵 : 마렵연馬鬣淵.

▸ 탄복坦腹 : 배를 드러내고 벌렁 누움.

15. 석룡퇴에서 이 상사의 시에 차운하다
石龍堆上 次李上舍韻

◆ 이 작품은 석룡퇴石龍堆에서 이 상사의 시에 차운한 것이다. 석룡퇴는 한탄강 강물이 휘돌아가며 형성된 연못이다. 이 상사는 누구를 지칭하는지 알 수 없으나 당시 박순과 꽤 친밀했던 사람일 것이다.

이 작품은 석룡퇴를 중심으로 그 주변의 풍광과 사람들의 삶의 모습을 관조적인 입장에서 묘사하였다. 우선 수련의 1구에서 석룡퇴에서 바라다본 산마루의 한 풍경을 마치 그림을 그리듯이 묘사하였고, 2구에서는 사람들이 살아가는 삶의 한 단면을 말하였다. 함련에서는 주변의 모습을 그대로 말하였다. 이 부분에서 작자 박순이 사물을 관찰한 뒤에 표현하기를 잘한다라는 것을 알 수 있다. 바위틈에서 구름이 일어날은 점차 어둡게 느껴지고, 마치 구슬이 있을 것 같은 밭에서 바람이 일어나 가슴 속을 상쾌하게 만든다라고 하였다. 경련에서는 사람들의 행동을 포착하여 나타내었는데, 화기애애한 분위기를 상상하도록 만든다. 미련에서는 작자 자신은 이제 마음의 안정을 찾았음을 말하였다. 박순이 영평으로 삶의 터전을 옮긴 이후 점차 현지인들과 어울리고 동화되어가는 모습을 알려준 작품이다.

山顔松蓋寫如屏
산 안 송 개 사 여 병

산마루의 소나무 일산은 병풍처럼 그려졌는데

野俎金刀屢斫腥
야 조 금 도 루 작 성

들판 도마 위 쇠칼로 자주 비린 것 자른다

石骨雲生催暝色
석 골 운 생 최 명 색

돌 뼈에서 구름이 생겨 어둔 빛을 재촉하고

瓊田風起爽襟靈
경 전 풍 기 상 금 령

경옥 밭에선 바람 일어 가슴 속이 상쾌하다

村中父老醪傾白
촌 중 부 로 료 경 백

마을 안의 부로들은 하얀 막걸리 기울이고

座上朋徒眼自靑
좌 상 붕 도 안 자 청

자리 위의 친구들은 절로 반갑게 맞이한다

垂白可安棲谷口
수 백 가 안 서 곡 구

백발 늘어뜨리고 골짝 입구에서 사는 것 편하니

苦懷非是故人醒
고 회 비 시 고 인 성

괴로운 마음은 바로 친구가 술에서 깬 것 아닐까

《사암집》 권3

▶ 석룡퇴石龍堆 : 현재의 경기도 포천시 영북면 자일리에 있음. 한탄강 강물이 휘돌아가며 형성된 연못. 수면 위로 큰 바위가 높이 솟아 있음.

▶ 이상사李上舍 : 이 상사. 누구를 말하는지 알 수 없음.

▶ 산안山顔 : 산마루로 풀이함.

▶ 석골石骨 : 바위.

▶ 명색暝色 : 어둠의 빛.

▶ 금령襟靈 : 흉금.

▶ 부로父老 : 한 마을에 나이가 많은 남자 어른.

▶ 안자청眼自靑 : 눈이 절로 푸름. 다정한 눈길이라는 뜻. 삼국 시대 위魏나라 완적阮籍이 속된 사람을 만나면 백안白眼, 즉 흰 눈자위를 드러내어 경멸하는 뜻을 보이고, 의기투합하는 사람을 만나면 청안, 즉 검은 눈동자로 대하여 반가운 뜻을 드러낸 고사가 전함. 《世說新語 簡傲》

16. 정자, 누대, 시내, 바위에 모두 이름이 있어 그 위 돌에 새기고, 이로 인해 느껴 시를 짓다

亭臺溪巖 皆有名號 刻石其上 因感而賦之

◆ 이 작품은 박순이 영평에서 생활하며 주변에 있는 정자, 누대, 시내, 바위 등의 이름을 돌에 새기고 느낌을 적은 것이다. 박순은 영평의 백운계白雲溪에서 살면서 주변의 여러 곳을 답사했을 것이다. 그리고 그 승경의 빼어남에 감복했을 것으로 생각한다. 그러면서 만일 지형이 변하면 그곳에 무엇이 있었는지 사람들을 알지 못할 것을 안타깝게 생각하였다. 그래서 정자, 누대, 시내, 바위 등에 이름을 부여한 뒤에 시 작품에서 이들에 이름을 부여하게 된 사연을 적었다.

한편, 《경기도읍지京畿道邑誌》 3 영평군읍지永平郡邑誌 누정 제영의 기록에 따르면, 영평의 백운계에는 배견와拜鵑窩, 이양정二養亭, 백운계白雲溪, 청랭담淸冷潭, 토운상吐雲床, 산금대散襟臺, 청학대靑鶴臺, 백학대白鶴臺, 명옥연鳴玉淵, 수경水鏡, 와준窪尊 등 11개의 석각 글씨를 새긴 곳이 있는데, 박순이 명명하였고, 한호韓濩가 글씨를 썼다라고 하였다.

鏤字巖阿勞費日
루 자 암 아 로 비 일

擬將悠久與天期
의 장 유 구 여 천 기

堪嗟一瞬隨灰刧
감 차 일 순 수 회 겁

川教山湮後孰知
천 발 산 인 후 숙 지

세월 보내며 애써 바위 모퉁이에 글자 새김은

오랫동안 하늘과 함께 남겨지길 기약해서이다

안타깝도다, 눈 깜빡할 사이에 회겁에 따라

개울 돌아가고 산 묻힌 뒤의 일 그 뒤 알까

▶ 명호名號 : 사물을 부르는 이름.

▶ 암아巖阿 : 바위 모퉁이.

▶ 비일費日 : 세월을 보냄.

▶ 회겁灰刧 : 불교 용어로, 대삼재大三災 중 하나인 화겁火劫 후에 불타고
남은 재를 말함.

【백운계곡】

박순은 말년에 영평의 백운계곡을 오가며 살았다. 백운계곡은 현재 경
기도 포천시 창수면 주원리에 소재해 있다. 본 사진은 박하련이 지은
《눌재와 사암 할아버지 이야기》(재경 충주박씨 종친회, 2007) 책의 134쪽에서
발췌하였다.

17. 창옥병 蒼玉屛

> ◆ 이 작품은 창옥병蒼玉屛을 읊은 시이다. 시는 주로 창옥병이 생긴 유래를 중심으로 말하였는데, 전적으로 작자가 상상력을 발휘해 지었다. 기·승구를 보면, 창옥병은 중국의 전설에 나오는 곤륜산崑崙山 천 길의 바위를 오려 만들었다고 하여 상상력을 최대한 발휘하였다. 그리고 결구에서 이러한 창옥병이 박순 자신의 눈에 들어왔다고 하였다. 박순이 영평 백운계에서 지내며 주변의 자연 승경을 하나하나 알아가는 중에 지은 시이다.

帝剪崑丘千丈骨　　　하느님이 곤륜산 천 길의 바위 오려
제 전 곤 구 천 장 골

百靈奔走費雕剜　　　온갖 신령 바삐 아로새긴 일을 했다
백 령 분 주 비 조 완

巉巉倒揷黿鼉窟　　　가파르게 거꾸로 꽂힌 자라의 굴을
참 참 도 삽 원 타 굴

還使思菴出世看　　　되레 세상에 나와 사암에게 내 보였다
환 사 사 암 출 세 간

《사암집》 권2

▶ 창옥병蒼玉屛 : 영평천 가에 있는 절벽으로 기암괴석이 병풍처럼 둘렀다고 해서 붙여진 이름.《해동지도海東地圖》에 "창옥병은 영평천 가의 벼랑으로 푸른 바위가 옥 병풍처럼 펼쳐져 있어 생긴 이름이며, 영평팔경의 하나이다."라고 하였음.

▶ 곤구崑丘 : 곤륜산崑崙山. 중국 전설상의 높은 산으로 중국의 서쪽에 있

으며, 옥玉이 난다고 함.

▶ 조완雕刓 : 새기고 깎음.

▶ 참참巉巉 : 삐죽삐죽한 돌 절벽.

▶ 원타黿鼉 : 자라와 악어.

▶ 사암思菴 : 박순의 호.

18. 배견와 拜鵑窩

◆ 이 작품은 배견와拜鵑窩를 읊은 시이다. 배견와는 박순이 영평에서 살 때 지었던 집 이름이다. 왜, '배견'이라는 말을 사용했을까? '배견'이란 두견새에게 절한다는 뜻으로, 흔히 임금을 그리워하는 마음을 뜻할 때 쓰인다. 즉, 박순은 한양과 멀리 떨어진 영평에 와 살고 있으나 임금을 그리워하는 마음은 완전히 떨치지 못했던 것이다. 따라서 이 작품을 보면, 그러한 마음이 느껴진다. 박순 스스로 '배견옹拜鵑翁'이 되어 두견새가 우는 소리를 듣는다고 하였다. 그러나 이제 노쇠하고 병이 들어 임금과의 간격은 멀어졌으니 슬퍼서 눈물이 나오는 것이다. 이 작품으로 인해 훗날 박순은 '배견옹'이라 부르기도 하였다.
한편, 박순이 세상을 뜬 뒤 1649년(인조27)에 지역 유림들이 배견와 터에 옥병서원玉屛書院을 건립하여 박순을 기리고 있다.

拜鵑窩裏拜鵑翁   배견와 속에 사는 배견 늙은이는
배 견 와 리 배 견 옹

夜夜憑窓聽業工   밤마다 창에 기대 듣는 재주 좋다
야 야 빙 창 청 업 공

衰病兩催身自遠   쇠병이 둘 다 재촉해 몸 절로 멀어져
쇠 병 량 최 신 자 원

千行淚灑百花中   천 줄기의 눈물을 온갖 꽃에 뿌린다
천 행 루 쇄 백 화 중

《사암집》 권2

▶ 배견와拜鵑窩 : 박순이 영평에서 살 때 지은 집의 이름으로 현재의 옥병

서원玉屛書院 터에 있었음. '배견'은 두견새에게 절한다는 뜻으로, 흔히 임금을 그리워하는 마음을 뜻하는 것으로 쓰임. 두보杜甫가 촉蜀 땅에서 지은 〈두견杜鵑〉 시에 "두견새가 늦은 봄 날아와서, 슬프게 내 집 곁에서 울었지. 내가 보고는 항상 재배했나니, 옛 망제의 넋임을 존중해서였다.〔杜鵑暮春至 哀哀叫其間 我見常再拜 重是古帝魂〕"라고 한 시가 있음.

▸ 배견옹拜鵑翁 : 박순 자신을 가리켜 한 말.

▸ 야야빙창청업공夜夜憑窓聽業工 : "밤마다 창에 기대 듣는 재주 좋다"로 풀이함. 두견새 소리를 듣는다는 뜻.

▸ 쇠병량최신자원衰病兩催身自遠 : "쇠병이 둘 다 재촉해 몸 절로 멀어져"로 풀이함. 노쇠하고 병이 들어 임금과 점점 멀어지게 되었음을 뜻함.

【옥병서원】

옥병서원은 경기도 포천시 창수면 주원리에 소재해 있다. 1658년에 박순을 추모하기 위해 창건하여 1698년에는 이의건과 김수항을 추가 배향하였으며, 1713년 '옥병玉屛'이라 사액되었다. 옥병서원은 배견와가 있던 자리에 세운 것으로 알려져 있다. 본 사진은 충주박씨 문간공파 문중에서 제공받았음을 밝힌다. http://www.cjparkmgg.or.kr/html/main/

19. 와준 바위에 쓰다 題石窪尊

◆ 이 작품은 와준窪尊 바위에 쓴 시이다. '와준'은 술통 모양같이 생긴 바위를 말하는데, 영평천에 있다. 이것은 천연적으로 생긴 것으로 흔히 볼 수 있는 것은 아니다. 박순의 눈에도 이 와준이 신기하게 보였다. 이 시는 이러한 내용을 주로 담았다. 울퉁불퉁 물 표면에 생긴 와준. 작자 박순은 이 와준이 어떻게 만들어졌는지 궁금할 뿐이다. 와준은 마치 술잔 같아서 술을 담아 마시고 난 뒤에 베개처럼 베고 잠을 잔다라고 하였다. 박순은 와준을 보고, 상상력을 발휘했을 것이나 작품에는 그러한 내용이 드러나지 않았다. 다만, 와준의 모습과 자신이 그 천연물을 어떻게 대했는지 등을 주로 말하였다.

水面盤陀蒼石背
수 면 반 타 창 석 배

울퉁불퉁 물 표면에 생긴 푸른 바위 등

一窪何鍊自成圓
일 와 하 련 자 성 원

한 구멍 어떻게 다져져 절로 둥글어졌나

堪涵綠蟻無傾覆
감 함 록 의 무 경 복

맛있는 술 담아 기울여도 쏟아지지 않아

醉後山翁又枕眠
취 후 산 옹 우 침 면

술 취한 뒤에 산옹은 또 베고 잠을 잔다

《사암집》 권2

▶ 와준窪尊 : 양평천에 있는 술통 모양의 바위. 고인 물을 동이에 담긴 것으로 간주한 표현임.

▶ 반타盤陀 : 울퉁불퉁한 모습.

▶ 녹의綠蟻 : 녹의주綠蟻酒. 표면에 녹색 포말이 뜨는 술로, 맛있는 술을 가리킴.

▶ 산옹山翁 : 박순 자신을 가리킨 것이라 생각함.

20. 화적연에서 백운산에 도착하니 진달래꽃은 이미 시들고 산유화는 아직 피지 않았다. 집으로 돌아가려고 했는데, 철쭉이 바야흐로 한창이어서 장난삼아 쓰다
自禾積淵到白雲山 杜鵑花已衰 山榴未發 及歸弊廬 躑躅方盛 戱題

◆ 이 작품은 박순이 영평 일대를 유람하고 지은 것으로 특히, 화적연에서 백운산까지 갔다 왔다라고 하였다. 시제의 내용을 보면, 이제 막 꽃이 피는 봄철에 유람을 하였다. 백운산에 도착하여 본 꽃은 진달래와 산유화이다. 진달래는 이른 봄에 어느 꽃보다 빨리 핀다. 백운산에 도착했을 때 이 진달래꽃은 이미 시들고 그 대신 산유화는 아직 꽃망울을 터뜨리지 않았다. 이때까지만 해도 조금 실망했으나 집으로 돌아오던 길에 만난 활짝 핀 철쭉꽃 덕분에 기분이 좋아졌다. 그래서 시를 지었다. 새로 비단을 이룬 것과 같은 철쭉꽃이 박순을 위로한 것이다.

幽討名山凌絶境
유 토 명 산 릉 절 경
깊숙한 명산을 찾아 인적 끊긴 곳 넘으니

晩花猶澁早花飛
만 화 유 삽 조 화 비
늦은 꽃 여전히 피지 않았고 이른 꽃 날린다

東溪躑躅新成錦
동 계 척 촉 신 성 금
동쪽 시내의 철쭉은 새로 비단 이루었으니

應慰先生減興歸
응 위 선 생 감 흥 귀
응당 흥이 깨져 돌아오는 선생 위로함이라

《사암집》 권2

▶ 화적연禾積淵 : 경기도 포천군 영북면 한탄강 가에 있는 명승지. 바위의 모양이 볏단을 쌓은 듯하다고 하여 화적연이라 불렀음. 박세당朴世堂

의 〈화적연〉 시의 서문에 "이곳은 풍전역豊田驛에서 10여 리 되는 곳으로 비를 비는 곳이다. 암석이 극도로 기괴하여 윗부분은 마치 용머리처럼 앙연히 두 개의 뿔을 이고 있고 아랫부분은 거북 같다. 그 밑에 맑은 연못이 짙푸르게 고였다. 서쪽 벼랑은 모두 바위 봉우리인데, 삐죽삐죽 둘러선 것이 열두 봉은 됨 직하다."라고 하였음.《西溪集 卷3 禾積淵, 韓國文集叢刊 134輯》

▶ 백운산白雲山 : 경기도 포천시 이동면과 강원도 화천군 사내면에 걸쳐 있는 산. 흰구름이 항상 끼여 있어 '하얀 구름에 쌓인 산'이라는 뜻에서 유래함.

▶ 두견화杜鵑花 : 진달래꽃.

▶ 산류山榴 : 산유화.

▶ 폐려弊廬 : 자신이 살고 있는 집을 낮추어 말함.

▶ 척촉躑躅 : 철쭉꽃.

▶ 절경絶境 : 인가와 멀리 떨어진 곳.

▶ 동계척촉신성금東溪躑躅新成錦 : "동쪽 시내의 철쭉은 새로 비단 이루었으니"로 풀이함. '신성금'이란 철쭉꽃이 한창인 것을 말함.

21. 낙귀정의 진달래꽃이 산을 뒤덮을 정도로 한창 피어 천연 상인이 나에게 와보라고 알려서
樂歸亭 杜鵑花籠山盛開 天然上人 報我來看

◆ 이 작품은 낙귀정樂歸亭 주변에 진달래꽃이 한창 만개하자 천연 상인이 와서 구경하라고 불러 지은 것이다. 천연 상인은 앞에서 이미 살폈던 것처럼 박순이 영평에서 지낼 때 친하게 지낸 불승 중 한 사람이다. 진달래꽃을 말한 것으로 보아 계절은 봄이다. 산을 진달래꽃이 온통 뒤덮을 정도라면 그 붉기가 대단했을 것이다. 시에서도 이러한 모습을 드러내었다.

진달래꽃이 온 산을 뒤덮으니 마치 만 떨기가 불타오른 것처럼 보였다. 수련에서 이를 말하였다. 함련에서는 진달래꽃이 만개한 모습을 비유적으로 나타내었다. 아리따운 궁녀들이 군진에 드나드는 듯하고, 불 구름이 하늘에 어지럽게 흩어진 듯하다라고 표현하였다. 박순의 뛰어난 표현 능력을 보여준 대목이다. 이렇게 아름다운 광경을 천연 상인은 혼자 보기 아까웠던 모양이다. 박순더러 와서 함께 구경하자고 한 것이다. 박순도 자신의 몸이 노쇠하기는 하지만, 그 몸을 이끌고 하루 온종일 진달래꽃을 구경하였다.

杜鵑花發招提境
두 견 화 발 초 제 경
진달래꽃이 사원의 땅에서 피어나니

日照紅粧萬朶燃
일 조 홍 장 만 타 연
해는 붉은 단장 비춰 만 떨기 타오른다

宮女參差孫武陣
궁 녀 참 치 손 무 진
궁녀들이 손무의 군진에 들쑥날쑥하고

火雲零亂祝融天 화 운 령 란 축 융 천	불 구름이 축융 하늘에 어지럽게 흩어진다
山僧罷定邀同賞 산 승 파 정 요 동 상	참선 마친 산승은 함께 구경하자 맞으니
野老多情强着鞭 야 로 다 정 강 착 편	다정한 촌 늙은이는 억지로 채찍을 댄다
不恨人譏學年少 불 한 인 기 학 년 소	사람들 젊은이 흉내 낸다 놀려도 원망 안 해
扶筇終日坐崖巓 부 공 종 일 좌 애 전	지팡이 짚고 온 종일 벼랑 꼭대기에 앉았다

《사암집》 권3

▶ 낙귀정樂歸亭 : 현 경기도 포천시 영중면 양문리에 있던 누정. 현재는 없음. 박순이 지은 시 중에 〈낙귀 주인 경문 황정욱에게 부치다[寄樂歸主人黃景文廷彧]〉라는 작품이 있음. 이로써 낙귀정의 주인은 황정욱黃廷彧임을 알 수 있음.

▶ 농산籠山 : 산을 뒤덮음.

▶ 초제招提 : 범어梵語 caturdeśa의 음역音譯으로, 사원寺院의 별칭.

▶ 홍장紅粧 : 붉은 단장. 진달래꽃을 두고 한 말.

▶ 만타萬朶 : 많은 꽃송이.

▶ 궁녀참치손무진宮女參差孫武陣 화운령란축융천火雲零亂祝融天 : "궁녀들이 손무의 군진에 들쑥날쑥하고, 불 구름이 축융 하늘에 어지럽게 흩어진다"로 풀이함. '손무'는 춘추 시대의 병법가. 오왕吳王 합려闔閭의 명에 따라 궁중의 미인들을 상대로 전법의 시범을 보이면서, 명령을 듣지 않는 왕의 총희寵姬 두 명을 참수하여 군율軍律을 엄하게 확립했던 고사가 전함.《史記 卷65 孫子列傳》 '참치'는 가지런하지 않고 들쑥날쑥한 모습. '축융'은 남방의 불귀신[火神] 이름. 진달래꽃이 핀 모습을 비유적으로 표현한 것.

▶ 산승山僧 : 산승. 여기서는 천연 상인을 말함.

▶ 야로野老 : 촌 늙은이. 여기서는 박순 자신을 가리킴.

▶ 연소年少 : 나이가 젊은 사람.

▶ 부공扶筇 : 지팡이를 짚음.

22. 풍악산에 들어가며 4수 入楓岳 四首

◆ 이 작품은 가을 금강산에 들어가며 지었다. 금강산은 사계절의 변화가 심하여 각 계절마다 부르는 이름이 따로 있다. 가을에는 단풍이 물들어 그 아름다운 모습을 뽐내기 때문에 '풍악'이라 불렀을 것이다. 작품은 총4수로 이루어져 있다. 1수에서는 비가 갠 가을 어느 날 풍악산에 오르기로 했다는 내용을 말하였다. 가을이기 때문에 붉게 물든 단풍이 가는 길에 있고, 마치 신선들이 사는 곳에 있는 듯하다라고 하여 별천지에 온 듯한 기분을 말하였다. 2수에서는 풍악산까지 말을 타고 가는 모습을 형용하였다. 풍악산을 가리켜 '선궁禪宮'이라 표현한 것으로 보아 신선들이 사는 세계로 인식했음을 알 수 있다. 3수에서는 박순 외에 다섯 명의 불승이 동행했음을 말했으며, 늙고 지쳤으나 노익장老益壯을 발휘할 수 있음을 언급하였다. 4수에서는 풍악산 가는 길에서 본 승경을 간략히 말하였고, 소나무 아래에 있는 끊어진 비석을 보고 세월의 무상함을 생각하였다. 풍악산에 들어가는 것을 마치 신선들이 사는 세계에 들어간 것처럼 표현한 점이 특징이다. 이를 통해 박순의 풍악산에 대한 인식을 알 수 있다.

秋風送我問群仙
추 풍 송 아 문 군 선

가을바람이 나를 보내 뭇 신선들께 문안하게 하니

雨濯攢峯霽色鮮
우 탁 찬 봉 제 색 선

비에 씻겨 모인 산봉우리는 비 갠 경치가 선명하다

步步路由紅錦障
보 보 로 유 홍 금 장

걸음걸음 걷는 길은 붉은 비단 병풍 따르는 듯하고

朝朝身在玉華天
조 조 신 재 옥 화 천

아침마다 이 몸은 옥화궁 있는 하늘에 있는 듯하다

東討萬峯騎瘦馬
동 토 만 봉 기 수 마

동쪽으로 일만 봉우리 찾아 야윈 말 타고

短衣輕策入禪宮
단 의 경 책 입 선 궁

짧은 옷 가벼운 채찍으로 선궁에 들어간다

誰知白玉山頭客
수 지 백 옥 산 두 객

그 누가 알까, 백옥산 언저리의 나그네가

却是靑雲舊上公
각 시 청 운 구 상 공

사실은 푸른 구름 속의 옛 상공이었음을

翩翩又逐孤雲去
편 편 우 축 고 운 거

훨훨 날아 또 외로운 구름을 뒤쫓아가서

五衲山頭看萬峯
오 납 산 두 간 만 봉

다섯 승려 산꼭대기에서 일만 산봉우리 본다

老罷尙堪凌絶頂
노 파 상 감 릉 절 정

늙고 지쳤으나 여전히 절정을 오를 수 있어

每因狂態卽携筇
매 인 광 태 즉 휴 공

매번 광태로 인해 곧바로 지팡이를 짚는다

雲根穿水深千尺
운 근 천 수 심 천 척

구름 뿌리 물 뚫어 깊이는 천 길인데

鳥道通天有一門
조 도 통 천 유 일 문

새 통과하는 하늘 길에 한 문이 있다

松下斷碑無歲月
송 하 단 비 무 세 월

솔 아래 끊긴 비석은 세월 기약 안 되니

滄波浮世更堪論
창 파 부 세 갱 감 론

푸른 파도에 뜬세상을 다시 따지겠는가

《사암집》 권2

▶ 풍악楓岳 : 풍악산. 가을의 금강산.

▶ 제색霽色 : 비가 갠 뒤의 물색物色.

▶ 홍금장紅錦障 : 붉은 비단 병풍. 단풍을 두고 한 말.

▶ 옥화玉華 : 옥화궁玉華宮. 선경仙境, 신선의 세계를 말함.

▶ 수마瘦馬 : 파리한 말.

▶ 백옥산두객白玉山頭客 : 백옥산 언저리의 나그네. 박순 자신을 가리킴.

▶ 편편翩翩 : 훨훨 나는 모습.

▶ 오납五衲 : 다섯 명의 승려. '납'은 불승의 의미.

▶ 광태狂態 : 광기어린 태도.

▶ 조도鳥道 : 새만 통과할 수 있는 좁은 길.

▶ 송하단비무세월松下斷碑無歲月 : "솔 아래 끊긴 비석은 세월 기약 안 되니"
로 풀이함. 소나무 아래의 끊어진 비석은 언제 사라질지 모른다는 뜻.

【금강산의 모습】

박순은 영평에서 살 때, 금강산도 유람하였다. 금강산을 풍악산이라 지
칭했으니, 가을에 유람했음을 알 수 있다.

23. 영평의 시내 바위에 쓰다 題永平溪石上

◆ 이 작품은 박순이 영평 생활을 하며 앞으로 어떻게 살아가겠노라는 의지를 담았다고 생각한다. 영평은 궁궐과 멀리 떨어진 곳이다. 따라서 기구에서 "아마득한 궁궐의 뜬구름 밖'이라 하였다. 또한 영평의 시냇가에는 흰 바위가 있다. 여기까지는 작자의 의지를 담지 않았다. 그러나 전·결구에서 작자는 앞으로 높은 관직에 오르기보다는 낚시질하면서 세월을 보내겠노라는 의지를 표출하였다. 후한 시대 엄광嚴光이 낚시질하며 삼공 벼슬을 무시했던 것처럼 자신도 그렇게 살고 싶다 하였다.

丹霄杳杳浮雲外 단 소 묘 묘 부 운 외	아마득한 궁궐의 뜬구름 밖에
白石差差野水中 백 석 차 차 야 수 중	들 물속에 들쑥날쑥한 흰 바위라
休怪老夫來把釣 휴 괴 로 부 래 파 조	늙은이 와 낚싯대 잡음 괴이 마라
向聞漁父傲三公 향 문 어 부 오 삼 공	지난날 어부가 삼공 무시했단 말 들었다

《사암집》 권2

▶ 단소丹霄 : 구소九霄의 하나로 하늘에서 가장 높은 곳. 제왕이 거처하는 곳인 도성 또는 조정을 가리킴.

▶ 묘묘杳杳 : 멀고 아득함.

▶ 차차差差 : 들쑥날쑥한 모습.

▶ 노부老夫 : 늙은이.

▶ 향문어부오삼공向聞漁父傲三公 : "지난날 어부가 삼공 무시했단 말 들었
다"로 풀이함. 여기서의 '어부'는 후한後漢 시대의 사람 엄광嚴光을 가
리킴. '삼공'은 3정승을 이르는 말로 고관대작들을 말함. 엄광은 소싯
적에 광무제光武帝와 동문수학했던 인연으로 광무제 즉위 후 간의대부
諫議大夫로 부름을 받았다가 응하지 않고 부춘산富春山에서 밭 갈고 낚
시로 소일하며 여생을 마쳤음.《後漢書 卷113》《高士傳 下》 지난날 엄광 같
은 어부가 높은 지위도 무시한 것이 아무렇지도 않다는 뜻.

24. 이양정의 벽에 쓰다 題二養亭壁

◆ 이 작품은 이양정二養亭 벽에 쓴 시이다. 박순은 영평에 온 이래로 주변의 자연물에 이름을 부여하고, 누정을 지어 명명하는 등 여러 일들을 하였다. 이양정은 박순이 지은 누정으로 〈이양정기二養亭記〉의 기록에 따르면, "이천伊川의 양덕養德과 양체養體의 뜻을 취하였다.[取伊川養德養體之義也]"라고 하였다. 영평에서 살면서 정이천이 그랬던 것처럼 덕과 몸, 두 가지를 모두 기르겠다는 의지를 보인 것이다.

작품의 내용은 이양정에 있을 때 들리는 소리, 보이는 모습, 생각나는 것 등을 주로 적었다. 이양정에 있으면 골짜기에서 우는 새소리가 때때로 들리고, 침상을 쓸쓸하며 책들은 여기저기 흩어져 있다. 그리고 이양정에서 보이는 백학대 앞으로 흐르는 물을 불쌍하게 여긴다 하였다. 그 이유는 백학대 앞을 흐를 때까지만 해도 맑았던 것이 산의 문을 나가자마자 흐린 흙탕물로 변하기 때문이라 하였다.

한편, 이 작품은 후대 여러 비평가들이 언급하였다. 신흠申欽은 그의 비평서인 《청창연담晴窓軟談》하에서 "한가하게 노닐며 자재自在하는 뜻과 홀로 높이 속세를 초월한 기상 모두가 이 시에 갖춰져 있다고 할 만하다.[其閑適自在之意 孤高拔俗之標 可謂兩備]"라고 평가하였다.

谷鳥時時聞一箇
곡 조 시 시 문 일 개
골짜기 새소리 수시로 한 마디 들리는데

匡床寂寂散群書
광 상 적 적 산 군 서
침상은 쓸쓸하고 여러 책들은 흩어져있다

每憐白鶴臺前水
매 련 백 학 대 전 수
언제나 백학대 앞의 물을 가엾게 여기나니

纔出山門便帶淤   산의 문 나가자마자 바로 흙탕물 두른다
재 출 산 문 변 대 어

《사암집》 권2

▶ 이양정二養亭 : 박순이 영평에 머물 때 배견와 옆에 지었던 누정 이름.
  '이양'은 북송 시대 정이程頤의 양덕養德과 양체養體를 취한 것.
▶ 광상匡床 : 침상.
▶ 적적寂寂 : 쓸쓸한 모습.
▶ 백학대白鶴臺 : 경기도 포천시 창수면 주원리에 있는 대 이름. 박순이
  영평에 와 살고 있을 때 학이 날아들었다고 하여 붙인 이름이라 전함.
▶ 대어帶淤 : 흙탕물을 두름.

25. 명종이 일찍이 9월에 취로정에 납시어 서당관을 불러
   다 책을 강론하며 시를 짓도록 하여 상급을 내리고, 친
   히 푸른 종지를 잡고 가득 따라 마시도록 했다. 모두
   정신 못 차리도록 취하고 해가 저물어서야 끝내고 나
   갔는데, 각자 흰 밀랍으로 만든 큰 촛대를 하사하여 집
   으로 돌아갔다. 구경하는 사람들은 영광스러운 일로
   여겼다. 깜짝할 사이에 이미 30여 년이 지나 눈물 흘
   리며 입으로 읊조리다
   明廟嘗於九月 出御翠露亭 引書堂官 講書製詩 賞給有加 親執靑鍾
   滿酌以飮之 皆迷醉 日暮罷出 各賜白蠟大燭還家 觀者榮之 倏忽已踰
   三紀 泫然口號

◆ 이 작품은 박순이 30여 년 전에 있었던 일을 추억하며 지은 것이다.
시제의 내용을 요약하면 다음과 같다. 명종이 다스리던 어느 해 9월에
명종이 취로정翠露亭에 납시어 독서당의 관원들을 불러다 책을 강론하
며 시를 짓도록 하였다. 그리고 시를 잘 지은 사람에게는 상급賞給을
내리는가 하면 친히 술까지 주었다. 모두 술을 마셔 매우 취해 해가
저물어서야 끝내고 나갔는데, 각자에게 흰 밀랍으로 만든 촛대를 하사
하니 사람들이 영광스러운 일이라 했다 하였다. 이러한 일이 있은 지
이제 어언 30여 년이 흘러 추억을 떠올려보니 눈물이 흐른다라고 하였
다. 박순이 영평에서 지내며 거의 생을 마감하기 얼마 전에 지었던 작
품으로 추정한다.
작품의 내용은 지난날 취로정에서 있었던 일을 떠올리니 눈물이 흐른
다라고 하며, 현재 작자 자신은 오봉의 안개 속에 누워 있다라고 하였
다. 지난날을 회상한 작품으로 만감이 교차했을 것이다.

翠露亭中夢 취 로 정 중 몽	취로정에서 꾼 꿈은
依依四十年 의 의 사 십 년	어렴풋이 40년이 지났다
惟餘無限淚 유 여 무 한 루	끝없는 눈물만 남아
獨臥五峯煙 독 와 오 봉 연	홀로 오봉의 안개 속에 누웠다

《사암집》 권1

▶ 취로정翠露亭 : 1456년(세조2년) 3월에 경복궁 후원에 지은 정자로 연못을 파고 연꽃을 심었음.

▶ 서당관書堂官 : 독서당의 관원.

▶ 상급賞給 : 상으로 돈이나 물품을 줌.

▶ 미취迷醉 : 몹시 취함.

▶ 숙홀倏忽 : 별안간. 갑자기.

▶ 삼기三紀 : 36년. 1기紀 는 12년임. 여기서는 30여 년으로 함.

▶ 현연泫然 : 눈물이 흐름.

▶ 의의사십년依依四十年依 : "어렴풋이 40년이 지났다"로 풀이함. '의의'는 어렴풋하다는 뜻. 시제에서 '삼기'라 하고 이 부분에서는 40년이 흘렀다고 했는데, 30여 년이 더 맞다고 생각함.

더 알아보기4)

박순이 지은 위 시는 37세(1559, 명종14)에 있었던 일을 바탕으로 하여 지었다. 이와 관련한 내용은《조선왕조실록》명종14년 기미(1559) 8월 28일(정묘) 조에 있다. 한국고전번역원에 실린 내용을 참조했음을 밝힌다.

"상이 취로정에 나아가 영의정 상진과 좌의정 안현에게 앞으로
나오도록 명하여 이르기를, '신료들을 접대하고 문아文雅를 권장하
는 데에는 비록 일정한 규칙이 있기는 하지만 군신 사이에 정의情意
가 서로 통하여 막힘이 없도록 하는 것이라면 법도 이외에 별도로
하는 것이 있어도 역시 무방할 것이다. 그러므로 오늘 특별히 사가
인원賜暇人員들로 하여금 전강殿講도 하고 제술製述도 하도록 하였
다.'라고 하니 (중략) 어제御題를 입시한 인원 및 서당書堂 관원들에게
내려 글을 지어 올리도록 하였다. 강경 및 제술에 입격한 사람에게
모두 차등 있게 상을 주었다."

그리고 소주小註에 "선온宣醞하고 술잔도 내려 주어 제각기 실컷
마시도록 하였다. 해가 저물어 파할 무렵에 이르러서는 모두에게
궁중의 등촉을 하사하여 잡고 집으로 돌아가도록 하니, 길가는 사
람들이 손으로 눈을 씻고서 바라보며 세상에 드문 훌륭한 일이라
고 하였다. 이날 군신들이 모두 술에 취하여 혹은 이야기하고 웃으
며 농담을 하는 사람도 있었다. (생략)"라고 하였다.

위 《조선왕조실록》에 실린 내용을 보면, 박순이 시제에서 한 말
과 거의 일치한다. 박순의 이때 나이는 37세로 이 기간 동안에 사가
독서賜暇讀書를 하였다. 그러니 독서당의 일원으로 이때의 모임에 참
석했던 것이다. 강론하고 시를 짓게 한 일, 음식을 내리고 술을 취하
도록 마셨던 일, 돌아갈 때 촛대를 하사한 일 등 박순이 말한 것과
거의 일치한다.

26. 느낌이 일어 有感

> ◆ 이 작품은 박순이 영평에 있을 때 지은 것으로 나라를 근심하는 마음을 담았다. 진눈깨비가 내린다라고 했으니 계절은 겨울이다. 결구의 눈물을 흠뻑 흘린다라는 대목에서 우국에 대한 깊이를 알 수 있다.

臥病年芳改 와 병 년 방 개	앓아누운 동안 좋은 철 바뀌어
空山雨雪濛 공 산 우 설 몽	빈산에 진눈깨비가 내려 흐리다
猶餘憂國淚 유 여 우 국 루	아직도 나라 근심하는 눈물 남아
沾灑閉門中 첨 쇄 폐 문 중	문을 닫고 눈물을 흠뻑 흘린다

《사암집》권1

▶ 연방年芳 : 좋은 시절.

▶ 첨쇄沾灑 : 옷이 젖도록 눈물을 흘림.

【박순의 묘소】

박순의 묘소는 현재 경기도 포천시 창수면 주원리에 소재해 있다.

27. 입으로 읊다 2수 口號 二首

◆ 이 작품은 박순이 영평에서 지내며 무슨 생각을 했는지를 보여주고 있다. 1수에서는 인생을 살면서 시비가 정해지지 않는 현실에 대한 염려스러운 마음을 담았다. 높은 태산과 아주 작은 터럭은 상대적으로 보면 본래 구분하기 어려운데, 사람들은 절대적인 시각으로 구분하려 든다라고 하였다. 2수에서 작자 박순은 백운산에서 지내는 것이 싫지 않다라고 하였다. 자연을 대하는 것이 싫지 않은 일이 되었으니 굳이 속객을 기다릴 필요가 없다. 홀로 상념에 젖어 지은 시라고 생각한다.

半生憂患更堪論
반 생 우 환 갱 감 론
반생의 우환이야 또다시 따질 게 있나

白首抽簪臥白雲
백 수 추 잠 와 백 운
흰머리로 비녀를 뽑고 백운산에 누웠다

怊悵是非何日定
초 창 시 비 하 일 정
슬프다, 시비는 어느 때나 정해질는지

泰山毫末本難分
태 산 호 말 본 난 분
태산과 터럭 끝은 본디 구분키 어렵거늘

四顧千峯交萬壑
사 고 천 봉 교 만 학
사방을 돌아보니 천봉과 만학이 뒤섞여

白雲呑吐水縱橫
백 운 탄 토 수 종 횡
흰 구름 삼켰다 토하고 물은 이리저리 흐른다

相看日日不相厭
상 간 일 일 불 상 염
매일매일 보더라도 서로 싫지 않아서

俗客不來門晝扃
속 객 불 래 문 주 경
속객이 오지 않아도 문은 낮에 잠겨있다

《사암집》 권2

▶ 추잠抽簪 : 관잠을 뽑음. 벼슬에서 물러남.

▶ 백운白雲 : 영평에 있는 백운산白雲山.

▶ 초창怊悵 : 슬픈 마음.

▶ 탄토吞吐 : 삼켰다 토해냄.

▶ 상간일일불상염相看日日不相厭 : "매일매일 보더라도 서로 싫지 않아서"
로 풀이함. 이 부분은 당나라 이백李白이 지은 〈독좌경정산獨坐敬亭山〉
의 "뭇 새는 높이 모두 날아가 버리고, 흰 구름은 혼자서 한가롭게 떠
나간다. 서로 보며 양쪽 다 싫어함이 없는 것은, 오직 이 몸과 경정산
둘뿐.[衆鳥高飛盡 孤雲獨去閒 相看兩不厭 只有敬亭山]"이라는 내용을 연상하게
만듦.

28. 김생에게 주다 贈金生

> ◆ 이 작품은 김생이라는 어떤 사람에게 준 시이다. 김생은 누구를 가리키는지 알 수 없다. 다만, 시의 내용을 보면, 김생은 말을 팔아 책을 사 가지고 박순을 찾아왔다. 찾아온 이유는 박순에게 학문을 익히기 위함이라고 생각한다. 전·결구를 보면, 박순은 김생이 과거시험에 합격하여 벼슬을 했으면 하는 생각을 드러내었다.

賣馬貨書歸白雲 매 마 화 서 귀 백 운	말을 팔아 책을 사서 백운산에 돌아왔으니
此心良苦自無群 차 심 량 고 자 무 군	이 마음은 진정 괴롭고 절로 짝할 사람 없다
他年落筆丹墀下 타 년 락 필 단 지 하	훗날 대궐에서 붓을 쥐고 글을 쓰게 된다면
萬字雄詞答聖君 만 자 웅 사 답 성 군	만 글자 씩씩한 말로 성군에게 보답하거라

《사암집》 권2

▶ 김생金生 : 누구를 말하는지 알 수 없음.

▶ 매마화서귀백운賣馬貨書歸白雲 : "말을 팔아 책을 사서 백운산에 돌아왔으니"로 풀이함. 김생이 이렇게 했다는 뜻.

▶ 무군無群 : 짝할 사람이 없음.

▶ 단지丹墀 : 대궐. 붉은 칠을 한 궁전의 지대址臺를 말함.

▶ 웅사雄詞 : 씩씩한 말.

29. 황지천이 잔 게를 보내준 데에 사례하며
謝黃芝川送蝂蟹

◆ 이 작품은 지천芝川 황정욱黃廷彧이 게 선물을 보내주어 고마움을 표
시하는 의미에서 지은 것이다. 황정욱은 영평[현 경기도 포천시 영중면 거사
리] 출신이다. 그리고 과거시험에 합격한 이후 여러 관직을 두루 거쳤
다. 황정욱의 행력을 보면, 특별히 고향 영평에서 오랫동안 지냈다는
기록은 없다. 하지만 관직 생활 중에 틈틈이 고향에 와서 잠시 머물기
도 했을 것인데, 이때 박순과 만났으리라고 생각한다. 황정욱은 박순
이 영평에서 은거하고 있다는 사실을 잘 알고 있었기 때문에 그냥 지
나치지 않았을 것이다. 고향에 온 황정욱은 박순에게 게 선물을 한다.
이를 받아든 박순은 고마운 마음이 지극했을 것이다. 비록 소박한 찬
거리지만 거기에는 인정이 깃들어 있기 때문이다.
시 내용은 늙음에 대한 이야기와 함께 찬거리 선물을 받았으니 다른
찬거리인 오이 심는 일을 게을리 하게 만들었다라고 하였다. 다소 희
학적인 표현이다.
한편, 박순은 황정욱과 관련하여 7제 8수의 시 작품을 남겨 둘의 관계
가 돈독했음을 보여주었다.

化漆已聞延白髮
화 칠 이 문 연 백 발
늘어진 백발 까맣게 변한다 이미 들었고

輕身因解掃玄花
경 신 인 해 소 현 화
빗질하던 검은 머리카락이 가벼워짐 알았네

今朝便見承佳貺
금 조 변 견 승 가 황
오늘 아침에 문득 좋은 선물을 받았으니

還使山翁懶種苽
환 사 산 옹 라 종 고

되레 산옹이 오이 심음 게을리 하게 했구려

《사암집》 권2

▶ 황지천黃芝川 : 지천은 황정욱黃廷彧(1532~1607)의 호. 자는 경문景文이요,
본관은 장수長水. 지금의 경기도 포천시 영중면 거사리에서 출생함.
영의정 황희黃喜의 후손. 1552년(명종7) 사마시에 합격하고 1558년(명종13)
식년 문과에 급제하여 사관을 시작으로 여러 관직을 두루 거침. 선조
때에 경연관에 발탁되어 강론을 하였는데, 논조가 명투明透하고 개절凱
切하여 왕이 즐겨 들으며 싫증을 내지 않았다 함. 1584년(선조17) 종계
변무 주청사宗系辨誣奏請使로 명나라에 가서 《대명회보大明會報》에 태조
의 종계宗系를 바로 잡아 놓고 돌아옴. 임진왜란 때 선조의 아들인 순
화군順和君을 배종하여 강원도에 가서 의병을 소집하는 격문을 팔도에
돌리기도 함. 고매한 인격에 심오한 학식과 문장 그리고 시에 능하여
이이李珥의 칭찬을 받음. 문집에 《지천집》이 있음.

▶ 복해蝮蟹 : '복' 자는 '복腹' 자의 잘못된 글자로 보임. '복해腹蟹'는 가리
비의 뱃속에 사는 작은 게.

▶ 현화玄花 : 두발頭髮을 맡아보는 신. 여기서는 검은 머리의 뜻으로 풀이
함.

▶ 승가황承佳貺 : 좋은 선물을 받음.

▶ 산옹山翁 : 박순 자신을 가리킴.

▶ 종고種苽 : 오이를 심음.

30. 학상이 풍악으로 돌아가는데 전송하며 送學祥還楓岳

◆ 이 작품은 학상 상인學祥上人이 금강산으로 돌아가게 되자 전송하면서 지었다. 학상 상인에 대한 정보는 많지 않아 자세히 알 길이 없다. 다만, 여러 문집을 살펴보면 여러 문인들과 시를 수창했음을 알 수 있다. 박순도 그 여러 문인들 중 한 사람이라고 할 수 있다.

시는 온통 학상 상인에 관한 내용으로 이루어져 있다. 박순이 알고 있는 학상 상인은 젊은 시절부터 공부를 많이 하였다. 젊은 시절 공부를 많이 했으나 보람을 찾지 못하고 나이가 들었다고 하였다. 그리고 은거의 삶을 살아가고 있는데, 옛날에 가졌던 마음이 아직 그대로이니 세속을 따라 자신을 낮추지 않으리라고 보았다.

讀書無補鬢先斑
독 서 무 보 빈 선 반

秋雨荒郊獨掩關
추 우 황 교 독 엄 관

一寸古心猶未折
일 촌 고 심 유 미 절

豈應隨俗解低顔
기 응 수 속 해 저 안

독서한 것 보람도 없이 귀밑머리가 우선 얼룩져

가을비 내리는 황량한 들에서 홀로 문을 닫았다

옛날 가졌던 한 치의 마음 아직 꺾이니 않았으니

어떻게 응당 세속을 따라 고개를 숙일 줄 알리오

《사암집》 권1

▶ 학상學祥 : 자세한 인적 사항은 미상이나 여러 문인의 문집에 그와 수창한 기록이 보이며 서성徐渻의 시 〈의승 학상에게 주다[贈義僧學祥]〉의 내용으로 보아 승병으로 활약한 것으로 보임. 《藥峯遺稿 卷1 贈義僧學祥》

▸ 무보無補 : 보상을 받지 못함. 보람이 없음.

▸ 엄관掩關 : 빗장을 걸어 닫음.

▸ 저안低顔 : 고개를 숙임. 자신의 몸을 낮춤.

31. 조운백을 찾아가다 2수 訪曺雲伯 二首

◆ 이 작품은 조준룡曺俊龍을 찾아가 지은 시이다. 조준룡에 대한 정보는 많지 않다. 다만, 이황, 이이 등 당대 명유名儒들과 서로 교유했음을 알 수 있다. 그리고 첫 번째 작품을 통해 영평의 백운산에 살고 있었던 듯하다.

1수에서는 작자 박순이 조준룡을 찾아가 술에 취해 잠이 들었다가 깨어나 보니 달이 뜬 밤이었음을 말하였고, 밖으로 나와 홀로 길을 나서니 잠을 자던 새가 마치 자신을 알아본 것 같다라고 하였다. 2수에서는 조준룡의 집에 가 돌이끼에 자리를 잡고 앉아 막걸리를 마시다 취해 잠을 잤는데, 날던 학이 이슬방울 건드려 술잔이 적셨다라고 하였다. 이 작품은 박순 자신이 한 행동이나 주변 사물의 움직임을 최대한 포착하여 형상화하였다. 또한 조준룡이 사는 집을 가리켜 '선가仙家'라 하여 신선의 이미지를 부여하였고, '고반考槃'이라는 말을 사용해 은거해 사는 사람으로 나타내었다.

한편, 이 작품은 후대에 비평가들의 입에 오르고 내렸다. 우선 권응삼權應三의 《송계만록松溪漫錄》에는 "박사암이 백운동에 있는 조씨曺氏의 초당草堂에서 자면서 (중략) 라는 시를 지었는데, 사람들은 자는 새가 선생을 알아보았다고 말한다. 《오산설림》에는 '박사암의 청수고절淸修苦節은 아무나 미칠 수 있는 것이 아니다.' 하였다."라고 하였다. 또한 허균은 《국조시산》에서 이 작품의 제목을 《방조처사산거訪曺處士山居》라 하고, 평하기를 "비록 세상을 비웃고 자조하였으나 또한 절로 맑다.〔雖以欺世自嘲 亦自淸楚〕"라고 하였다. 또한 이수광李晬光은 《지봉유설芝峯類說》에서 "박사암이 백운동 시를 운운하니 당시 사람들이 그를 박숙조라 하였다.〔朴思菴白雲洞詩云云 時人謂之朴宿鳥〕"라고 하였다. 이러한 비평가들이 한 말 중에서 주목할 것은 '청수고절', '절로 맑다', '박숙조' 등이다.

醉睡仙家覺後疑 취 수 선 가 각 후 의	선가에서 술 취해 자다 깨어난 뒤 의아한데
白雲平壑月沈時 백 운 평 학 월 침 시	백운산의 낮은 골짜기에 달이 잠긴 때라
脩然獨出脩林外 소 연 독 출 수 림 외	초연히 긴 숲 밖으로 홀로 나서니
石逕筇音宿鳥知 석 경 공 음 숙 조 지	돌길의 지팡이 소리 자던 새가 안다
靑山獨訪考槃來 청 산 독 방 고 반 래	푸른 산으로 홀로 은자의 집을 찾아가
袖拂秋霞坐石苔 수 불 추 하 좌 석 태	옷소매로 가을 안개 떨치고 돌이끼에 앉아서
共醉濁醪眠月下 공 취 탁 료 면 월 하	막걸리에 함께 취해 달 아래서 잠을 자니
鶴翻松露滴空盃 학 번 송 로 적 공 배	학은 소나무 이슬 건드려 빈 술잔 적신다

《사암집》 권2

▶ 조운백曺雲伯 : 운백은 조준룡曺俊龍의 자.

▶ 선가仙家 : 신선이 사는 집. 조운백의 집을 표현한 것.

▶ 백운白雲 : 영평의 백운산을 말함.

▶ 소연脩然 : 초연히.

▶ 수림脩林 : 긴 숲.

▶ 숙조宿鳥 : 잠을 자는 새.

▶ 고반考槃 : 은자의 집. 《시경》〈고반考槃〉에 "그릇 두드리며 언덕에서 노

래하니 대인이 은거하여 사는 곳이로다. 혼자 잠들고 일어나는 생활
이지만 길이 맹세코 남에게 알리지 않으리라.〔考槃在陸 碩人之軸 獨寐寤宿
永矢弗告〕"라고 함.

▶ 탁료濁醪 : 막걸리.

▶ 송로松露 : 소나무에 맺힌 이슬.

32. 귀리 빚을 내고 장난으로 쓰다 請糴麥債戱題

◆ 이 작품은 박순이 영평에서 살면서 귀리 빚을 내게 된 사연, 농사짓기가 쉽지 않다 등의 내용을 중심으로 전개하였다. 농사를 짓는다는 것은 힘들고 어려운 일이다. 평생 글만 읽고 벼슬살이를 했던 박순으로서는 농사가 가장 어렵고 힘들었을 수도 있다. 새로운 일을 겪은 상황인지라 당황스럽기도 했지만 그것을 희학적으로 푼 것이 특징이다. 이 작품의 내용은 크게 두 부분으로 나눌 수 있다. 첫 부분은 1~14구까지이고, 두 번째 부분은 15~22구까지이다. 첫 부분의 내용을 간추리면 다음과 같다. 노년에 영평에서 머물며 산골짝 입구에서 밭을 갈았다. 한 번도 해본 적이 없는 일이기 때문에 마음이 다급해질 수밖에 없다. 밭을 간다고는 했으나 땅에 뿌릴 씨앗도 없다. 그때 어떤 사람이 겉보리를 한번 심어보라 추천하였다. 그러나 가지고 있는 겉보리도 없어서 노복을 시켜 관청에 빌려 달라 요청하도록 하였다. 빌려 달라고 요청한 사람이 한두 명이 아니니 그것을 관장하는 현감은 머리가 무거울 수밖에 없다. 양에 차지는 않으나 노복은 두어 말을 어깨에 짊어지고 집으로 돌아오니 집안 식구들의 웃음거리가 되었다. 두 번째 부분에서는 결국 밭 갈기를 실패하여 체념한 뒤에 상산사호商山四皓가 왜 영지를 먹었는지를 알 것 같다면서 덧없는 인생을 하느님께 맡기자 하였다. 두 번째 내용이 다소 어리둥절하지만 산속 생활이 쉽지 않다는 것을 말한 것이다.

老年耕谷口 노 년 경 곡 구	노년에 산골짝 입구에서 밭을 가니
村農春事急 촌 농 춘 사 급	촌농부의 봄 일이 다급해졌다
石田無可種 석 전 무 가 종	돌밭에 씨앗 뿌릴 것이 없는데
或言宜白麥 혹 언 의 백 맥	어떤 사람이 겉보리가 좋다 말한다
携狀走長鬚 휴 상 주 장 수	노복에게 신청서 들려 달려가라 하여
請官糶一斛 청 관 조 일 곡	관에 한 섬의 곡식 요청하였다
慇懃山縣宰 은 근 산 현 재	다정한 산 속의 현감이지만
亦困衆訴集 역 곤 중 소 집	역시 소청이 많이 모여 애 먹는다
新舊皆懸罄 신 구 개 현 경	햇 것과 묵은 것 다 바닥났는지라
未遑存厚薄 미 황 존 후 박	후하고 박한 것 생각할 겨를 없다
數斗不滿擔 수 두 불 만 담	두어 말은 짊어진 어깨에 차지 않는데
而又半沙石 이 우 반 사 석	게다가 또 절반은 모래와 돌이라
隻手弄而歸 척 수 롱 이 귀	한 손으로 장난치며 돌아와
入門兒女噱 입 문 아 녀 갹	문으로 들어오니 아녀자들이 웃는다
布穀是何意 포 곡 시 하 의	뻐꾹새는 무슨 생각을 하여
催耕啼屋角 최 경 제 옥 각	밭 갈기 재촉하여 집 모퉁이에서 우는지
斫畬徒費日 작 여 도 비 일	밭 개간하느라 헛되이 날만 허비하고

坐見生荊棘 좌 견 생 형 극	우두커니 가시나무 돋는 것 본다
始知商山老 시 지 상 산 로	비로소 알았다, 상산의 늙은이들이
茹芝不吞粟 여 지 불 탄 속	영지는 먹고 곡식은 먹지 않았음을
浮生委眞宰 부 생 위 진 재	덧없는 인생을 하느님께 맡기고
高枕茅齋寂 고 침 모 재 적	높이 베개 베니 초가집이 고요하다

《사암집》권1

▶ 광맥穬麥 : 귀리.

▶ 백맥白麥 : 겉보리.

▶ 장수長鬚 : 노복奴僕.

▶ 은근慇懃 : 태도가 겸손하고 정중함. 다정함.

▶ 신구新舊 : 새로운 것과 옛 것. 여기서는 햇곡식과 묵은 곡식을 말함.

▶ 현경懸磬 : 바닥이 남.

▶ 포곡布穀 : 뻐꾹새.

▶ 옥각屋角 : 집의 모퉁이.

▶ 작여斫畲 : 밭을 개간함.

▶ 형극荊棘 : 가시나무.

▶ 상산로商山老 : 상산사호商山四皓, 즉 진秦나라 말기에 폭정暴政을 피해 상산商山에 숨어 살았던 네 명의 노인. 후세에 나이도 많고 덕도 높은 은사隱士를 뜻하는 말로 쓰이고 있음.

▶ 여지茹芝 : 영지를 먹음.

▶ 진재眞宰 : 하느님. 우주 만물의 주재자主宰者로서 우리를 웃고 울게 만드는 참 주인을 말함. 《莊子 齊物論》

33. 토란을 구워 먹으며 食燒芋

◆ 이 작품은 토란을 구워 먹으며 그 느낌을 적은 것이다. 토란은 소박한 음식 중 하나이다. 따라서 이 작품은 작자 박순이 소박한 생활을 하던 중에 토란과 관련하여 지은 것이다. 작품의 내용을 보면, 눈바람이 몰아치는 겨울철에 있었던 이야기이다. 추위를 녹이는데 고아주羔兒酒와 같은 맛있는 술이 있으면 좋겠으나 토란으로도 충분하다 하여 작은 것에서도 확실한 행복을 느끼는 모습을 보여주었다.

歲暮雪花吹白屋
세 모 설 화 취 백 옥

한 해가 저물 때 눈꽃은 초가집에 불어오고

瓊瑤錯莫照林巒
경 요 착 막 조 림 만

유리 같은 것들 어지럽게 숲 뫼에 비친다

淺斟不待羔兒酒
천 짐 부 대 고 아 주

술잔 기울임에 고아주 기다릴 것도 없이

灰裏蹲鴟亦解寒
회 리 준 치 역 해 한

잿 속에 있는 토란 역시 추위를 풀어준다

《사암집》 권2

▸ 소우燒芋 : 토란을 구움.

▸ 백옥白屋 : 오두막집.

▸ 경요착막조림만瓊瑤錯莫照林巒 : "유리 같은 것들 어지럽게 숲 뫼에 비친다"로 풀이함. '경요'는 구슬 또는 보배. '착막'은 어지럽다는 뜻. 즉, 여기서의 '경요'는 눈을 말하며, 눈이 어지럽게 내리는 모습을 표현한 것.

▸ 천짐淺斟 : 조금씩 술을 마심.

▸ 고아주羔兒酒 : 중국 산서山西 지방에서 생산되는 미주美酒의 이름.

▸ 준치蹲鴟 : 토란의 별칭. 올빼미가 웅크리고 앉아 있는 것 같다 하여 붙여진 이름.

34. 인삼을 캐며 採人蔘

> ◆ 이 작품은 인삼을 캐며 느낌이 일어 지은 것이다. 박순은 영평의 백운동에서 살면서 인삼도 캤다. 마지막 결구를 통해 직접 인삼을 캤음을 보였다. 자연인으로서의 삶을 보여준 작품이다.

九莖仙草今難見
구 경 선 초 금 난 견

아홉 줄기 신선 풀을 이제 보기 힘드나

五葉人形亦可餐
오 엽 인 형 역 가 찬

사람 모습을 한 다섯 잎도 먹을 만하다

應有椵雲千歲老
응 유 가 운 천 세 로

구름에 얽힌 천년 된 늙은 뿌리 있으리니

把鑱遙斸白雲端
파 참 요 촉 백 운 단

괭이 들고 멀리 백운산 끝에서 땅을 판다

《사암집》 권2

▶ 오엽인형五葉人形 : 인삼을 두고 한 말.
▶ 백운白雲 : 영평의 백운산.

35. 치아가 부러져 장난으로 쓰다 齒碎戲題

◆ 이 작품은 치아가 부러져 지었는데, 희학적이다. 치아가 부러지면 당황하여 어찌 할 바를 몰라 할 것인데, 당황함보다는 장난이 섞여있 어 삶을 체념하고 달관한 듯한 느낌을 준다. 작품의 전·결구에서는 음 식을 섭취하는 것과 결부시켜 말했는데, 오히려 죽을 쑤어 먹는 가난 한 처지인지라 치아가 온전히 있을 필요가 없다 하였다. 희학적인 내 용 중에 반대의 감정을 불러일으킨 부분이라 하겠다.

老子風流非謝氏   이 늙은이의 풍류는 사씨가 아니지만
노 자 풍 류 비 사 씨

山中豈有擲梭人   산속에 어찌 북 내던지는 사람 있을까
산 중 기 유 척 사 인

自凋牙齒妨餐飯   치아가 절로 떨어져 밥 먹음 방해하니
자 조 아 치 방 찬 반

煮粥還宜白屋貧   죽 쑴이 되레 초가집 가난에 어울리겠다
자 죽 환 의 백 옥 빈

《사암집》 권2

▶ 노자풍류비사씨老子風流非謝氏 산중기유척사인山中豈有擲梭人 : "이 늙은 이의 풍류는 사씨가 아니지만, 산속에 어찌 북 내던지는 사람 있을까"로 풀이함. '노자'는 박순 스스로를 가리킴. '사씨'는 진쯥나라 때의 사곤謝 鯤을 가리킴. 사곤이 이웃집 여인을 유혹하려고 하다가, 그녀가 길쌈을 하면서 던진 베틀의 북을 얻어맞고 치아 두 개가 부러졌는데, 사람들 이 "제멋대로 계속 경솔하게 굴더니 유여가 끝내 이를 부러뜨렸다.[任達

不已 幼輿折齒]"라고 놀리자, 사곤이 이 말을 듣고는 꿋꿋하게 휘파람을 길게 불면서 "나는 그래도 나의 휘파람 부는 일을 계속해야겠다.[猶不 廢我嘯歌]"라고 응수했던 고사가 있음.《晉書 卷49 謝鯤列傳》《世說新語 賞譽》

▶ 찬반餐飯 : 밥을 먹음.

▶ 자죽煮粥 : 죽을 쑴.

36. 조밥 粟飯

◆ 이 작품은 조밥을 지어 먹으며 일어난 생각을 적었다. 조밥은 청빈한 생활을 뜻한다. 비록 청빈한 삶이지만 그런 대로 거기에서 만족감을 느끼는 모습을 보이고 있다. 한번 배가 부르면 그것으로 만족하니 굳이 맛있는 쌀밥을 먹으려고 하지 말라 하였다. 삶의 소소한 부분에서도 만족해하며 여유로움을 보이고 있다.

兒煮黃粱燃落葉　　아이가 메조밥 짓느라 낙엽을 태우니
아 자 황 량 연 락 엽

林間日午起炊煙　　대낮에 숲 사이로 밥 짓는 연기 오른다
임 간 일 오 기 취 연

何勞更憶長腰美　　무엇하러 애써 고운 쌀밥을 생각하려는가
하 로 갱 억 장 요 미

一飽終同食萬錢　　한번 배 부르면 결국 만전 음식 먹는 것이라
일 포 종 동 식 만 전

《사암집》 권2

▶ 황량黃粱 : 메조밥.

▶ 취연炊煙 : 밥 짓는 연기.

▶ 장요미長腰美 : 고운 쌀밥.

▶ 식만전食萬錢 : 만전 값어치의 음식을 먹음.

37. 우물을 파며 鑿井

> ◆ 이 작품은 울타리 가에 우물을 파며 느낌을 적은 것이다. 우물을 파
> 더라도 많은 양의 물은 얻을 수 없을 것이라 하였다. 그래도 물을 사
> 먹는 것보다는 낫다라고 하며, 남들이 물을 가져가도 돈을 따지지 않
> 겠다 하였다. 여유로움과 후한 인심을 보여준 작품이다.

籬邊鑿井纔盈斗　　울타리 가에서 우물 파니 겨우 한 말이나 찰까
리 변 착 정 재 영 두

石罅涓涓一線連　　바위틈에 졸졸 흐르는 물은 한 줄기가 이어졌다
석 하 연 연 일 선 련

却勝雲安沽水客　　그래도 운안의 물 사먹는 나그네보다는 나으니
각 승 운 안 고 수 객

一瓢長取不論錢　　한 표주박씩 오래 가져가도 돈을 따지지 않는다
일 표 장 취 불 론 전

《사암집》 권2

▸ 착정鑿井 : 우물을 팜.

▸ 석하石罅 : 바위틈.

▸ 연연涓涓 : 졸졸 물이 흐르는 모습.

▸ 각승운안고수객却勝雲安沽水客 : "그래도 운안의 물 사먹는 나그네보다는
　　나으니"로 풀이함. '운안'은 운안장雲安場을 말함. 운안장에서는 소금을
　　만들기 때문에 모두 짠물이어서 물을 돈 주고 사 먹음.

【부록1】《사암집》 소재 시제에 등장하는 인물

연번	인물명	시제	비고
1	고경진高景軫 본관-제주濟州	고응임이 종성으로 가는데 전송하며 [高應任赴鍾城](권2)	이하 유가인 儒家人
2	고사렴高士廉	판관 고사렴의 만시[高判官士廉挽](권1)	
3	기대승奇大升 1527~1572 자-명언明彦 호-고봉高峯 본관-행주幸州	고봉 기대승의 만시[奇高峯大升 挽](권3)	
4	기효근奇孝謹 1542~1597 자-숙흠叔欽 본관-행주幸州	진으로 부임해 가는 만호 기효근을 보내며 3수[送奇萬戶孝謹赴鎭 三首](권1)	
6	김경헌金景憲 1514~? 자-윤중允仲 본관-광산光山	목사 김경헌의 만시 2수 [金牧使景憲 挽 二首](권3)	
7	김계金啓 1528~1574 자-회숙晦叔 호-운강雲江 본관-부안扶安	김회숙이 연경으로 가는데 전송하며 [送金晦叔赴京](권3)	
8	김계휘金繼輝 1526~1582 자-중회重晦 호-황강黃岡 본관-광주光州	연경에 가는 주청사 충회 김계휘에게 주다[贈奏請使金重晦繼輝 赴京](권1)	
9	김귀영金貴榮 1520~1593 자-현경顯卿 호-동원東園 본관-상주尙州	연경에 가는 김현경을 전송하며[送金顯卿赴京](권3)	

10	김종호金從虎	봉사 김종호가 전별연에서 술을 마셨다는 이유로 논핵되어 파직 당하고 돌아가는데 그에게 시를 주다[金奉事從虎以飮餞被論罷歸 贈之以詩](권1)	김인후의 차남
11	김천일金千鎰 1537~1593 자-사중士重 호-건재健齋 본관-언양彦陽	김천일의 서재에 쓰도록 보내다 [寄題金千鎰書齋](권2)	
12	김청金清 ?~? 자-덕형德泂 호-지재止齋 본관-경주慶州	찰방 김청이 술을 들고 찾아와 사례하다[謝金察訪清携酒來訪](권2) / 선천 군수 김청이 부임하는데 전송하며[送金宣川清赴任](권2)	
13	남언경南彦經 1528~1594 자-시보時甫 호-동강東岡 본관-의령宜寧	청풍 현감으로 나가는 시보 남언경을 보내며 2수[送南時甫彦經宰淸風 二首](권2) / 완산으로 부임해가는 동강 남시보를 전송하며 2수[送東岡南時甫赴位完山 二首](권2)	서경덕의 문인. 조선 시대 최초의 양명학자
14	박계현朴啓賢 1524~1580 자-군옥君沃 호-관원灌園 본관-밀양密陽	박군옥이 만포를 진수할 때 제현의 증별시첩에 쓰다[題朴君沃鎭滿浦時諸賢贈別帖](권3)	
15	박대중朴大中	박대중과 이별하면서 3수 [送別朴大中 三首](권2)	'대중大中'은 자字인듯한데, 누구를 가리키는지 알 수 없음.
16	박동열朴東說 1564~1622 자-열지說之 호-남곽南郭 본관-반남潘南	상사 박동열의 시에 차운하다 2수 [次朴上舍東說 韻 二首](권2)	

17	박민헌朴民獻 1516~1586 자-희정希正 호-정암正菴 본관-함양咸陽	동지 박이정의 만시 [朴同知頤正挽](권2)	'이정頤正'은 초명. 서경덕의 문인
18	박상朴祥 1474~1530 자-창세昌世 호-눌재訥齋 본관-충주忠州	회정 상인의 시권 중에 돌아간 중부 눌재의 시를 보고 느낌이 일어 삼가 차운하다 2수[回正上人卷中 見先仲父訥齋詩 有感敬次 二首](권1) / 청안현에서 삼가 돌아가신 중부 눌재 선생의 판상 시에 차운하다 2수[清安縣 敬次先仲父訥齋先生板上韻 二首](권3)	박순의 중부仲父
19	박점朴漸 1532~? 자-경진景進 호-복암復庵 본관-고령高靈	해서로 부임해 가는 감사 박점을 전송하며[送朴監司漸 赴海西](권1)	박점이 황해 감사로 나간 시기는 1584년(선조17). 박순의 나이 62세 때임.
20	박한유朴韓愈	박공 한유에게 주다 [贈朴公漢愈](권1)	
21	박현룡朴見龍 자-문명文明 본관-순천順天	청안에서 동년 박현룡을 보다 [清安 見同年朴見龍](권1)	
22	박희립朴希立 1523~? 자-양백養伯 본관-함양咸陽	길주로 가는 박희립을 전송하며[送朴希立赴吉州](권3)	
23	백광훈白光勳 1537~1582 자-창경彰卿 호-옥봉玉峯 본관-해미海美	옥봉 백광훈의 만시 [白玉峯光勳 挽](권2)	
24	송대립宋大立 1542~1583 자-사강士强 호-외암畏庵 본관-서산瑞山	직장 송대립의 시에 차운하다 2수[次宋直長大立韻 二首](권1) / 앞 시의 운을 다시 써서 짓다 2수[再疊前韻 二首](권1) [再疊前韻 二首](권1)	박순의 문인

25	송순宋純 1493~1583 자-수초遂初 호-면앙정俛仰 亭 본관-신평新平	사재 송순의 면앙정 30운에 쓰다 [題宋四宰純 俛仰亭三十韻](권1)	
26	안민학安敏學 1542~1601 자-습지習之 호-풍애楓崖 본관-광주廣州	아산으로 가는 안민학을 전송하며[送安 敏學赴牙山](권2)	
27	양사기楊士奇 1531~1586 자-응우應遇 호-죽재竹齋 본관-청주淸州	양해성에게 주다 3수 [贈楊海星 三首](권2)	양사언의 동생. '해성'은 양사기 의 또 다른 호
28	양사언楊士彦 1517~1584 자-응빙應聘 호-봉래蓬萊 본관-청주淸州	안변 부사 양사언에게 부치다 2수 [寄楊安邊士彦 二首](권1)	양사기의 형
29	유온柳溫 1537~?	매귤당 주인 유충정을 찾아갔다가 만 나지 못하여 [訪梅橘堂主人柳忠貞 不遇](권2)	
30	유은柳溵 1540~? 자-원보源甫 본관-흥양興陽	남쪽으로 돌아가는 좌랑 유은을 전송 하며[送柳佐郎溵 南歸](권3)	
31	유홍俞泓 1528~1594. 자-지숙止叔 호-송당松塘 본관-기계杞溪	유홍의 퇴우당에 쓰다 [題俞泓退憂堂](권3)	

32	윤급尹汲 1559~1592 자-급고 汲古 본관-파평坡平	상사 윤급의 시에 차운하다 2수 [次尹上舍汲 韻 二首](권3)	
33	윤근수尹根壽 1537~1616 자-자고子固 호-월정月汀 본관-해평海平	참판 윤근수가 소격서의 복주를 선물함에 사례하며[謝尹參判 根壽 惠昭格署福酒](권2) / 연경에 가는 자고 윤근수를 전송하며[送尹子固根壽 赴京](권2)	윤두수의 동생. 김덕수金德秀·이황李滉의 문인
34	윤두수尹斗壽 1533~1601 자-자앙子仰 호-오음梧陰 본관-해평海平	연경에 가는 자앙 윤두수를 전송하며 2수[送尹子昻斗壽 赴京 二首](권1)	윤근수尹根壽의 형. 이중호李仲虎. 이황李滉의 문인.
35	윤시침尹時忱	도사 윤시침이 수박을 선물하여 시로 사의를 표하다[尹都事時忱惠西苽 詩以謝之](권1) / 도사 윤시침이 찾아와 2수[尹都事時忱來訪 二首](권2) / 윤 도사와 이별하며[別尹都事](권2)	
36	윤의중尹毅中 1524~1590 자-치원致遠 호-낙천駱川 본관-해남海南	연경에 가는 윤치원을 보내며 [送尹致遠赴京](권1)	윤선도尹善道의 조부
37	윤제원尹悌元	수재 윤제원에게 주다 2수 [贈尹秀才悌元 二首](권2)	
38	윤호尹暉 1542~? 자-중승仲昇 본관-해평海平	정랑 윤호에게 부치다[寄尹正郎暉](권2) / 첨정 윤호가 연경으로 가는데 지은 전송시 10운[送尹僉正暉 赴京十韻](권3)	
39	윤훈尹勳	상사 윤훈에게 주다[贈尹上舍勳](권2)	
40	이경진李景晉	수재 이경진의 시에 차운하다 [次李秀才景晉韻](권2)	

41	이산해李山海 1538~1609 자-여수汝受 호-아계鵝溪 본관-한산韓山	계함 정철과 여수 이산해가 호당에 있을 때 매화를 꺾어 보내 시로 사의를 표하다[鄭季涵澈, 李汝受山海 在湖堂 折寄梅花 詩以謝之](권1)	
42	이석명李碩明 1513~1583	덕천군으로 가는 사군 이석명을 전송하며[送李使君碩明赴德川郡](권1)	
43	이숭경李崇慶 1510~1588 자-군선君善 호-풍담도로 楓潭道老, 단구한민丹丘閑民 본관-전의全義	단구자 진사 이숭경이 정원의 과일을 선물한 것에 삼가 사례하며[奉謝丹丘子李 進士崇慶惠園果](권1) / 단구자의 시에 차운하다[次丹丘子韻](권1) / 친구인 상사 이숭경 집의 어린 종이 저를 배워 재주를 이루었는데, 밭을 갈도록 했더니 마침내 도망갔다 한다. 이 이야기를 듣고 시를 지었다[友生李上舍崇慶少奴 學笛成才 使 耘田 遂逸去 聞而賦之](권1)	
44	이언휴李彦休	홍산 이언휴가 종이에 매화 가지를 싸서 보내와 마침내 화작하여 증정하다 [李鴻山彦休 紙裹梅枝 題詩送之 遂和呈](권1)	
45	이의건李義健 1633~1621 자-의중宜中 호-동은峒隱 본관-전주全州	직장 이의건의 시냇가 정자 [李直長義健 溪亭](권2)	
46	이이李珥 1536~1584 자-숙헌叔獻 호-율곡栗谷 본관-덕수德水	옛 은거지로 돌아가는 숙헌 이이를 전송하며 2수[送李叔獻珥 還舊隱 二首](권1) / 이율곡의 만시[李栗谷挽](권3)	
47	이장영李長榮 1531~1589 자-수경壽卿 호-죽곡竹谷 본관-함평咸平	선공감 정 이장영이 경차관으로서 찾아와[李正長榮 以敬差官歷訪](권2)	

48	이정李霆 1541~1622 자-중섭仲變 호-탄은灘隱 본관-전주全州	석양정에게 주다 [贈石陽正](권1)	종실로서 임영대군臨瀛大君 이규李璆의 증손이며, 부친은 익주군益州君 이지李枝. 석양정石陽正에 봉해졌다가 뒤에 석양군石陽君으로 올랐음. 특히 묵죽화에 뛰어나 조선 시대 3대 화가로 꼽힘.
49	이정립李廷立 1556~1595 자-자정子政 호-계은溪隱 본관-광주廣州	좌랑 김정립이 햅쌀을 선물해주어 노래하다[李佐郎廷立惠新米歌](권1) / 광릉으로 돌아가는 이정립을 보내며[送李生廷立歸廣陵](권1)	이이李珥의 문인
50	이종후李宗厚	수재 이종후의 시에 차운하다[次李秀才宗厚韻](권1) / 수재 이종후의 시에 차운하다[次李秀才宗厚韻](권3)	
51	이춘영李春英 1563~1606 자-실지實之 호-체소재體素齋 본관-전주全州	진사 이춘영의 시에 차운하다[次李進士春英韻](권3) / 진사 이춘영의 시에 차운하다[次李進士春英韻](권2)	성혼成渾의 문인
52	이항李恒 1499~1576 자-항지恒之 호-일재一齋 본관-성주星州	일재 이항의 만시 [李一齋恒 挽](권2)	
53	이헌국李憲國 1525~1602 자-흠재欽哉 호-유곡柳谷 본관-전주全州	관찰사 이흠재가 찾아와 시에 차운하다 2수[李觀察欽哉來訪 次韻 二首](권2) / 이흠재가 조운백의 옛집에 들러 지은 시에 차운하다[次李欽哉過曹雲伯故墟](권2)	

54	이황李滉 1501~1570 자-경호景浩 호-퇴계退溪 본관-진보眞寶	고향으로 돌아가는 퇴계 선생을 전송하며[送退溪先生還鄉](권1) / 퇴계 선생의 만시[退溪先生挽](권2) / 퇴계 선생의 만시[退溪先生挽](권3)	
55	이후백李後白 1520~1573 자-계진季眞 호-청련靑蓮 본관-연안延安	연경에 가는 계진 이후백을 전송하며 2수[送李季眞後白 赴京 二首](권2)	
56	이희간李希幹 자-영년永年	사위 이영년에게 보이다 [示女婿李永年](권1)	박순의 사위
57	임억령林億齡 1498~1568 자-대수大樹 호-석천石川 본관-선산善山	성연의 시권 속에 있는 석천 임억령의 시를 차운하다[性衍詩卷中 次林石川 億齡](권1) / 장흥으로 향해가는 임석천을 전송하며[送林石川赴長興](권1)	
58	장운익張雲翼 1561~1599 자-만리萬里 호-서촌西村 본관-덕수德水	좌랑 장운익이 연경에 가는데 보내며 [送張佐郎雲翼赴京](권1)	장유張維의 부친
59	정몽주鄭夢周 1337~1392 자-달가達可 호-포은圃隱 본관-영천永川	포은 선생의 판상 시에 차운하여 백암의 쌍계루에 써서 부치다[寄題白巖雙溪樓 次圃隱先生板上韻](권3)	
60	정운룡鄭雲龍 1542~1593 자-경우慶遇 호-하곡霞谷 본관-하동河東	남쪽으로 돌아가는 수재 정운룡을 전송하며[送鄭秀才雲龍南還](권1)	기대승의 문인
61	정유길鄭惟吉 1515~1588 자-길원吉元	용만에서 임당 정유길과 입으로 연구를 읊다[龍灣 與鄭林塘惟吉 口號聯句](권2)	

	호-임당林塘 본관-동래東萊		
62	정지연鄭芝衍 1525~1583 자-연지衍之 호-남봉南峰 본관-동래東萊	영남으로 부임해가는 감사 정지연을 전송하며[送鄭監司芝衍 赴嶺南](권3)	이중호李仲虎의 문인. 이황·서경덕·성제원成悌元의 문하에 출입함.
63	정철鄭澈 1536~1593 자-계함季涵 호-송강松江 본관-연일延日	계함 정철과 여수 이산해가 호당에 있을 때 매화를 꺾어 보내 시로 사의를 표하다[鄭季涵澈, 李汝受山海 在湖堂 折寄梅花 詩以謝之](권1) / 남쪽으로 돌아가는 정계함을 전송하며[送鄭季涵南歸](권1) / 호남 관찰사로 나가는 정계함을 전송하며 2수[送鄭季涵出按湖南 二首](권1) / 연서역에서 정계함의 시에 차운하다[延曙驛 次鄭季涵韻](권2) / 호남 관찰사로 나가는 정계함을 전송하며[送鄭季涵出按湖南](권2) / 연경으로 가는 판윤 정철을 전송하며[送鄭判尹澈 赴京](권3) / 북관을 살피러 가는 정계함을 전송하며[送鄭季涵出按關北](권3)	
64	조식曺植 1501~1572 자-건중楗仲 호-남명南冥 본관-창녕昌寧	남명 조식의 만시 [曺南冥植 挽](권3)	
65	조준룡曺俊龍 자-운백雲伯	운백 조준룡이 옛날 살았던 산으로 돌아감에 전송하며 2수[送曺雲伯俊龍 還舊山 二首](권1) / 조운백을 찾아가다 2수[訪曺雲伯 二首](권2)	
66	한호韓濩 1543~1605 자-경홍景洪 호-석봉石峯,	별좌 한호가 찾아온 뜻에 답하다[答韓別坐濩來意](권2) / 연경으로 가는 사과 한호를 전송하며[送韓司果濩赴京](권2)	

	청사淸沙 본관-삼화三和		
67	허엽許曄 1517~1580 자-태휘太輝 호-초당草堂 본관-양천陽川	계림의 수령으로 나가는 허엽을 전송하며 2수[送許曄出尹鷄林 二首](권3)	서경덕의 문인
68	허진동許震童 1525~1610 자-백기伯起 호-동상東湘 본관-태인泰仁	참봉 허진동의 우반십경에 써서 부치다[寄題許參奉震童愚磻十景](권1) / 판관 허진동이 파직되어 남쪽 고향으로 돌아감에 전송하며 오언절구[送許判官震童罷歸南鄕 五絶](권1)	박순의 문인이면서 외조카
69	홍인우洪仁祐 1515~1554 자-응길應吉 호-치재恥齋 본관-남양南陽	치재 홍인우 부인의 만시 [洪恥齋仁祐 夫人挽](권3)	서경덕과 이황의 문인
70	홍천경洪千璟 1553~1632 자-군옥群玉 호-반항당盤恒堂 본관-풍산豊山	홍천경의 쌍계정에 쓰다 [題洪千璟雙溪亭](권3)	기대승, 고경명의 문인
71	황정욱黃廷彧 1532~1607 자-경문景文 호-지천芝川 본관-장수長水	지사 황정욱이 술을 가지고 지나가기에[黃知事廷彧 携酒而過](권1) / 삼가 지천 황정욱에게 수답하다 2수[奉酬黃芝川廷彧 二首](권2) / 황지천이 잔 게를 보내준 데에 사례하며[謝黃芝川送蝐蟹](권2) / 주청사 승지 황정욱이 연경으로 가는데 전송하며[送奏請使黃承旨廷彧 赴京](권3) / 낙귀 주인 경문 황정욱에게 부치다[寄樂歸主人黃景文廷彧](권3) / 황경문의 시에 차운하다[次黃景文韻](권3) / 다시 앞의 시운으로 지어 황경문에게 적어 보내다[再步前韻 錄奉黃景文](권3)	

72	황혁黃赫 1551~1612 자-회지晦之 호-독석獨石 본관-장수長水	고양 황혁의 일아정에 부치다 [寄黃高陽赫 日哦亭](권3)	황정욱이 부친. 기대승의 문인
73	견 상인堅上人	견 상인에게 주다 [贈堅上人](권1)	이하 불가인佛家 人
74	균사均師	균사의 시축에 율곡의 시가 있어 슬픈 감회에 잠긴 나머지 그 시에 차운하여 주다 2수[均師詩軸 有栗谷詩 感愴之餘 因次其 韻以贈之 二首](권2)	균사는 신륵사神 勒寺의 불승으로 《십청집十淸集》 등에는 상균 사 尙均師로 적힘.
75	나융 비구 懶融比丘	나융 비구에게 주다 2수 [贈懶融比丘 二首](권2)	
76	능인能引	능인의 시축에 쓰다[題能引詩軸](권2)	
77	변사辯師	변사에게 주다[贈辯師](권1) / 정로를 추 억하며 변사 편에 부쳐 보이다[追憶政老 因辯師寄示](권1)	
78	설간 상인 雪幹上人	설간 상인이 쌍봉사로 돌아가는데 전 송하며[送雪幹上人歸雙峯寺](권2)	
79	성연性衍	성연의 시권 속에 석천 임억령의 시를 차운하다[性衍詩卷中 次林石川億齡](권1) / 성연의 시권 중에서 석천 시에 차운하 다[性衍詩卷中 次石川韻](권1)	
80	성진 상인 性眞上人	차운하여 성진 상인의 시축에 쓰다[次 韻 題性眞上人詩軸](권2) / 성진 상인이 선 원산으로 돌아가는데 전송하며[送性眞 上人歸仙源山](권3)	
81	수진 비구 守眞比丘	수진 비구에게 주다 2수[贈守眞比丘 二首] (권1) / 수진 비구에게 주다[贈守眞比丘](권1)	
82	신여 산인 信如山人	신여 산인이 금루관을 굳이 사양하고 돌아가 그에게 시를 주다[信如山人 固辭 禁漏官 還歸 贈之以詩](권1)	

83	옥 상인玉上人	옥 상인에게 주다 2수[贈玉上人 二首](권1) / 옥 상인이 오대산으로 돌아가는데 전송하며[送玉上人還五臺山](권2)	
84	육호 상인 六浩上人	육호 상인에게 주다 2수[贈六浩上人 二首](권1)	
85	일원 상인 一元上人	백운산의 일원 상인이 두 가지 과일을 보내주어 시로 답하다 2수[白雲山一元上人 遺以二果 詩以答之 二首](권1)	
86	천연 상인 天然上人 자-무위無爲	천연 상인에게 주다[贈天然上人](권1) / 천연연사가 시를 부쳐와[天然師寄詩](권1) / 천연에게 《근사록》을 증정하다[贈天然近思錄](권1) / 천연이 풍수지리를 알아 내가 살려고 잡은 터를 보고 말하기를 "수세가 탐욕스러운 늑대이니, 법칙상 마땅히 가난하지 않다."라고 하였다. 장난삼아 짓다[天然解地理 相吾卜居日 水勢貪狼 法當不貧 戲題](권2) / 낙귀정의 진달래꽃이 산을 뒤덮을 정도로 한창 피어 천연 상인이 나에게 와보라고 알려서[樂歸亭 杜鵑花籠山盛開 天然上人 報我來看](권3) / 연사의 시에 차운하여 보내다 2수[次寄然師韻 二首](권3)	천연 상인은 정개청鄭介淸과 함께 박순에게서 수학함. 고봉高峯 기대승奇大升에게 《주역》을 배움. 양사언楊士彦·박순·허봉許篈과 교유함. 기대승·이황의 왕복서往復書를 전달함. 지리산 천황봉의 음사淫祠를 격파함. 임진왜란 때 휴정休靜을 따라 전공戰功을 세움. 조식曺植이 천연 상인의 전인《용사천연전勇士天然傳》을 지음.
87	천원 상인 天原上人	천원 상인에게 주다 2수 [贈天原上人 二首](권2)	
88	천존 상인 天尊上人	천존 상인에게 주다 [贈天尊上人](권2)	
89	태능 비구 太能比丘	태능 비구니에게 주다 [贈太能比丘](권1)	
90	태호 상인 太灝上人	태호 상인에게 주다 [贈太灝上人](권3)	

91	학상 비구 學祥比丘	학상 비구의 시축에 쓰다[題學祥比丘詩軸](권1) / 학상이 풍악으로 돌아가는데 전송하며[送學祥還楓岳](권1) / 학상 비구에게 주다[贈學祥比丘](권1)	
92	해즙 상인 海楫上人	해즙 상인에게 주다 [贈海楫上人](권2)	
93	행사 상인 行思上人	여산군에서 행사 상인과 작별하면서[礪山郡別行思上人](권1) / 호남으로 돌아가는 행사 상인을 전송하며[送行思山人歸湖南](권1) / 압록강에서 행사 상인과 이별하며[鴨綠江 別行思上人](권2)	
94	호사浩師	호사에게 주다[贈浩師](권3)	
95	회정 상인 回正上人	회정 상인의 시권 중에 돌아간 중부 눌재의 시를 보고 느낌이 일어 삼가 차운하다 2수[回正上人卷中 見先仲父訥齋詩 有感敬次 二首](권1)	
96	휴정 상인 休正上人	휴정 상인의 시에 차운하다 [次休正上人韻](권1)	
97	흡사洽師	풍악으로 유람 가는 흡사에게 주다[贈洽師遊楓岳](권1)	
98	희호 상인 熙浩上人	희호 상인에게 주다 3수 [贈熙浩上人 三首](권1)	
99	구희직歐希稷	밤에 대동강에서 배를 띄워 천사 구희직의 시에 차운하다[夜泛大同江 次歐天使希稷 韻](권1) / 구 천사의 시에 차운하다[次歐天使韻](권2) / 구 천사의 농월헌 시에 차운하다[次歐天使弄月軒韻](권2) / 구 천사의 쾌재정 시에 차운하다[次歐天使快哉亭韻](권2) / 구 천사의 망월헌 유감 시에 차운하다[次歐天使望月軒有感韻](권2) / 구 천사의 배기자묘 시에 차운하다[次歐天使拜箕子廟韻](권2) / 구 천사의 회란석 시에 차운하다[次歐天使廻瀾石韻](권2) /	이하 명나라 사신

		구 천사의 납청정 시에 차운하다[次歐天使納淸亭韻](권3) / 구 천사의 대정강 시에 차운하다[次歐天使大定江韻](권3) / 구 천사의 연광정 시에 차운하다[次歐天使練光亭韻](권3) / 구 천사가 고맙게도 좋은 시를 보내주어 삼가 그 시 운을 따라 지어 외람되이 보도록 내놓으며[歐天使寵示佳篇 謹步其韻 敬塵淸眄](권3) / 구 천사의 태평루 시에 차운하다[次歐天使大平樓韻](권3) / 구 천사의 장도포병 시에 차운하다[次歐天使長途抱病韻](권2) / 구 천사의 시에 차운하다[次歐天使韻](권3) / 다시 귀하의 시운에 따라 지어서 삼가 구 천사께 증정하여 감히 고쳐주시기를 바랍니다 2수[復依高韻 奉呈歐天使敢冀郢正 二首](권3) / 삼가 구 천사와 이별하며 4수[奉別歐天使 四首](권3)	
100	성헌成憲	천사 성헌의 〈김 효녀〉 시에 차운하다[次成天使憲 金孝女韻](권1) / 가평관에서 성 천사의 시에 차운하다[嘉平館 次成天使韻](권1) / 성 천사의 쾌재정 시에 차운하다[次成天使快哉亭韻](권2) / 총수산에 비를 만났다가 성 천사의 시에 차운하다[葱秀山遇雨 次成天使韻](권2) / 개성부에서 성 천사의 시에 차운하다[開城府 次成天使韻](권2) / 쾌심정에서 성 천사의 시에 차운하다[快哉亭 次王天使韻](권2) / 성 천사의 〈압록강분득고자〉 시에 차운하다[次成天使鴨綠江分得高字韻](권3) / 성 천사의 〈차련관관송〉 시에 차운하다[次成天使車輦館觀松韻](권3) / 성 천사의 〈고령즉사〉 시에 차운하다[次成天使高嶺卽事韻](권3) / 성 천사의 태허루 시에 차운하다[次成天使太虛樓韻](권3) / 성·왕 두 천사의 태평루 시에 차운하다[次成王兩天使大	

		平樓韻](권3) / 성 천사의 백상루 시에 차운하다[次成天使百祥樓韻](권3) / 성 천사의 〈숙동파관〉 시에 차운하다[次成天使宿東坡館韻](권3) / 성 천사의 유별 시에 차운하다 2수[次成天使留別韻 二首](권3) / 삼가 성 천사 감오 학사대부와 이별하며 3수[奉別成天使監吾學士大人 三首](권3)	
101	왕새王璽	천사 왕새 의 〈알기자묘운〉 시에 차운하다[次王天使 璽 謁箕子廟韻](권1) / 왕 천사의 〈압록강분득고자〉 시에 차운하다[次王天使鴨綠江分得東字韻](권3) / 왕 천사의 태허루 시에 차운하다[次王天使太虛樓韻](권3) / 성·왕 두 천사의 태평루 시에 차운하다[次成王兩天使大平樓韻](권3) / 왕 천사의 총수산 시에 차운하다[次王天使蔥秀山韻](권3) / 왕 천사의 〈한강루연집〉 시에 차운하다[次王天使漢江樓讌集韻](권3) / 삼가 왕 천사 견죽 급사 대인과 이별하며[奉別王天使見竹給事大人](권3)	

【부록2】 박순의 한시 연표[*]

연번	행력 시기	구체적인 행력	관련 한시
1	어렸을 때[**]	박순은 1523년(중종18) 10월에 나주에서 출생하였다. 6세 때 어머니를 여의고, 25세 때 아버지를 여의었다. 18세 때 진사시에 합격하였고, 같은 해에 서경덕에게 나아가 공부하였다. 행장에 따르면, 8세 때 입을 열어 사물을 읊조리면 의례히 온 좌석의 사람들을 놀라게 했다고 한다.	우연히 읊다[偶吟] / 일찍 핀 매화[早梅] / 강가에서[江上] / 우연히 읊다[偶吟](이상 권1) / 왕릉모[王陵母] / 이릉[李陵] / 소나무를 읊다 2수[詠松 二首] / 차운[次韻](이상 권2)
2	36~37세 초엽 사가독서賜暇讀書 시절	박순은 그의 나이 36세(1558, 명종13) 때부터 사가독서 하였다. 사가독서란 조선 시대에 인재를 양성하기 위하여 젊은 문신들에게 휴가를 주어 학문에 전념하게 한 제도이다.	계함 정철, 여수 이산해가 호당에 있을 때 매화를 꺾어 보내 시로 사의를 표하다[鄭季涵李汝受山海 在湖堂 折寄梅花 詩以謝之] / 눈이 온 뒤에 호당에서 눈썰매를 타고 한강 얼음 위로 내려가다[雪後 自湖堂乘雪馬 下漢江氷上] / 호당에서 입으로 읊조리다[湖堂口號] / 호당 가던 길에 입으로 읊조리다[湖堂路中口號](이상 권1)

* 박순의 문집인 《사암집》은 작품의 창작 연대순으로 편집되지 않아 정확한 한시 연표를 만들 수는 없다. 그러나 간혹 지은 시기를 밝힌 작품이 있어 구체적인 행력과 함께 관련 한시를 정리하였다.

** 여기서의 '어렸을 때'란 작품에 '少時'라고 밝힌 것에 근거하였다. 그러나 그 시기는 몇 살 때까지를 말하는지 자세히 알 수 없다.

3	38세 재상 어사災傷御史 시절	박순은 그의 나이 38세(1560, 명종15) 가을에 재상 어사가 되어 호서 지역을 순시하였다. 재상 어사란 조선 시대 재해災害를 입은 전결田結의 실정이나 환곡還穀의 실태, 마정馬政이나 풍속, 농우農牛의 도살이나 매매 등에 관한 일을 살피기 위해 파견된 어사를 말한다.	청안현에 묵으며 3수[宿淸安縣 三首] / 단양을 가던 중에 2수[丹陽途中 二首] / 새벽에 길을 가다가 [曉行] / 다시 앞의 운을 쓰다 2수[再用前韻 二首] / 청풍의 한벽루에서 2수[淸風寒碧樓 二首] / 덕산에서 방백 신 영공에게 주다 3수[德山 贈方伯申令公 三首] / 가헌과 작별하며, 신 관찰의 시에 차운하다[別可獻 次申觀察韻] / 길을 가던 중에[途中] / 보령을 가던 중에[保寧途中] / 낙화암[落花巖] / 홍산을 가던 중에[鴻山途中] / 진잠에서 국화를 보며[鎭岑見菊] / 진잠의 단풍[鎭岑丹楓] / 문의에서 밤에 일어나 앉아[文義夜坐] / 회인을 가던 중에 3수[懷仁途中 三首] / 청주를 가던 중에[淸州途中] / 청안에서 동년 박현룡을 보다[淸安見同年朴見龍](이상 권1) / 백마강[白馬江] / 청안현을 지나며 2수[過淸安縣 二首](이상 권2) / 단양을 가던 중에[丹陽途中] / 보령을 가던 길에[保寧途中] / 결성을 가던 길에[結城途中] / 비인의 망해루에서 현판의 시에 차운하다[庇仁望海樓 次板上韻] / 서천을 가던 중에[舒川途中] / 청안현에서 돌아가신 중부 눌재 선생의 판상 시에 삼가 차운하다 2수[淸安縣 敬次先仲父訥齋先生板上韻 二首](이상 권3)
4	40세 한산 군수 시절 즈음	박순은 그의 나이 39세(1561, 명종16) 12월에 한산 군수의 명을 받고, 이듬해에 임지로 갔다. 이에 대해 행장에는 "박순은 과	한산의 관아에서 질손배들에게 보도록 부치다[韓山衙 寄示姪孫輩] / 집안의 정원에서 손님과 함께 술을 마시다 한산에서 체직해

| | | 거시험에 급제한 뒤에 10년 동안 문을 닫고 스스로 지키며 한 번도 권귀의 문에 가지 않았다. 심강沈鋼, 이량李樑 등은 그분의 대단한 명성을 존중하여 늘 굽혀 오게 하려고 하였으나 그렇게 해내지 못하였다. 이량은 도합 세차례나 잔치를 열어서 맞이하였으나 다 사절하고 가지 않아 이량은 부끄러워하여 원망하는 말을 하였다. 시諡를 짓는 화가 일어나게 되어서는 심강과 이량은 그래도 구제하여 그 덕으로 모면할 수 있었다. 그러나 끝내 조금도 굽히지 않아 이량은 대단히 원한을 품었다. 이리하여 임금은 이 직[한산 군수]으로 내보냈는데, 폐전陛前에서 하직하기에 이르러 인견引見하고 보냈다. 그 이듬해 (40세) 임지에 가서 행정이 청간淸簡하였고 관아가 파하면 곧 송정松亭에 나아가 독서를 일삼으니 이웃 고을 학자들도 소문을 듣고 모여든 사람이 뒤따라 1년 만에 온 고장에서 부모같이 받들었다. 떠나기에 이르러 비석을 세워 덕을 칭송하였다."라고 적혀 있다. 또한 묘갈명에는 "한산 군수가 되어 한 해만에 행정이 잘 되어 읍민들이 부모와 같이 좋아하여 받들었다. 관아가 파할 때마다 으레 정사亭舍에 나아가 독서로 일과를 삼으니 인근에 사는 선비들이 소문을 듣고 모여들었다."라고 하였다. | 오다[家園與客飮酒 韓山遞來] / 은대에서 숙직하며 동료의 시에 차운하다 2수[直銀臺 次同僚韻 二首] (이상 권1) |

| 5 | 43세 때 | 박순은 그의 나이 43세(1565, 명종 20) 1월에 성균관 대사성 사간원 대사간이 되어 이량, 이감李戡, 윤백원尹百源 등의 죄를 논하고 법에 따라 처벌하기를 요청하였다. 2월에는 이조 판서 송기수宋麒壽를 탄핵하였고, 5월에는 대사간이 되어 이탁李鐸과 함께 승 보우普雨의 죄를 논하여 절도로 유배시켰다. 이어 8월에는 합사合司하여 윤원형의 죄를 논하여 삭출시켜 전리田里로 내쫓았다.
묘갈명에 윤원형이 삭출되었던 당시의 모습을 다음과 같이 적었다. "윤원형이 삭출 당하자 백성들은 길에서 노래 부르고 춤을 추었으며, 중외中外의 유학자로 불리는 사람들은 벅차게 선으로 향하는 마음을 가졌다. 이리하여 육행六行의 선비를 골라서 사환仕官 길을 깨끗이 하였고, 억울하게 죽은 사람들은 신원하여 그들의 관작을 회복시켜 주었으며, 무릇 나라를 좀 먹고 백성을 해치는 일이면 일체 혁파하였다." | 을축년 10월에 경연이 중지되었다는 소식을 듣고 느낌이 일어〔乙丑十月 聞經筵罷 有感〕(권1) |
| 6 | 46세 때 중국 사신이 왔을 때 접반사接伴使와 원접사遠接使, 반송사伴送使를 맡음 | 박순은 그의 나이 46세(1568, 선조1) 2월에 중국에서 명종의 시제諡祭를 위해 태감太監 장조張朝, 행인行人 구희직歐希稷이 나오자 반접사接伴使가 되어 맞이하였다. 이어 성헌成憲·왕새王璽 등 두 조사詔使가 나오자 원접사가 되었다. 또한 3월에 반송사로 서로西路를 다녀왔으며, 7월에 성헌·왕새가 돌아갈 때 반송사로 의주에 다녀온 | 천사 왕새의 〈알기자묘운〉 시에 차운하다〔次王使璽 謁箕子廟韻〕 / 천사 성헌의 〈김 효녀운〉 시에 차운하다〔次成天使憲 金孝女韻〕 / 밤에 대동강에서 배를 띄워 천사 구희직의 시에 차운하다〔夜泛大同江 次歐天使 希稷 韻〕 / 가평관에서 성 천사의 시에 차운하다〔嘉平館 次成天使韻〕(이상 권1) / 구 천사의 시에 차운하다〔次歐天使韻〕 / |

| | | 적이 있다.
이에 대해 행장에 다음과 같이 기록하였다. "박순이 원접이 되었는데 자용姿容이 청아淸雅하고 예의 시행에 잘못이 없어 조사가 이미 마음속으로 존경심이 생겼고, 시를 보게 되어서는 놀라서 '송대의 인물에다가 당대의 시조다. 우리들은 얼굴이 두꺼울 뿐이다.'라고 말하고, 향봉香封, 연초 등의 물건을 본가로 보내와 자제들을 시켜 답서를 쓰게 하였다. 뒤에 성·왕 조사 때 다시 원접사가 되었는데, 존경을 받은 것이 역시 구공의 경우와 같았다." 또한 묘갈명에도 다음과 같이 기록하였다. "박순은 중국 사신들과 수답하였는데, 중국 사신이 박순이 지은 시를 보고 '송의 인물에 당의 시조다.'라고 하였다. 특히, 성헌은 박순에게 평원정십절을 지어주었는데, 평원정은 나주에 있다. | 구 천사의 농월헌 시에 차운하다[次歐天使弄月軒韻] / 구 천사의 농월헌 시에 차운하다[次歐天使弄月軒韻] / 구 천사의 쾌재정 시에 차운하다[次歐天使快哉亭韻] / 구 천사의 망월헌 유감 시에 차운하다[次歐天使望月軒有感韻] / 구 천사의 배기자묘 시에 차운하다[次歐天使拜箕子廟韻] / 구 천사의 회란석 시에 차운하다[次歐天使廻瀾石韻] / 성 천사의 쾌재정 시에 차운하다[次成天使快哉亭韻] / 총수산에 비를 만났다가 성 천사의 시에 차운하다[葱秀山遇雨 次成天使韻] / 개성부에서 성 천사의 시에 차운하다[開城府 次成天使韻] / 쾌심정에서 성 천사의 시에 차운하다[快哉亭 次王天使韻] / 압록강에서 행사 상인과 이별하며[鴨綠江別行思上人](이상 권2) / 구 천사의 납청정 시에 차운하다[次歐天使納淸亭韻] / 구 천사의 대정강 시에 차운하다[次歐天使大定江韻] / 구 천사의 연광정 시에 차운하다[次歐天使練光亭韻] / 구 천사가 고맙게도 좋은 시를 보내주어 삼가 그 시 운을 따라 지어 외람되이 보도록 내놓으며[歐天使寵示佳篇 謹步其韻 敬塵淸眄] / 구 천사의 태평루 시에 차운하다[次歐天使大平樓韻] / 구 천사의 장도포병 시에 차운하다[次歐天使長途抱病韻] / 구 천사의 시에 차운하다[歐天使韻] / 다시 귀하의 시운에 따라 지어서 삼가 구 천사께 증정 |

| | | | 하여 감히 고쳐주시기를 바랍니다 2수[復依高韻 奉呈歐天使敢冀郢正 二首] / 삼가 구 천사와 이별하며 4수[奉別歐天使 四首] / 성 천사의 〈압록강분득고자〉 시에 차운하다[次成天使鴨綠江分得高字韻] / 왕 천사의 〈압록강분득고자〉 시에 차운하다[次王天使鴨綠江分得東字韻] / 성 천사의 〈차련관관송〉 시에 차운하다[次成天使車輦館觀松韻] / 성 천사의 〈고령즉사〉 시에 차운하다[次成天使高嶺卽事韻] / 성 천사의 태허루 시에 차운하다[次成天使太虛樓韻] / 왕 천사의 태허루 시에 차운하다[次王天使太虛樓韻] / 성·왕 두 천사의 태평루 시에 차운하다[次成王兩天使大平樓韻] / 왕 천사의 총수산 시에 차운하다[次王天使葱秀山韻] / 성 천사의 백상루 시에 차운하다[次成天使百祥樓韻] / 왕 천사의 〈한강루연집〉 시에 차운하다[次王天使漢江樓讌集韻] / 성 천사의 〈숙동파관〉 시에 차운하다[次成天使宿東坡館韻] / 성 천사의 유별 시에 차운하다 2수[次成天使留別韻 二首] / 삼가 성 천사 감오 학사대부와 이별하며 3수[奉別成天使監吾學士大人 三首] / 삼가 왕 천사 견죽 급사 대인과 이별하며[奉別王天使見竹給事大人](이상 권3) |

| 7 | 47세 때 | 박순은 그의 나이 47세(1569, 선조2) 4월에 기대승과 함께 인종을 문소전文昭殿에 올릴 것을 주청하였다. 이때의 상황을 행장에 다음과 같이 적었다. "문소전은 세종조에 설치한 것으로 곧, 한나라의 원묘原廟에 해당한다. 간흉 이기 등이 인종을 한 해를 넘기지 못한 임금이라고 깎아내려 신주를 문소전에 들이지 않고 연은전延恩殿에 입사入祀하였으니 곧, 덕종德宗의 위판位版이 안치된 곳이다. 나라 사람들이 슬퍼하고 분개하였다. 이때에 이황 및 박순, 기대승이 의논하여 명종의 선제禫祭 뒤에 인종과 함께 문소전에 입사하였으므로 문소전에 합사할 것이 없다고 여겼다. 이리하여 물의物議가 시끄럽게 일어나 삼사三司에서 번갈아 장계를 올려 준경浚慶을 비판하였다. 박순은 기공과 함께 입대入對하여 인종을 문소전에 들이지 않으면 안 됨을 신론하자 준경은 마지못해 생각을 굽히고 박순의 주장을 따랐다." 또한 7월에 이조 판서가 되었다. 이때의 상황을 행장에 다음과 같이 적었다. "이조 판서에 제수되었으나 그것이 신진新進으로 구관舊官을 이간질시키는 것을 꺼려하여 누차 병으로 사퇴하였으나 임금은 끝내 허락하지 않아 취임하였다. 박순은 행정行政함에 있어 청탁을 막아버리고 한결같이 공도公道에 따랐다. 처음 사재 송순 | 고향으로 돌아가는 퇴계 선생을 전송하며[送退溪先生還鄕](이상 권1) / 연경에 가는 계진 이후백을 전송하며 2수[送李季眞 後白 赴京二首](이상 권2) |

		이 남쪽에서 박순이 이조 판서가 되었다는 소식을 듣고 사람들에게 말하기를 '청탁은 이제부터 끊어지게 되었다.'라고 하였다."	
8	48세 때	박순은 그의 나이 48세(1570, 선조3) 봄에 예조 판서가 되어 감시監試를 관장하였다. 이해 12월 8일에 이황이 세상을 떴다.	퇴계 선생의 만시[退溪先生挽] / 퇴계 선생의 만시[退溪先生挽](이상 권2)
9	49세 1월 실록을 봉안할 당시	박순은 그의 나이 49세(1571, 선조4) 1월에 실록 봉안을 위해 무주茂朱에 갔다. 그리고 휴가를 얻어 광주·나주의 선영에 성묘하였다. 그리고 이해 5월 《명종실록》 세초연洗草宴에 참여하였다. 6월에 이조 판서에 다시 제수되었고, 가을에 의정부 우찬성에 특별 제수되었다. 겨울에 《주자어류》를 간행할 것을 주청하기도 하였다.	여산군에서 행사 상인과 작별하고 가면서[礪山郡別行思上人] / 완산에서 금성 촌장에 도착하니 찾아온 중이 있어 시를 써서 주다[自完山到錦城村庄 有僧來謁 書以贈之] / 호남에서 돌아와 한강을 건너는데, 이날 저녁 비바람이 크게 일었다[自湖南還渡漢江 是夕風雨大作](이상 권1) / 명종대왕실록 사신들의 세초연계축 시[明宗大王實錄詞臣洗草宴契軸韻](권3)
10	50세 등극사로 중국에 갔을 당시	박순은 그의 나이 50세(1572, 선조5) 8월에 등극사登極使로 중국에 갔다. 등극사란 조선 시대 중국 황제의 등극을 축하하기 위하여 파견하였던 임시사절 또는 여기에 파견된 사신을 말한다. 이때의 정황을 행장에 다음과 같이 적었다. "출발에 임박하여 임금은 선온宣醞하고 친히 술잔을 잡고 권유하였다. 중국인들은 평소 박순의 높은 문재文才를 알고 있으므로 연도沿道에서 글을 써 주기를 요청한 사람이 꽤 많았다. 입조하자 구례舊例로는 외국의 진주사進奏者는 다 협문夾門으로 들어가게 하였다. 박순은 항의하여	양조묘에 쓰다[題楊照廟] / 옥하관에서 소리 내어 읊다[玉河館口號] / 길을 가던 중에 변경으로 가는 수자리 군졸을 만나다[途中見赴邊戍卒] /동파로 가는 도중에 시에 차운하다[東坡途中 次韻](이상 권3)

		말하기를 '배신陪臣의 출입은 시키는 대로 하겠소. 표문表文으로 말하자면, 지존께 바치는 것인데, 어찌 협문으로 들어가야 하는가.'라고 하였다. 예부에서 이것을 공박할 수가 없어 정문으로 들어가도록 허락하여 마침내 그것이 정식이 되었다. 객관에 머물러 있는 날 예부 주사가 개시開市[물품 교역]할 것을 묻자 '과군寡君은 교역할 물품이 없는데, 개시는 해서 무엇 하겠소.'라고 말해 중국인들이 칭찬하였다." 또한 묘갈명에 다음과 같이 적었다. "이 사행에 중국 사람들이 박순의 명성을 듣고 시를 요청한 사람들이 많았다." 이해 2월 8일에 남명 조식이 세상을 뜨고, 11월 1일에 고봉 기대승이 죽었다.	
11	51세 때	박순은 그의 나이 51세(1573, 선조6) 2월에 중국에서 돌아와 왕수인王守仁의 학술이 바르지 않다는 것과 그 폐단을 논하였다. 그리고 3월에 좌의정에 올랐다.	자고 윤근수가 연경에 가는데 전송하며[送尹子固 根壽 赴京] / 남명 조식의 만시[曹南冥 植 挽] / 고봉 기대승의 만시[奇高峯 大升 挽] (이상 권2)
12	54세 무렵	박순은 그의 나이 54세(1576, 선조9) 봄에 이이가 사직하고 돌아가자 다시 서용할 것을 주청하였다. 그리고 겨울에 사직하고 판중추부사, 영중추부사를 역임하였다. 이해 6월 22일에 일재 이항이 세상을 떴다.	일재 이항의 만시[李一齋 恒 挽] (권2)
13	55~59세 관직에 있을 당시	박순은 그의 나이 55세(1577, 선조10) 때 공의대비恭懿大妃(1514~1577)의 상에 3년 복을 주청한 적이 있다.	효릉을 개수하고 느낌이 일어[修改 孝陵有感] / 안변 부사 양사언에게 부치다 2수[寄楊安邊士彦

		공의대비는 인종의 왕비인 인성왕후仁聖王后 반남박씨潘南朴氏에게 올린 존호이다. 그리고 56세 3月에 판중추부사가 되었다가 다시 영중추부사가 되었고 영경연사領經筵事를 겸직하였다. 57세 2月에는 영의정이 되었고, 58세 봄에 겸관내국兼官內局으로서 왕의 병을 간호하였다. 강원 감사 정철이 노산군의 묘를 개축하고 표석標石을 세우고 치제할 것을 계청하자 이를 허가하도록 주청하였고, 길재의 묘에 치제할 것을 주청하였다.	二首] / 주청사 중회 김계휘가 연경에 가는데 주다[贈奏請使金重晦繼輝 赴京] / 정계함이 호남 관찰사로 나가는 것을 전송하며 2수[送鄭季涵出按湖南 二首] / 자앙 윤두수가 연경에 가는데 전송하며 2수[送尹子昻 斗壽 赴京 二首] / 정계함이 호남 관찰사로 나가는데 전송하며[送鄭季涵出按湖南] (이상 권1)
14	61세 때	박순은 그의 나이 61세(1583, 선조 16) 2月에 경원의 번호藩胡 니탕개尼湯介가 난을 일으키자 이이와 함께 비국備局에서 모책하였다. 이때의 행장에 "탄핵을 받고 강가로 나가다."라는 내용이 나온다.	느낌이 일어 2수 ○ 계미년[有感 二首○癸未] / 느낌이 일어 2수 ○ 계미년[有感 二首○癸未](이상 권1) / 느낌이 일어[有感] / 안민학이 아산으로 가는데 전송하며[送安敏學 赴牙山] / 느낌이 일어 [有感](이상 권2) / 느낌이 일어[有感](이상 권3)
15	영평에 가기 전에	박순은 그의 나이 63세(1585, 선조 18) 여름에 정여립의 논핵을 받아 사직하고 영중추부사에서 해임되어 용호龍湖에 우거하였다.	영연대에서[泠然臺] / 숙배한 뒤에 입으로 읊다[肅拜後口號] / 강사에 나아가 우거하다 3수[出寓江舍 三首] / 용산의 강사에서 되는 대로 짓다 2수[龍山江舍漫成 二首] / 봄날에 저절로 일어난 흥 4수[春日漫興 四首] / 강사에서 우연히 짓다[江舍偶成] / 숙배한 뒤에 느낌이 일어[肅謝後有感] / 강사로 돌아오다 2수[還江舍 二首] / 강가의 정자에서 생각을 쓰다[江亭書思] / 강가의 정자에서 입으로 읊다 2수[江亭口號 二首] / 느낌이 일어[有感] / 희호 상인에게

			주다 3수[贈熙浩上人 三首] / 느낌이 일어 3수[有感 三首] / 숲 속의 사당[叢祠](이상 권1) / 교외에 지내며[郊居] / 용산에서 영평으로 돌아가느라 이웃에 사는 이 수재와 이별하며[自龍山歸永平 別隣居李秀才] / 용산에서 한강으로 돌아가는 뱃속에서 입으로 읊다[自龍山歸漢江舟中口號] / 한강에서 용산으로 되돌아가며[自漢江還歸龍山] / 연사의 시에 차운하여 보내다 2수 [次寄然師韻 二首](이상 권3)
16	영평에 막 도착했을 당시	박순은 그의 나이 64세(1586, 선조19) 가을에 휴가를 받아 영평永平 초정椒井에 목욕하러 갔다. 이때 영평현 백운계에 은거할 집을 지어 배견와拜鵑窩, 이양정二養亭, 청냉담淸冷潭, 창옥병蒼玉屏 등의 이름을 썼다. 이 무렵의 상황을 묘갈명에 다음과 같이 적었다. "병술년(1586) 8월에 청가請暇하여 영평에 은퇴하였는데, 임금께서 내사內使를 보내 동문 밖에서 술을 내렸다. 영평에는 백운산이 있어 계담溪潭이 절승이었다. 공은 그 길로 자리를 잡아 집을 짓고 거기에서 사니 산뜻하니 진속塵俗을 벗어나 입에서는 시사를 끊고 매일같이 시골의 백성들과 전야田野의 늙은 이들과 함께 자리를 다투며 모든 것을 잊어버리고 친절히 사귀었다. 배우러 오는 사람이 있으면 서로 토론하며 즐거워하고 지칠	숙배한 뒤에 영평으로 돌아가며[肅拜後 歸永平] / 거처를 정하며 4수[卜居 四首] / 산중의 거처에 쓰다 2수[題山居 二首](이상 권2) / 영평으로 돌아가려고 하는데, 마렵의 승경에 대해 들어 시로 감회를 부치다[將歸永平 聞馬鬣之勝 詩以寓懷] / 집 자리 터를 정하며[卜居] / 영평 잡영[永平雜詠] / 우두정에 기숙하며[寓宿牛頭亭] / 우두정에 기숙하며[寓居牛頭亭] / 금수정[金水亭](이상 권3)

		줄을 몰랐다. 배견와, 이양정, 토운상吐雲床의 명칭이 있었고, 백운계白雲溪, 금수담金水潭, 창옥병이 둘려 있어서 흥이 우러나면 지팡이와 나막신으로 소요하였고, 간혹 풍악 등 여러 산을 유람하였다. 임금께서는 박순이 길이 가버릴 뜻이 있음을 알고 의원을 보내 문병을 하였으며, 소명召命이 세 번이나 왔으나 끝내 나가지 않았다.	
17	영평에 정착했을 당시	박순은 그의 나이 65세(1587, 선조 20) 병으로 사직상소를 올리고 금강산, 백운산 등을 유람하며 시문을 지었다. 그리고 67세를 일기로 영평에서 세상을 떠났다. 세상을 뜰 무렵의 상황을 묘갈명에 다음과 적었다. "기축년(1589) 7월 21일에 일찍 일어나 시를 읊조리다 훌쩍 세상을 떠나니 나이는 67세였다. 이날 하늘에선 비가 내리고 우레가 치더니 느닷없이 상서로운 빛이 땅을 비춰 환하기가 밝은 달 같았다. 산중의 백성들이 놀라고 의아하여 모여드니 이미 세상을 떠난 뒤였다. 그해 9월에 종현산에 묻었다."	귀리 빚을 내고 장난으로 쓰다[請糴麥債戱題] / 여러 가지 과수를 심다[種諸果木] / 어부사[漁父辭] / 좌랑 김정립이 햅쌀을 선물해주어 노래하다[李佐郎廷立惠新米歌] / 삼가 강릉을 살피고 느낌이 일어[奉審 康陵有感] / 입으로 외치다[口號] / 수재 이종후의 시에 차운하다[次李秀才宗厚韻] / 이 지방에 범이 많아 장난으로 쓰다 2수[地多虎豹戱題 二首] / 명종이 일찍이 9월에 취로정에 납시어 서당관을 불러다 책을 강론하며 시를 짓도록 하여 상급을 내리고, 친히 푸른 종지를 잡고 가득 따라 마시도록 했다. 모두 정신 못 차리도록 취하고 해가 저물어서야 끝내고 나갔는데, 각자 흰 밀랍으로 만든 큰 촛대를 하사하여 집으로 돌아갔다. 구경하는 사람들은 영광스러운 일로 여겼다. 깜짝할 사이에 이미 30여 년이 지나 눈물 흘리며 입으로 읊조리다[明廟

| | | | 嘗於九月 出御翠露亭 引書堂官 講書製詩 賞給有加 親執靑鍾 滿酌以飮之 皆迷醉 日暮罷出 各賜白蠟大燭還家 觀者榮之 倏忽已踰三紀 泫然口號] / 감흥 2수[感興 二首] / 백운산의 일원 상인이 두 가지 과일을 보내주어 시로 답하다 2수[白雲山一元上人 遺以二果 詩以答之 二首] / 느낌이 일어[有感] / 단발령[斷髮嶺] / 영평의 시냇물 바위에 쓰다[題永平溪石] / 벗이 현등산으로 돌아감에 전송하며[送友人歸懸燈山] / 운백 조준룡이 옛날 살았던 산으로 돌아감에 전송하며 2수[送曺雲伯俊龍 還舊山 二首] / 해서로 가는 박 감사 박점을 전송하며[送朴監司 漸 赴海西] / 학상 비구의 시축에 쓰다[題學祥比丘詩軸] / 학상이 풍악으로 돌아가는데 전송하며[送學祥還楓岳] / 학상 비구에게 주다[贈學祥比丘](이상 권1) / 창옥병[蒼玉屏] / 종현산[鍾賢山] / 부유산[富有山] / 관음산[觀音山] / 국망산[國望山] / 보장산[寶藏山] / 불정산[佛頂山] / 금오[金烏] / 우두석 2수[牛頭石 二首] / 영평 잡영 3수[永平雜詠 三首] / 정자, 누대, 시내, 바위에 모두 이름이 있어 그 위 돌에 새기고, 이로 인해 느껴 시를 지었다[亭臺溪巖 皆有名號刻石其上 因感而賦之] / 배견와[拜鵑窩] / 와존 바위에 쓰다[題石窪尊] / 초당에 쓰다[題草堂] / 김 수재가 서울로 돌아가는데 전송하며 3수[送金秀才歸洛 三首] / 친구에게 답하다[答友人] / 감사 |

| | | | 가 찰방을 시켜 수행하게 하다[監司使察訪陪行] / 길 가던 중에[途中] / 낙귀정[樂歸亭] / 수재 윤제원에게 주다 2수[贈尹秀才悌元 二首] / 토란을 구워 먹으며[食燒芋] / 새해 아침에[歲朝] / 김생에게 주다[贈金生] / 삼가 지천 황정욱에게 수답하다 2수[奉酬黃芝川 廷彧 二首] / 장난으로 쓰다[戲題] / 삼부연 폭포에 쓰다[題三釜瀑泉] / 화적연[禾積淵] / 촌집에서 묵으며[宿村窩] / 영동을 가던 중에[永洞途中] / 직장 이의건의 시냇가 정자[李直長 義健 溪亭] / 화적연에서 백운산에 도착하니 진달래꽃은 이미 시들고 산유화는 아직 피지 않았다. 집으로 돌아가려고 했는데, 철쭉이 바야흐로 한창이어서 장난삼아 쓰다[自禾積淵到白雲山 杜鵑花已衰 山榴未發 及歸弊廬 躑躅方盛 戲題] / 용화산 도중에[龍化山途中] / 수재 이경진의 시에 차운하다[次李秀才景晉韻] / 중에게 주다[贈僧] / 서곡에서 수련을 구경하며[西谷賞木蓮] / 우연히 읊다[偶吟] / 능인의 시축에 쓰다[題能引詩軸] / 상사 윤훈에게 주다[贈尹上舍勳] / 나융 비구에게 주다 2수[贈懶融比丘 二首] / 산을 찾다[尋山] / 물고기 잡는 것을 구경하며[觀打魚] / 두우정에서 입으로 읊다[牛頭亭口號] / 중양절에[重陽] / 느낌이 일어[有感] / 낙귀정에서 단풍을 구경하며[樂歸賞楓] / 평구의 찰방에게 주다[贈平丘察訪] / 인삼을 |

| | | | 캐며[採人蔘] / 산으로 돌아가며[歸山] / 선공감 정 이장영이 경차관으로서 찾아와[李正長榮 以敬差官歷訪] / 영평 현감이 와서 문안하여 장난으로 쓰다[永平宰來候 戲題] / 관찰사 이흠재가 찾아와 시에 차운하다 2수[李觀察欽哉來訪 次韻 二首] / 양해성에게 주다 3수[贈楊海星 三首] / 조밥[粟飯] / 감흥 4수[感興 四首] / 만흥[漫興] / 밤에 일어나 앉아서[夜坐] / 천연이 풍수지리를 알아 내가 살려고 잡은 터를 보고 말하기를 "수세가 탐욕스러운 늑대이니, 법칙상 마땅히 가난하지 않다."라고 하였다. 장난삼아 짓다[天然解地理 相吾卜居日 水勢貪狼 法當不貧 戲題] / 보장산의 산불[寶藏山火] / 오봉암에 학의 둥지가 있는데, 산불을 모면할 수 있었다[五峯巖有鶴巢 得免山火] / 감흥[感興] / 해즙 상인에게 주다[贈海楫上人] / 보장산에는 사슴이 많아 그 우는 소리를 듣고 짓다[寶藏山多鹿 聞其聲而賦之] / 삼부연 폭포[三釜落] / 백학대의 연못[白鶴潭] / 홍류동[紅流洞] / 무릉 시내[武陵溪] / 채지원[採芝園] / 수조대[垂釣臺] / 영벽당[暎碧堂] / 낙모암[落帽嵒] / 관매오[觀梅塢] / 상연지[賞蓮池] / 입으로 읊다[口號] / 이흠재가 조운백의 옛집에 들러 지은 시에 차운하다[次李欽哉過曹雲伯故墟] / 자연암에 쓰다[題紫煙巖] / 중에게 주다 2수[贈僧 二首] / 도사 윤시침이 찾아와 2수[尹都事時忱來訪 二 |

| | | | 首] / 윤 도사와 이별하며[別尹都事] / 천원 상인에게 주다 2수[贈天原上人 二首] / 청학 세속에서는 까막새라 부른다.[靑鶴 俗呼黔鳥] / 우물을 파며[鑿井] / 입으로 읊다 2수[口號 二首] / 감흥 2수[感興 二首] / 구암 김 상사가 찾아와 시를 써서 주다 2수[久菴李上舍來訪書贈 二首] / 입으로 읊다 2수[口號 二首] / 백학 3수[白鶴 三首] / 어떤 사람에게 주다 2수[贈人 二首] / 심한 추위[苦寒] / 썰매[雪馬] / 차운하여 금화 주인에게 사례하다[次韻謝金華主人] / 눈이 온 뒤에[雪後] / 감흥[感興] / 풍악에 들어가며 4수[入楓岳 四首] / 만폭동[萬瀑洞] / 마하연 담무갈[摩訶衍曇無竭] / 정양사 진흘대에 올라 일만 봉우리를 구경하며[正陽寺眞仡臺 登覽萬峯] / 장안동을 나오며[出長安洞] / 화룡담 홍한인이 이곳에 빠졌다는 소식을 듣고 이 시를 써서 던진다[火龍潭 聞洪生漢仁溺于此 書而投之] / 보덕굴[普德窟] / 황지천이 잔 게를 보내준 데에 사례하며[謝黃芝川送蝂蟹] / 백학 서너 쌍이 늘 늦가을에 시냇가에 내려와 앉았다가 늦봄 사이에 돌아간다. 그래서 느낌이 있어 시를 쓴다[白鶴三四雙 每於暮秋 來集溪上 暮春間還去 因感而賦之] / 벗의 시에 차운하다[次友人韻] / 조운백을 찾아가다 2수[訪曹雲伯 二首] / 중흥동에서 노닐며[遊重興洞] / 산 사람에게 주다[贈山人] / 솔개를 읊다[詠鴟] / 조 상사가 |

| | | | 두류산에 노닐러 감에 보내며 [送曹上舍遊頭流山] / 담양 부사의 편지를 받고[得潭陽信] / 영평의 시내 바위에 쓰다[題永平溪石上] / 차운하여 성진 상인의 시축에 쓰다[次韻 題性眞上人詩軸] / 무제 [無題] / 이양정 벽에 쓰다[題二養亭壁] / 동지 박이정의 만시[朴同知頤正挽] / 단발령[斷髮嶺] / 영평의 시내 바위 위에 쓰다[題永平溪石上] / 감흥[感興] / 산 사람에게 주다[贈山人] / 홍생에게 주다[贈洪生] / 벗의 시에 차운하다[次友人韻] / 조취적의 시에 차운하다 2수[次曹取適韻 二首] / 벗의 시에 차운하다[次友人韻] / 감흥[感興] / 진사 이춘영의 시에 차운하다 [次李進士 春英 韻] / 상사 윤급의 시에 차운하다 2수[次尹上舍汲 韻 二首] / 상사 박동열의 시에 차운하다 2수[次朴上舍 東說 韻 二首] / 낙귀 주인 황경문 정욱 에게 부치다[寄樂歸主人黃景文 廷彧] / 황경문의 시에 차운하다[次黃景文 韻] / 다시 앞의 시운으로 지어 황경문에게 적어 보내다[再步前韻 錄奉黃景文] / 낙귀정의 진달래 꽃이 산을 뒤덮을 정도로 한창 피어 천연 상인이 나에게 와보라고 알려서[樂歸亭 杜鵑花籠山盛開 天然上人報我來看] / 석룡퇴에서 이 상사의 시에 차운하다[石龍堆上 次李上舍韻](이상 권3) |

■ **박명희**朴明姬

전남 장성에서 태어나 전남대 국어국문학과를 졸업하고, 같은 대학원에서 박사학위를 취득하였다. 단독 저서에 《18세기 문학비평론》(2002), 《호남한시의 공간과 형상》(2006), 《호남한시의 전통과 정체성》(2013) 등이 있다. 단독 번역서에 《노사집》이 있고, 편역서에 《박상朴祥의 생각, 한시로 읽다》(2017)가 있다. 현재 호남한시 연구에 매진하고 있으며, 60여 편의 논문이 있다. 전남대 호남학연구원 학술연구교수, 전북대 전라문화연구소 학술연구교수 등을 역임했으며, 전남대와 조선대에서 강의하고 있다.

박순朴淳의 생각, 한시로 읽다

초판 인쇄   2019년 02월 18일
초판 발행   2019년 02월 28일

편역자   박명희

펴낸이   신학태
펴낸곳   도서출판 온샘

등 록   제2018-000042호
주 소   서울시 용산구 한강대로 208-6 1층
전 화   (02) 6338-1608   팩스 (02) 6455-1601
이메일   book1608@naver.com

ISBN   979-11-964308-9-4   93810
값 25,000원